이따땅이 시냐양

아담의 사랑

윤 경 장편소설

큰나무

지금은 알아요, 그에 대한 사랑이 있기에 지금의 제가,
미래의 제가 존재한다는 것을요
오직 그분만을 사랑해 왔고 앞으로도 영원히,
죽어서도 그분만을 사랑할 겁니다.

1

　화려한 조명과 카메라 불빛이 눈부신 세종문화회관 대극장
안, 좌석을 빼곡이 채운 톱스타들의 모습이 그 어느 때보다 빛
났지만 동시에 그 어느 때보다 초조함과 기대감을 드러내고 있
다. 국내 최정상 가수들과 유명 성악가의 열띤 축하 공연에 이
어 영화제 2부 행사를 알리는 오프닝 음악이 웅장하게 울려 퍼
지고 어느새 새로운 의상으로 갈아입은 남녀 사회자가 관객의
환호에 미소로 답하며 화려하게 등장했다.

　"한국 영화계 최고의 권위를 자랑하는 명실상부한 은막의 대
제전! 제37회 <황금 영화상> 시상식 현장입니다. 지금 전 국민
의 관심은 시상식이 거행되는 이곳, 세종문화회관 대극장 안으
로 쏠려 있습니다. 올해는 그 어느 해보다 작품성과 완성도가

뛰어난 우수 작품들이 많았고 또한 훌륭한 영화인들의 활약이 돋보였던 해로서 한국 영화의 절정을 이루었던 시기였던 만큼 오늘 행사의 수상 결과가 전 국민적 관심사가 되었습니다. 21개 부문 중 이미 17개 부문에 대한 시상을 마치고 남은 최우수작품상과 감독상, 여우주연상, 남우주연상에 모든 관심이 집중되고 있습니다. 자, 김선경 씨! 다음은 오늘의 최대 관심사인 여우주연상 시상이 있을 텐데요, 심사의 공정성을 위해 당일 현장 심사로 진행된 최종 심사에서 전례에 없는 재투표의 혈전 끝에 시상식 직전에야 최종 수상자가 결정되는 치열한 접전이 벌어졌다고 합니다. 이는 그만큼 우열을 가리기가 힘들었다는 뜻이겠죠?”

“네, 그렇습니다. 정말 심사위원님들이 우열을 가리기 힘들었다고 말하시더군요. 이 상은 올해 출품된 작품 중 가장 연기력이 돋보이며 많은 관객들의 사랑을 받았던, 영화계에 가장 공헌도가 높은 여배우에게 수여하는 상입니다. 여우주연상 시상에는 황금 영화상 본심 위원회 위원장이신 김석훈 님과 전년도 수상자인 서유진 님께서 수고해 주시겠습니다. 그럼 그 두 분께 발표를 부탁드리겠습니다.”

시상을 맡은 김석훈 위원장과 여배우 서유진이 무대로 나와 간단한 인사말을 한 후, 곧 여우주연상 후보로 노미네이트된 여배우들의 얼굴이 차례차례 호명되는 대로 전면의 대형 스크린에 비춰졌다.

지금 이 순간, TV로 생중계되는 시상식을 지켜보는 전국의 시청자, 시상식에 참석한 3천여 명의 영화인들과 일반 관객들의 관심은 스크린에 클로즈업된 아름다운 두 명의 여배우에게 집중되어 있었다. 화면 오른쪽엔 화려한 외모와 함께 끊임없는 염문설과 돌출행동으로 연예계의 스캔들 메이커로 불리는 스크린의 톱스타 민아영이 최고 흥행 배우로서의 당당한 미소를 보이며 앉아 있는 모습이 비춰졌고, 화면 왼쪽으로는 영화계에서는 신인이나 다름없지만 올해 가장 뛰어난 작품이라는 국내 영화평론가들의 아낌없는 찬사와 더불어 출품한 국제 영화제마다 폭발적인 반응을 얻었던 <백치 아다다>의 여주인공 지수정이 긴장감을 감추지 못한 채 그녀의 상징이 되어버린 청초한 모습으로 앉아 있는 모습이 나타났다.

"그럼 발표하겠습니다, 영광의 제37회 황금 영화상 여우주연상 수상자는……."

드럼이 숨막히는 긴장감을 유발하며 두두드드 울려 퍼졌고 모든 사람들은 숨을 죽였다.

"아, 정말 긴장되는 순간이군요. 이런 제가 다 너무 떨리는데요. 서유진 씨, 대신 좀 발표해 주시겠어요?"

김석훈 위원장의 장난스런 너스레에 서유진은 아름다운 미소를 지으며 대답했다.

"김석훈 위원장님도 다 떨리시는데 저라고 다르겠어요. 하지만 한 번 용기를 내 발표를 해보지요."

관객들은 한바탕 웃음을 쏟아냈다. 그러나 다시금 긴장된 드럼 소리가 두드드드 울려 퍼지자 모든 사람들은 더욱더 긴장하며 발표를 기다렸다.

"영광의 제37회 황금 영화상 여우주연상 수상자는……."

시청자와 모든 관객들은 숨을 죽였다.

"네, 대사 없는 완벽한 표정 연기로 관중을 사로잡은 <백치 아다다>의 지수정 씨! 축하합니다!"

'믿을 수 없어! 내가…… 내가……?'

발표와 동시에 세종문화회관이 폭발할 정도의 요란한 팡파르와 축하의 함성이 터졌지만 수정은 주체할 수 없이 쏟아지는 눈물 때문에 정신을 차릴 수가 없었다. 옆좌석에 앉아 있던 동료 배우와 스태프들이 열정적인 포옹을 해주며 등을 두드려 주었고 축하의 박수를 보냈다.

수정은 지난 3년 동안 겪었던 모든 아픔과 고통이 한순간에 사라지는 느낌이었다. 아니, 그 이상이었다. 흘러내리는 눈물을 닦을 생각도 못한 채 멍하니 서 있던 수정은 오늘의 영광스런 그녀가 있도록 도와준, 그녀에게는 아버지나 다름없는 양현태 감독의 손에 이끌려 겨우 무대 위로 올라가 트로피와 꽃다발을 수여받았다.

"지수정 씨, 축하드립니다. 지금 감격의 눈물을 흘리고 계신데요, 소감 한 말씀 부탁드려도 되겠습니까? 지수정 씨를 좋아하는 팬들에게 한 말씀하시지요."

수정은 떨리는 다리를 겨우 움직여 수상 소감 발표를 위해 마련된 단상으로 걸어갔다.

"감사합니다. 정말…… 정말 감사합니다. 저를 사랑해 주신 관객 여러분, 제게 많은 힘이 되어 주셨던 양현태 감독님과 함께 영화를 찍으며 고생했던 여러 스태프들…… 그 외 너무나 감사드려야 할 분들이 많습니다. 그 모든 분들께 오직, 오직 감사하다는 말씀만……."

　한 남자가 2층 계단을 내려와 막 거실로 들어섰다.

　누구도 감히 그의 앞길을 막지 못할 듯 당당하고, 한 점 주저함 없는 걸음을 내딛던 그가 TV에서 흘러나오는 한 여인의 음성을 듣는 순간 얼어붙은 듯 모든 움직임을 멈췄다. 순간 좀처럼 열리지 않을 듯 단단히 닫혀 있던 그의 입술이 사납게 일그러졌다.

　"빌어먹을!"

　그녀의 음성을 듣게 된 것은 정말 우연이었다. 아니 정확히 그것은…….

　그토록 외면하려 애썼던 그녀의 모습을 아무런 준비 없이, 예고도 없이 봐야 한다는 것! 그것은 그에게 있어 가장 잔인하고 끔찍한 형벌이었다.

　중요한 저녁 모임에 참석하기 위해 잠시 양복을 갈아입으러 집에 들렀던 태웅은 누군가 무심코 켜 놓았을 거실의 대형 TV 화면을 집어삼킬 듯 날카롭게 노려보았다.

　지수정…… 그녀는 여전히 아름다웠다. 3년 전, 자신의 모든 것을 포기해서라도 자신의 여자로 만들어야 했던 아름답고 순수했던 여인…….

　그러나 그에게 돌아온 것은 철저한 배신과 갈취였다.

　그리고 그녀는 그의 곁을 떠났다. 한마디의 변명도 없이, 그에게 아무런 설명도 없이, 그가 가장 그녀를 필요로 하던 바로 그때.

무어라 말할 수 없는 분노가 솟구쳤다. 태웅은 서류가방의 손잡이가 으스러질 정도로 주먹을 꽉 쥐었다.

그녀를 용서 못할 것이다. 절대로! 그것이 그가 살아 있는 이유였으므로!

태웅은 계속해서 솟구치는 분노를 억누르며 화면 속의 여인을 쏘아보았다. 그녀는 여전히 천사 같은 얼굴로 그를 철저하게 속여넘겼던 수정 같은 눈물을 뚝뚝 흘리며 가증스럽게 울먹이고 있었다.

눈물! 눈물! 빌어먹을 그녀의 눈물…….

그 순간, 태웅은 결심을 굳혔다.

이제는 때가 온 것이다. 그가 당했던 것만큼 철저하게 그녀 또한 고통받게 할 것이다. 자신이 받은 고통과 아픔만큼!

한때 목숨을 바친다 해도 주저하지 않았을 한 여인에게 아프게 느꼈던 모든 분노와 증오를 아낌없이 쏟아 부어 주리라!

여자를 응시하는 남자의 두 눈이 살기를 띠고 번쩍거렸다.

2

"지수정 씨! 여우주연상 수상을 축하드립니다. 잠깐만 포즈 좀 취해 주세요."

"지수정 씨, 강력한 수상 후보였던 민아영 씨를 누르고 감격의 수상을 하셨는데요, 어떻습니까? 정말 전혀 예상하지 못하셨나요?"

"경쟁 상대인 민아영 씨를 어떻게 생각하시죠? 한 말씀만 해 주세요!"

"수정 씨! 잠깐, 잠깐만요! 3년 간의 침묵을 깨고 화려한 컴백을 하셨는데 그 동안 어떻게 지내셨습니까? 외국으로 유학을 떠났다, 아니 병이 났었다 등 여러 루머가 나돌기도 했었는데 알고 계셨습니까?"

수정은 어떤 감정도 섞이지 않은 우아한 미소만을 띤 채 매니저인 남동생 수완과 황금 영화상 주최측에 고용된 경호원의 도움을 받아 승용차에 올랐다. 시상식이 끝난 후 열린 파티에 참석하여 인터뷰와 사진 촬영 요청에 응해 주었지만 기자들은 지칠 줄 모르고 또다시 그녀의 뒤를 쫓고 있었다.

3년만의 컴백이었다.

아마 저들에게는 수정의 여우주연상 수상 소식보다는 베일에 싸인 지난 3년 간 그녀가 어떻게 지냈는지가 더 값진 기삿거리일는지도 몰랐다. 3년의 세월이었다. 너무도 많은 일이 있었던 3년…….

"휴! 전쟁터가 따로 없네. 누나, 집으로 갈 거지?"

수완은 피로의 기색이 역력한 수정의 얼굴을 걱정스러운 표정으로 바라보며 재빨리 주차장을 빠져나갔다.

"응, 엄마가 많이 기다리실 거야."

수정은 며칠 전 영화사에서 마련해 준 고급 승용차의 존재에 크게 안도하며 보드라운 시트에 피곤한 몸을 깊숙이 파묻었다. 모든 것이 꿈만 같았다. 영화 <백치 아다다>의 개봉 이후, 저조한 흥행 성적을 위로하듯 줄기차게 쏟아지던 평론가들의 찬사와 세계 유수 영화제의 잇단 초청……. 세계 주요 영화인들과 언론은 <백치 아다다>의 빼어난 작품성과 배우들의 열연에 격찬을 아끼지 않았고, 그러자 국내 극장들은 열렬한 호응을 보이며 앞다퉈 재개봉을 하려 애쓰고 있었다.

차 창문에 스쳐 지나는 밤거리의 풍경을 말없이 바라보던 수정은 수완을 향해 몽롱이 웃어 보였다.

"수완아, 나 오늘 황금 영화상의 여우주연상 수상한 것 맞아? 이게 꿈은 아니겠지? 맞지? 내가 정말 여우주연상을 수상했어. 그렇지?"

자신의 행운을 믿을 수 없다는 듯 수정이 자꾸만 되묻자 수완의 가슴에 익숙한 아픔이 몰려왔다.

"그래, 누가 뭐라고 해도 누난 올해 최고의 여배우야. 심사위원들도 흥행보다는 작품성에 손을 들어줬잖아. 아깝게 수상을 놓치긴 했지만 여러 국제 영화제에서도 누나의 연기력에 아낌없는 찬사를 보냈고. 이게 다 그 동안 누나가 착하게 살았기 때문에……."

아차! 룸미러에 수정의 얼굴이 굳어지는 게 비치자 수완은 재빨리 입술을 앙다물었다.

실수였다. 오늘처럼 행복한 날, 과거를 상기시키다니! 수완은 자신의 아둔함에 혀를 차며 오디오의 스위치로 손을 뻗었다. 다행히 수정이 좋아하는 뉴에이지 보컬리스트 데닌의 아름다운 음성이 잔잔히 흘러나왔다.

빌어먹을, 생각할수록 멍청한 짓이지 않았는가!

운전 내내 자신의 경솔함을 탓하던 수완은 도로혼잡으로 잠시 차가 멈춘 틈을 타 슬쩍 뒤를 돌아보았다. 더할 나위 없이 편안하다는 듯 선한 미소를 띠고 잠들어 있는 그녀, 지수정…… 아름다운 그의 누나.

그 누구라도 지금 그녀의 모습을 본다면 그녀야말로 이 세상에서 가장 행복한 여자라고 말할 것이다. 그러나 수완은 알고 있었다, 그녀가 지금 잠들지 않았다는 사실을.

그것이 단지 솟구치는 눈물을 감추려 할 때마다, 자신의 쓰라린 과거가 떠오르려 할 때마다 취하는 그녀만의 절절한 행동이라는 것을…… 마치 졸려 죽겠다는 듯, 곧 잠에 빠질 것처럼 보이려는.

작은 철물점을 운영하며 알뜰히 모았던 재산을 30년 지기에게 사기로 날리고, 설상가상 간암 선고까지 받은 아버지가 긴 투병 생활 끝에 결국 병마를 이기지 못하고 돌아가셨을 때 수완의 집에 남은 것은 엄청난 은행 빚과 사채, 삶의 의욕을 잃어버린 어머니와 대학 입시를 앞둔 19살의 착하고 예쁜 누나…… 그리고 고등학교 1학년이었던 그였다.

가망 없는 간암 말기 상태였음에도 불구하고 생에 대한 끈질긴 욕구를 놓지 않았던 아버지와 그런 당신을 포기할 수 없었던 가족들은 명성 높은 병원에서까지 고개를 저은 아버지를 위해 전국의 용하다는 병원과 의원을 찾아 헤맸고, 귀하다는 약재에서 근거 없는 민간요법까지 안 해 본 것이 없을 정도로 지극 정성을 들였다. 그렇게 온 가족이 몇 년 간 실체를 만질 수도 없는 죽음의 그림자와 함께 살았다. 그럼에도 불구하고 허무하게 돌아가신 아버지와 그 뒤에 다가온 가혹한 현실…….

만약 그때 누나가 없었다면 어떻게 되었을까?

그것은 아직까지도 수완이 종종 하는 생각이었다.

그보다 겨우 두 살 위였던 수정은 아버지의 장례식이 끝난 다음날부터, 마루 끝에 앉아 하루 종일 흐느끼는 어머니를 대신해 패스트푸드점과 편의점에서 아르바이트를 하며 가장 노릇을 했다. 수정이 마음만 먹으면 대학 정도야 4년 전액 장학금을 받고 들어갈 실력이었지만, 자신의 욕심만 차리기엔 그녀는 너무나 여리고 착했다. 빚 독촉에 시달려 신경쇠약 증세를 보이는 어머니, 아직은 얼굴에 난 여드름이 가장 근심스러운 사춘기의 남동생…….

그러나 그 너무도 힘겨운 짐을 가냘픈 몸에 홀로 짊어지고도 그녀는 그 시절 결코 눈물을 흘리거나 힘들어하는 기색을 보인 적이 없었다.

오히려 수정은 언제나 웃어 보였다.

수완은 그녀가 눈이 부실 정도로 환한 미소를 지을 때면 이 세상에서 자신의 누이처럼 예쁜 여자는 결코 없을 거라고, 천사가 실제로 존재한다면 틀림없이 누이의 모습 그대로일 거라고 생각했었다. 눈에 띄는 외모만큼 재치도 뛰어났던 수정은 귀찮게 뒤쫓아오는 남학생들이 두 손 두 발을 다 들고 돌아갈 만큼 소탈하고 슬기로운 성격의 소유자였고, 수완은 그런 그녀를 숭배했었다.

만약 그때 누나가 없었다면 어떻게 되었을까?

은행에 압류되었던 그들의 집이 경매되어 쫓겨나던 날……이제는 씩씩한 남자로서 연약한 여자인 누나를 보호하겠다던 그의 굳은 맹세들은, 지친 몸을 이끌고 골목길을 들어서는 그녀를 발견한 순간 흔적도 없이 사라져 버렸다. 수완은 집을 떠나지 않겠다며 몇 시간째 문고리를 쥐어 잡고 발악하던 어머니를 뒤로 한 채 갓 20살 된 그의 누나에게 달려갔고, 이 세상에서 가장 포근한 그녀의 품에 안겨 그대로 엉엉 울어 버리고 말았던 것이다.

그날 저녁, 여인숙을 운영하는 친척이 곱지 않는 시선으로 마지못해 내준 지저분한 골방 안에서 한동안 꼼짝 않고 앉아 있던 수정이 어떤 굳은 결심을 했는지 그에게서 얻은 볼펜으로 열심히 무언가를 써 내려가기 시작했다.

"누나, 잠 안 자고 뭐해? 내일 아르바이트 가려면 빨리 자야 한다구……."

도대체 무엇을 그리 열심히 쓰는지 궁금했던 수완은 꾸지지한 이불 위로 슬그머니 고개를 내밀었다.

'미스 경기 선발대회 후보자 응시 원서'

수완은 고개를 갸우뚱거리며 왜 갑자기 누나가 이상한 대회에 나가려고 하는지 의아하게 여겼다. 그러나 그것이 그의 누나 지수정, 그리고 그의 인생까지도 바꿔놓을 줄은 꿈에도 상상하지 못했다.

결국 이 세상에서 그 누구보다 착하고 아름다웠던 그의 누나는 당당히 '미스 경기 진'에 선발이 되었고, 타 후보들에 비해 비교적 작은 키였음에도 불구하고 그녀는 본선 대회인 '미스 코리아 선발대회'에서도 영예의 '미스 코리아 미'에 뽑혀 왕관을 쓰게 되었다.

만약 그날 누나가 그 원서를 적어 '미스 경기 선발대회'에 나가지 않았다면 자신과 어머니, 그리고 누나는 과연 어떻게 되었을까?

그것 역시 그가 아직까지 종종 생각하곤 하는 것이었다.

어느새 집에 도착한 그들의 차가 18평 임대 아파트 단지에 들어서자, 늦은 시간임에도 불구하고 아파트 입구에 기다리고 서 있던 몇몇 이웃 주민들과 어머니가 상기된 표정으로 두 사람을 반가이 맞았다.

"아이고, 우리 공주님. 축하한다. 내 그럴 줄 알았다니까. 우리 수정이가 아니면 누가 상을 타겠어."

"수정 씨, 축하해요."

"축하해요, 우리 아파트의 영광이지 뭐예요."

"어이구, 진작에 사인을 잔뜩 받아둘 것 그랬어요."

이웃 주민들의 열렬한 환영에 쑥스러워진 수정은 정중히 감사의 인사를 한 다음, 몸이 불편한 어머니를 부축해 아파트 안으로 들어갔다.

그녀의 어머니는 고질인 당뇨병으로 다년간 고생하고 계셨는데, 망막증과 말초신경장애의 만성 합병증까지 겹쳐 손과 발바닥이 저리고 화끈거리는 통증에 밤이면 잠을 이루지 못하실 때가 많았다.

당신의 딸이 짊어지고 있는 삶의 무게가 안타까워 비정기적인 혈당 검사와 약물치료만을 고집하다 당뇨병이 악화되었음은 물론, 거기다 합병증까지 얻게 된 가엾은 분이었다. 결국 작년 여름, 어머니가 고혈당으로 의식을 잃고 쓰러지신 후에야 당신의 병이 심각하다는 것을 깨닫게 된 수정은 씻을 수 없는 불효를 저질렀다는 생각에 가슴이 미어지는 것 같았다.

　그때 당시 어머니의 근심 그대로 만만치 않은 치료비가 가장 큰 고민거리로 다가왔었다. 하지만 돈을 마련하기 위해 육체적으로 힘들게 일해야 했던 것뿐만 아니라, 정말이지 잠시도 여유 있게 어머니와 대화를 나눌 수 없었던 정신적으로 더 힘든 시간이었다.

　그러나 이젠 조금 나아지리라…….

　수정의 재기 가능성에 의문을 가졌던 제작사의 반대로 우여 곡절 끝에 캐스팅이 되었던 영화 <백치 아다다>의 성공은 그녀가 새롭게 시작할 인생에 큰 힘이 되어 주었다. 3년이라는 공백에도 불구하고 모 방송국이 기획중인 창사 특집극의 주연으로 물망에 오르고 있었고, 출연 제의가 들어온 몇몇 영화의 시나리오도 검토하고 있는 중이었다.

　또 겨우 이자만 납입할 수 있었던 대출금의 만기 연장을 위해 <백치 아다다>의 출연 개런티가 일부 상환액으로 고스란히 사용되었지만, 모든 수상자가 불우이웃돕기 성금으로 기탁하기로 한 금액 외에 황금 영화상 사무국으로부터 수령할 상금이 얼마간 남아 있었으므로 최소한 어머니의 약값과 치료비 걱정은 당분간 하지 않아도 될 터였다.

　그 동안 쉽지 않은 인생을 살아왔던 수정은 생활의 궁핍이 사람을 얼마나 비참하고 슬프게 만드는지 절실히 깨닫고 있었다. 특히 지난 3년 간은 그 어느 때보다도 불쑥 성장한 느낌이었다. 이제 겨우 25살이 되었지만 이미 반평생을 넘게 산 느낌이었다.

　하지만 이젠 나도 조금은 행복해도 되지 않을까…… 그것이
무리한 욕심일까?
　그날 밤 수정은 좀처럼 잠을 이룰 수가 없었다. 그녀의 일생
중 가장 행복한…… 아니, 어쩌면 가장 행복했을 하루를 떠올
리며 미소짓느라 날이 밝아오는 것도 모른 채 그렇게 행복한 밤
새움을 했다.

3

'이런 게 꼭대기 층에 사는 즐거움일 거야!'

수정은 모처럼의 여유를 만끽하며 탐나는 에메랄드 빛 하늘이 그대로 바라다 보이는 거실 마루에 누워 하늘을 올려다보고 있었다.

시상식 이후, 불가피한 공식 행사에 참여하고 밀려드는 매스컴의 인터뷰 요청과 <백치 아다다>의 황금 영화상 13개 부문 석권 축하 파티 및 관련 행사에 참석하는 등 그야말로 강행군이었다.

어제 저녁, 오늘 하루의 스케줄을 비워 놓았다는 수완의 말을 듣고 몹시 흥분했던 수정은 그 동안 굶주렸던 잠을 실컷 자겠다던 다부진 결심과 달리 이른 새벽부터 일어났고, 그때부터 지금까지 집안 구석구석은 물론 냉장고, 싱크대, 욕실 안의 묵은 때까지 벗겨내는 대대적인 청소를 했다.

그러나…… 왜일까? 그런 육체적인 노동에도 불구하고 그녀를 집요하게 따라붙는 흥분은 좀처럼 가라앉지 않았다.

왜일까? 요즘 들어 알 수 없는 불안과 묘한 떨림이 그녀를 지배하고 있었다.

뭔가 해야 할 일을 미루어 놓았을 때의 부담감이랄까…….

순간, 살갗을 스치는 섬뜩한 기운에 움찔한 수정은 재빨리 고개를 저어 불안감을 떨쳐 버렸다. 아무래도 허브 차라도 한 잔 마셔야 할 것 같았다.

녹차 잎을 섞은 재스민 차의 향만큼 감미로운 건 없었다. 이국적인 향을 지닌 재스민은 '사랑스러움'이란 꽃말처럼 수정의 가녀린 감성을 늘 부드럽게 달래 주었고, 덕분에 몇 년 간 시달려 온 스트레스성 위통까지 말끔히 치료할 수 있었다.

수정이 막 우려낸 허브 차를 마시려고 할 때 전화벨이 요란하게 울려댔다.

"누나야? 누나, 정말 미안한데 방금 한빛 영화사 김동규 이사님께 연락을 받았어. 글쎄, 오늘 저녁 7시에 인천에서 개막될 'TY 빌리지 인천 오픈 행사'에 꼭 참석해 달라고 말씀하시지 뭐야. 며칠 전에 정중히 사양했을 땐, 그냥 알았다고 하시더니 웬일인지 잠깐이라도 꼭 얼굴을 비춰 달라고 하시네. 어쩌지? 워낙 간절히 부탁하셔서 일단 누나에게 연락해 보겠다고 말씀드렸어. 영화제 수상자들이 대부분 참석할 예정인가 봐. 게다가 TY는 황금 영화상 협찬사라서 도저히 무시할 수 없는 기업이라나? 누나…… 누나! 듣고 있어? 화난 거야?"

수정은 화난 척하려던 애초의 생각과 달리 발랄한 웃음을 토해내고 말았다. 아주 잠시 동안이었지만 그녀의 침묵에 수완이 짓고 있을 표정이 생생히 떠올랐기 때문이었다. 언제나 자신보다는 누나의 입장을 먼저 고려하는 수완은 늘 그녀를 보호하는 기사(騎士)가 되고 싶어했고, 그렇지 못한 현실에 항상 미안해했었다. 그럴 때마다 그는 난감함과 속상함이 뒤섞인 특유의 표정으로 그녀를 음울히 바라보곤 했는데 수정은 그때마다 터지는 푸근한 웃음과 함께 묘한 마음의 위로를 얻곤 했다.

존재하는 모든 것이 변한다 해도 절대 변하지 않을 하나의 마음, 그녀에겐 엄마와 수완, 가족이 있었다.

"쿠쿡. 바보, 걱정 마. 지금껏 충분히 쉬었어. 그런데 그 정도 규모의 행사라면 의상이 갖춰져야 할 텐데, 이렇게 갑자기 비쥬에 부탁해도 될까?"

비쥬(Bijou)는 재기 이후 수정의 의상을 협찬해 오고 있는 부티크로, 오너이자 수석 디자이너인 김혜진과는 공적인 관계 이상으로 각별한 사이가 되어 있었다. 순수하고 지적인 외모의 수정을 예전부터 눈여겨보았다던 혜진은 <백치 아다다>로 컴백하는 수정의 기사를 접하자마자 그녀에게 전폭적인 의상 협찬을 자원하며 나섰고, 그녀의 엘레강스한 감각과 부드러운 성품에 이끌린 수정도 기꺼이 모든 공식 행사마다 비쥬의 의상을 선보이고 있었다.

"누나, 시간이 촉박하니까 누나는 준비하고 있어. 내가 김 실장님께 의상을 받아서 집으로 갈게. 알았지?"

한시름 놓았다는 듯 수완이 서둘러 전화를 끊었다.

"TY 빌리지 오픈 행사라……."

수정은 행사명을 반복해서 읊조렸다. 재작년부터 각 방송매체를 통해 영화계는 물론이고 사회적으로 떠들썩한 화제를 일으키고 있는 TY 엔터테인먼트에 대해 그녀도 조금은 알고 있었다.

세계적인 영화계 거장들과 거액을 투자하여 설립한 '스크린 웍스'의 제1 주주로 스크린 웍스의 모든 작품은 물론, 한국 영화의 제작, 배급 및 마케팅에까지 참여하며 막대한 영향력을 발휘해 온 국내 최대, 최고 수준의 영화사로서 최근엔 TV 방영물에까지 그 영역을 넓히고 있었다. 특히 21세기 문화 혁명이라 불리는 그들의 멀티플렉스 극장 사업인 'TY 빌리지'는 멀티플렉스 강호들과의 치열한 경쟁 속에서도 이미 전국 7개 도시에 60여 개의 스크린을 건설했으며 그들의 위협적인 약진은 계속되고 있었다.

예정에 없던 행사였기 때문인지 썩 내키는 기분은 아니었지만 엄청난 한국 영화 흥행을 몰고 온 멀티플렉스의 공로를 생각할 때 오늘의 행사는 영화인의 한 사람으로서 수정에게도 매우 기대되는 행사임에 틀림없었다.

"수완아, 아무리 생각해도 이 드레스…… 나랑 어울리지 않는 것 같아."

한 시간 뒤, 수완이 가져온 과감한 스트랩리스 공단 드레스를 입고 차에 오른 수정은 걱정스런 표정으로 드레스를 살피고 있

있다.

"김 실장님이 안 계셔서 다른 분이 주시는 걸 가져올 수밖에
없었어. 왜? 그렇게 맘에 안 들어? 이 옷 골라주신 분은 심플
럭셔리 룩이니, 우아함의 극치니 하며 자랑이 대단하던걸. 그리
고 누나도 흰색 드레스를 좋아하잖아. 내가 보기엔 예쁘기만 한
데 왜 그래?"

물론 너무나 아름다운 드레스였다. 하지만 눈으로 보았을 땐
단아하게만 느껴지던 디자인이 막상 입고 나자 대담하게 패인
네크라인이 강조되었고 어깨와 가슴의 노출이 확연히 드러나
보였다. 게다가 치마 옆선으로 이어지는 트임은 거의 허리 부분
까지 이어져 그녀를 더욱 당혹스럽게 만들고 있었다. 하긴 요즘
여배우들 사이에 불고 있는 파격에 가까운 노출 패션을 생각할
때 그리 과도한 디자인은 아니지 않은가. 그러나 깊숙이 파인
네크라인에 잔뜩 신경이 쓰인 수정은 자꾸만 가슴선을 끌어올
리고 있었다.

"어휴, 지각도 보통 지각이 아니네. 누나, 어서 먼저 들어가.
주차하고 곧 뒤따라갈게."

오픈 행사가 거행되는 건물 입구에 바짝 차를 세운 수완이
겸연쩍게 말했다.

단순히 영화만을 감상하는 공간이 아닌 쇼핑, 외식, 게임 등
다양한 위락 시설과 문화를 함께 누릴 수 있는 멀티 레저 문화
공간으로 창조된 'TY 빌리지' 인천점의 진입로는 빽빽한 인파
와 차량의 행렬로 엄청난 정체현상을 보이며 시간을 잡아먹었
고, 지름길을 찾겠다고 간도로 빠져 한참 동안이나 헤맨 수완의

고집까지 가세해 그들은 예상 시간보다 한 시간이나 늦게 도착하고 만 것이다.

　수정이 진행요원의 안내를 받아 리셉션장으로 들어갔을 땐 이미 모든 공식행사가 끝나고 축하 파티가 한창이었다.
　"수정 씨, 여기예요."
　잰걸음으로 들어오는 수정을 발견한 한빛 영화사 김동규 이사가 손을 높이 흔들었다.
　"오! 우리 한국 영화계 최고의 여배우께서 이제야 나타나셨군. 수정 씨, 어서 와요."
　"아니, 이게 누구야. 와, 우리 아다다! 오늘 스타일 죽이는데. 아주 달라 보여. 굿! 굿!"
　근사한 턱시도 차림의 김동규 이사와 <백치 아다다>에 함께 출현했던 선배 배우 임준우가 그녀를 한껏 추켜 올리며 반갑게 맞았다.
　"죄송해요. 생각보다 차가 많이 밀리는 바람에 늦었어요. 죄송합니다."
　수정은 '굿!'을 연발하며 엄지손가락을 들어올리는 임준우 선배의 오버액션에 웃음을 터트리며 사과의 말을 건넸다. 개그맨 뺨치는 우스개 소리로 영화 촬영 내내 출연진과 스태프들을 즐겁게 해주었던 그는 아다다를 아내로 삼기 위해 꾀던 수롱의 대사, '우리 아다다, 우리 아다다'를 코믹하게 흉내내며 촬영장 분위기에 다소 위축되었던 수정의 긴장을 풀어 주곤 했었다.
　"선배님, 자꾸 놀리시면 숙영 언니에게 이를 거예요. 결혼 기

넘일 날, 사실은 촬영이 늦게 끝난 게 아니라 스태프들과 어울려 술자리에 가신 거라고요!”

수정의 장난기 어린 협박에 임준우가 깜짝 놀라며 주위를 두리번거렸다.

“쉿! 수정 씨, 그건 절대 비밀이야. 우리 집사람 알면 난 끝장이라고.”

준우가 지긋지긋하다는 듯 도리질을 치자 김동규 이사가 박장대소하며 하숙영이 서 있는 뷔페 테이블을 유쾌하게 바라보았다. 역시 같은 영화배우인 숙영은 연예계 최고의 바람둥이로 불리던 임준우를 오로지 아내만을 바라보는 일편단심 민들레형으로 변화시킨 전설적인 인물로 더욱 유명했다. 그들의 좌충우돌 로맨스가 TV 토크쇼는 물론이고 드라마로 만들어져 최고의 시청률을 기록할 정도였으니 임준우의 바람기가 실로 대단했던 모양이었다.

짐짓 괴로워 죽겠다는 표정을 짓던 준우가 음식을 덜어 접시에 담던 숙영과 눈이 마주치자 금세 달콤한 미소를 지으며 손을 흔들었다. 그들은 늘 아옹다옹 싸우는 듯했지만 누구보다 서로를 사랑하고 있다는 걸 수정은 알고 있었다. 사랑하는 사람들이 함께 있으면 그들에겐 빛이 난다. 특히 한 남자의 사랑을 받는 여자에게서는 무엇과도 견주지 못할 당당함과 자신감이 뿜어져 나오는 법임을…….

다행히 리셉션장의 열띤 열기로 수정의 늦은 등장은 곧 잊혀졌다. 얼른 보기에도 영화계의 선·후배와 동료들 외에 국내 유명 제작자들이 많이 참석한 듯 보였고 그만큼 한국 영화계에서

TY 엔터테인먼트가 차지하는 비중이 얼마나 큰지를 여실히 드러내고 있었다. 사실 TY 엔터테인먼트가 올 한 해 한국 영화에 투자했던 어마어마한 자금을 생각하면 이것은 당연한 일이기도 했다.

김동규 이사와 임준우가 잠시 자리를 비운 사이, 분주한 리셉션장을 둘러보며 한숨을 돌리던 수정은 서서히 사람들과 어울리며 대화에 귀를 기울이기 시작했다. 삼삼오오 짝을 이뤄 담소를 나누고 있는 그들은 영화계에 종사하는 영화인답게, TY 엔터테인먼트의 왕성한 활동과 성과에 대한 찬사에서부터 멀티플렉스의 상업주의에 대한 비난에 이르기까지 영화계 핫 이슈에 대한 다양한 의견을 거침없이 쏟아내고 있었다.

어느 틈에 다가왔는지 신인 여배우 양지나가 따분하다는 표정으로 무리에 낀 수정의 팔을 붙잡아 한쪽 구석으로 이끌었다. 톡톡 튀는 깜찍한 말투와 신세대적인 이미지에 다년간의 해외 유학으로 유창한 영어 실력을 자랑하는 그녀는 올해 가장 주목받는 신인배우로 떠오른데다 〈백치 아다다〉 양현태 감독의 조카딸로 최근 들어 수정과 가장 가깝게 지내는 후배 연기자였다.

"언니, 오늘 너무 달라 보여요. 하마터면 못 알아볼 뻔했다니까요. 무척 요염한데요 쿠쿡. 아참, 아까 오픈행사 때는 안 계셨죠? 아무리 둘러봐도 안 보이시던데요?"

"응. 퇴근 시간이라서 그런지 차가 굉장히 밀렸어. 게다가 수완이가 인천 쪽 운전은 처음이었거든."

수완의 이름을 들은 지나가 살짝 얼굴을 붉히더니 주위를 슬쩍 두리번거렸다.

"정말 수완 씨가 안 보이네요. 아니, 뭐 그냥…… 참! 언니, 언니도 그 남자를 봤다면 정말 깜짝 놀랐을 거예요. 세상에, 얼마나 잘생겼는지 좀 생겼다고 거들먹거리던 선배들도 기가 팍 죽은 표정이었다니까요."

"그 남자?"

"네, TY 그룹 회장님이라나? 아무튼 TY 엔터테인먼트 대표 이사님도 초라해 보일 정도로 위엄이 넘쳤어요. 인사말 할 때의 그 거침없는 말투하며 섹시한 몸매…… 빨려들 것만 같은 강렬한 눈빛! 아, 정말 모든 게 제 이상형이에요!"

잠시 말을 멈춘 지나가 황홀하다는 표정을 지으며 두 손을 모아 쥐었다.

"지나야, 넌 이상형이 수시로 바뀌는구나? 저번엔 수완이처럼 단정하게 생긴 타입이 네 이상형이라더니 말이야. 쿠쿡."

"아이, 언니도…… 몰라요!"

잘 익은 홍시처럼 얼굴이 붉어져 어쩔 줄 몰라 하는 지나를 바라보던 수정은 시원한 웃음을 터트렸다. 요즘 들어 부쩍 수완에게 관심을 보이면서도 별 관심 없는 척 깍쟁이같이 구는 그녀가 너무 귀여워 보였다.

수완 역시 지나가 싫지 않은 모양이었다. 두 사람은 언제나 처음 만나는 사람들처럼 서먹해하다가도 둘 중 어느 한쪽이 자리를 비우기라도 하면 약속이라도 한 듯 서로의 신상에 대해 묻곤 했다.

그렇듯 순진하기 그지없는 두 사람의 모습에 한참을 깔깔거리던 수정은 웃음이 남긴 화사한 미소를 입가에 머금은 채 고개를 들어 수완의 모습을 찾았다.

　그리고 그녀는…….

　자신을 죽일 듯 노려보고 있는 악마의 시선에 마침내 걸려들
고 말았다.

4

"헉!"

그였다. 틀림없는 그였다. 주위를 압도하며 잔인하게 그녀를 쏘아보는 남자는…….

수정의 얼굴이 충격으로 핏기를 잃었고 온몸이 부들부들 떨리기 시작했다.

그녀는 얼굴을 감싸고픈 충동을 억제하기 위해 스커트 자락이 생명줄이라도 되는 듯 필사적으로 움켜쥐었다.

'달아나야 해! 여기서 벗어나야 해!'

수정의 두뇌는 그녀에게 급박하게 달아날 것을 요구하고 있었지만 도저히, 도저히 움직일 수가 없었다. 그녀의 다리는 마치 자석처럼 바닥에 꼭 달라붙어 한 걸음도 옮겨지지 않았고 그녀의 신경은 마비된 지 오래였다.

　수정이 온 힘을 다해 겨우 한 행동이라고는 칼날처럼 날카로운 눈으로 강한 분노의 불꽃을 내뿜고 있는 남자의 잔혹한 시선을 피하는 것, 오로지…… 오직 그것뿐이었다.

　"언니, 수정 언니! 언니, 갑자기 왜 그래요? 어디 아파요? 얼굴이 창백해요."

　그녀를 지켜보던 지나가 계속 뭐라고 소리치고 있었지만 수정은 어떤 대답도 할 수가 없었다. 그녀의 머리 속은 짙고 탁한 하얀 연기에 갇혀버려 아무 생각도 할 수가 없었다. 오직 울고 싶다는 생각밖에.

　"찾아야 돼…… 수완이, 수완일 찾아야 돼. 수완이, 수완일 찾아야 해!"

　온몸을 부들부들 떨며 정신 나간 여자처럼 중얼거리는 수정을 바라보는 지나의 눈이 휘둥그레졌다.

　"하지만 언니……."

　아직도 모습이 보이지 않는 수완을 찾아 나서야 할지, 어쩔 줄 몰라 하며 떨고 있는 수정의 곁에 남아 진정을 시켜야 할지 망설이던 지나가 수완을 찾기로 마음을 굳힌 듯 재빨리 입구를 향해 뛰어나갔다.

　혼자 남은 수정은 목 안을 타고 올라오는 뜨거운 불덩어리를 겨우 삼키며 초인적인 힘을 다해 고개를 들었다. 수백 명을 수용하는 리셉션장이었고 실제로 수백 명이 큰 소리로 웃고 떠들며 음식을 먹고 있었다.

　그러나 지금 이 순간, 그들은 결코 가깝지 않은 거리를 두고

서 있었지만 지금 이 순간! 이곳에, 이 세상에, 이 우주에는 서
로를 노려보고 있는 단 두 사람만이 존재했다.

주위의 모든 생명체는 움직임과 숨을 잃은 무생물체로 변했
고, 주위의 모든 소음은 그 흔적을 감췄다.

두 사람을 가로막고 있던 사람들의 물결은 거센 폭풍에 휘말
리 듯 하나로 모아져 결국 그들의 시야에서 연기처럼 사라졌다.

수정은 고통에 신음하며 눈을 감았다. 왜! 왜 하필 지금인가?
왜, 왜…….

"오랜만이군."

곧고 매몰찬 남자의 음성이 죽고 싶을 정도로 가까이에서 들
려 왔다.

"훗. 축하할 일이 있더군. 여우주연상이라…… 하긴, 당신의
연기력은 천부적이지. 그렇지 않아?"

답할 수 있었다 하더라도 대답하지 않았겠지만, 그 역시 수정
의 대답 따윈 상관없다는 듯 그녀의 드러난 몸매를 경멸 어린
눈초리로 훑어 내리기 시작했다.

치욕의 독을 품은 차가운 눈동자가 그녀의 새하얀 목덜미와
봉긋한 가슴을 지나 매끄러운 곡선을 그리는 허리선으로 미끄
러져 내려갔다.

수정은 어찌나 몸을 꼿꼿이 세웠는지 어깨가 욱신거릴 정도
였다. 그러나 배회하던 그의 시선이 그녀의 가슴 골짜기에 노골
적으로 꽂히자 결국 수정은 가슴을 와락 끌어안고 말았다.

태웅의 코웃음치는 소리가 울분에 찬 그녀의 양볼을 뜨겁게
달구었다.

"아니야! 그러지 마. 당신 몸값이 올라가 있을 때 또 한 놈 붙
잡아야지. 당신의 유일한 가치인 아름다움도 영원하지는 않을
테니까 말이야. 후후. 당신…… 상대 배우였던가? 흥, 얼빠진
자식! 당신 젖가슴에 완전히 넋이 나갔더군. 이왕이면 한물간
영화배우보다는 일자무식의 졸부를 골라보지 그래? 그래야 가
지고 놀기 편하지 않겠어?"

"당신을! 당신을…… 죽여 버리고 싶어!"

수정의 얼굴이 분노와 고통으로 얼룩졌다. 수정은 입술이 얼
얼할 정도로 꽉 깨물어 치솟는 분노의 눈물을 삼켰다. 그녀의
분기 어린 협박에 태웅이 가소롭다는 듯 거침없는 웃음을 터트
리자 주위 사람들의 시선이 하나둘씩 그들에게로 쏠리기 시작
했다.

일거의 공격으로 방해의 시선을 거뜬히 물리친 그가 조각처
럼 잘생긴 얼굴을 숙여 수정의 귓가에 입술을 가져갔다. 뜨거운
입김의 열기가 그녀의 귓불을 타고 온몸에 전율을 일으켰다. 그
러나…….

"아직까지 창녀의 손에 죽을 만큼 타락했다고는 생각하지 않
는데……."

태웅의 악랄한 조롱에 그녀의 심장이 움직임을 멈추었다. 피
가 거꾸로 솟는 악마의 속삭임에 발끈한 수정의 손이 위로 향하
려는 찰나, 누군가 반갑게 웃으며 그들에게 다가왔다.

"오, 강 회장님! 제가 소개해 드릴 필요도 없이 벌써 만나셨
군요, 한국 최고의 청순 미인을요!"

한빛 영화사의 김동규 이사였다. 수정은 북받치는 화를 누르

지 못한 채 가쁜 숨을 내쉬며 불안정하게 서 있었지만 태웅은
어느새 냉정하고 빈틈없는 사업가의 모습으로 바뀌어져 있었다.
조금 전까지 경멸과 조롱으로 일그러졌던 그의 입매엔 깍듯한
미소까지 지어졌다.

"네, 김 이사님. 차마 그냥 지나칠 수 없더군요. 이렇듯 순·수·
하기 그지없는 아름다운 숙녀분을 모른 채 지나친다는 건 미에
대한 모독이죠. 그럼."

김 이사를 향해 정중히 고개를 숙여 보이던 그가 애써 외면
하는 수정의 시선을 기어코 낚아챘다.

"지수정 씨, 아주 즐거웠습니다. 또 뵙죠."

강한 위협을 담은 두 눈동자가 섬뜩한 빛을 발하며 멀어져
갔다.

"정말 멋진 남자야. 오만하기까지 한 강한 카리스마는 남자인
나도 부러워질 정도라니까. 수정 씬 어때? 그가 멋지다고 생각
하지 않나?"

수정은 시선을 들어 김 이사의 눈을 진지하게 바라보았다.

그가 자신을 놀리는 것이 아닐까? 가식 없는 성품과 완벽한
매너로 '영국 신사'라는 별명이 붙은 다정한 노신사…… 그렇
지, 그는 재작년 귀국 전까지 줄곧 할리우드에서 영화 사업을
했었다.

"이사님, 저 남자가 여기 왜 왔는지 아세요? 초청받아 온 손
님인가요?"

"으음! 무슨 소리야, 그를 모른다는 건가? 그럼, 설마 태양 그
룹을 모른다고는 않겠지? 밀가루에서 화장품까지 태양 그룹의

제품을 사용하지 않는 사람이 없을 테니까 말이야. 그러더니 이젠 영상 사업에까지 세력을 뻗치는구먼. TY 엔터테인먼트는 태양 그룹의 자회사야. 그것도 강 회장의 최대 관심 사업이라고 하더군. 하긴 태양 그룹의 자금 동원력과 강 회장의 적극적인 관심이 없었다면 TY 엔터테인먼트가 이렇게 급속도로 성장할 수 있었을까? 그러니까 강태웅 회장은 태양 그룹의 CEO(최고 경영 책임자)로 참석한 거고, 우리가 오히려 그의 초청을 받은 거야, 수정 씨."

이럴 수가…… TY 엔터테인먼트가 태양 그룹의 자회사였다니! 수정은 전혀 알지 못했었다. 그렇다면 오늘 그들의 만남이 결단코 우연이었을까?

맙소사! 이제야 간신히 그의 악몽에서 벗어났다고 생각했는데…….

"이거 의외인걸? 강 회장의 매력에 눈 하나 깜빡 안 하는 여인이 있다니. 껄껄껄! 하지만 강 회장은 수정 씨에게 아주 관심이 많은 모양이야. 오늘 행사만 해도 수정 씨의 참석에 대해 몇 번씩이나 당부를 하던걸. 내년부터는 매니지먼트 사업까지 병행한다는 소문이 돌던데, 그래서 그런지 함께 일하고 싶은 배우라며 칭찬이 대단하더군. 어때, 수정 씨? 수정 씨도 물론 싫지 않겠지?"

아무것도 모르는 김동규 이사의 흡족하다는 웃음소리를 듣자 수그러들었던 수정의 분노가 새삼 고개를 들었다.

"아뇨! 절대로 그런 일은 없을 거예요. 절대로! 맹세라도 할 수 있어요!"

　평생 화낼 일 한 번 없을 것처럼 온화하던 여인이 격분하자 김 이사가 급히 웃음을 멈췄다.
　"수정 씨, 왜 그래? 그와 무슨 악연이라도?"
　"악연요? 네! 악연 중의 악연이죠! 태양 그룹 강태웅 회장은…… 3년 전 이혼한 제 전 남편이랍니다!"

5

　“누나, 아무 생각 말고 그냥 자. 휴. 내가 그때 누나 곁에 있어야 했는데…… 그 자식이 그곳에 있을 줄 상상이나 했겠어?”
　운전 내내 애써 화를 참던 수완이 수정의 방문을 벌컥 열며 분통을 터트렸다.
　“수완아, 그러지 마. 누나 이제 정말 괜찮아.”
　“혹시 그 자식이 누날 괴롭혔어? 말해 봐! 누나 그 자식을 만나고 나서 계속 이상했단 말이야. 거울을 한번 봐, 얼굴이 얼마나 창백한지.”
　수정은 누나에 대한 걱정으로 잔뜩 흥분해 있는 수완을 가만히 바라다보았다. 그리고 한때 그가 강태웅을 ‘매형’이라고 부르는 것을 얼마나 좋아했었는지, 얼마나 자랑스러워했었는지를 기억해 내곤 솟구치는 눈물을 애써 감추었다.

수완은 수정이 그토록 사랑했던 태웅과 어째서 헤어졌는지 한번도 물은 적이 없었다. 그저…… 처절할 정도로 불행해 보이는 누나의 가방을 받아 들던 그 순간부터 그는 태웅을 증오하기 시작했다. 그리고 그것이 이 세상에서 가장 당연한 일인 듯 태웅을 '매형'에서 '그 자식'으로 바꾸어 불렀다.

"수완아, 누나 이제 잘 거야. 운전 오래 해서 너도 피곤하겠다. 어서 가서 자."

내키지 않는 듯 한참 동안을 꿀 먹은 벙어리처럼 서 있던 수완이 수정의 손에 이끌려 마지못해 방을 나섰다. 수정은 손바닥만한 거실을 개조해 만든, 창문 하나 없는 골방으로 걸어가는 그를 침울히 바라보았다. 이윽고 방문 앞에 당도한 그가 천천히 고개를 돌려 수정을 물끄러미 바라보았다.

"그 자식…… 이 세상에서 가장 멍청한 놈이야! 자기 인생에서 가장 값진 것을 잃고도 깨닫지 못하니까."

속상한 수완의 마음을 대변하듯 방문이 쾅 하고 닫혔다. 거실 벽에 기대어 한참을 멍히 서 있던 수정은 맨살에 느껴지는 한기에 억지로 몸을 추슬러 방으로 들어갔다.

아! 이 모든 것이 기억할 수 없는 꿈이었으면…….

수정은 고통스레 신음하며 침대 위로 쓰러졌다.

강태웅…….

수정이 처음부터 그를 사랑한 것은 아니었다.

미스 코리아 미로 당선이 되고도 특별한 변화 없이 그렇게 삶에 허덕이고 있을 때, 그녀에게 첫번째 행운이 찾아왔다. 미스 코리아 당선자 몇 명이 초대된 모 토크쇼에서 순진한 표정으로 재치 있게 이야기하는 수정의 모습을 눈 여겨 본 모 방송국의 드라마 PD에게 연락이 왔던 것이다. 그녀는 서민들의 달동네 생활을 코믹하게 다뤄 높은 시청률을 자랑하던 드라마에 새로운 출연자로 캐스팅되어 남자 주인공을 짝사랑하는 어눌하고 순박한 시골 처녀로 투입되었고, 그것은 그 누구도 예측하지 못했던 결과를 가져다주었다.

서구적인 외모의 몇 여배우가 트로이카를 이루며 겹치기 출연이 한창일 때, 청순한 이미지를 지닌 수정의 신선한 등장은 드라마의 인기몰이에 완벽한 쐐기를 박으며 역대 드라마 사상 최고의 시청률이라는 신기록을 만들어 냈으며, 그녀 또한 전형적인 드라마 캐릭터에 식상해하던 시청자들의 열렬한 사랑을 받아 그 해 연기대상 신인상 수상이라는 신인배우 최고의 영예까지 안을 수 있었다.

그렇게 지수정이라는 이름과 얼굴만으로도 연예계에 뉴스를 만들어 내며 두려울 정도로 행복하던 21살의 어느 날, 그녀에게 두 번째 행운이 찾아왔다.

특정 상품이나 제품 광고가 아닌 기업 이미지 광고가 유행하던 때, 수정은 '태양 그룹'의 이미지 광고에 출연 섭외를 받게 되었다. 어떤 말이나 포즈 없이 화면 가득 가식 없는 환한 미소만 짓도록 되어 있던 컨셉에 맞춰 하루 종일 웃어 가며 촬영했던 CF는 태양 그룹 전 계열사의 생산성에까지 영향을 미칠 정도로 탁월한 광고 효과를 내었고, 이듬해 수정은 대단히 만족한 태양 그룹 측의 자체 축하행사에 귀빈으로 초청되었다.

그리고 그날…… 그녀, 지수정은 그, 강태웅과 운명적으로 만났다.

건장한 체격에 귀족적인 외모를 지닌 그를 처음 보았을 땐 그저 그런 골든 보이로만 치부했었고, 때문에 그녀에게 관심을 보이는 그의 행동 역시 재벌 2세의 전형적인 플레이보이 기질에 의한 추근거림이라고만 생각했었다.

그러나…… 속 쌍꺼풀 진 눈동자!

그것 때문이었다.

그것에 깃들인 우수와 반항의 눈빛이 수정의 눈에 언뜻언뜻 보여질 때마다 그녀의 가슴에 점점 커져 가는 파문이 일었던 것이다. 결국 수정은 자신만의 착각—모든 것이 부족함 없을 그일 테지만 정작 그의 마음은 채워지지 않은 빈자리 투성이라는—에 정신없이 빠져들었다. 매일처럼 그를 만났고, 오로지 그녀만을 향한 연인의 다정한 눈빛과 조심스런 손길 속에서 생계를 책임져야 하는 고달픈 가장이 아닌, 이 세상에서 가장 사랑스럽고 고귀한 여자로 다시 태어났다.

꿈결처럼 달콤한 나날이었다. 태웅이 만들어 내는 사랑의 감미로움과 한번도 느껴 보지 못했던 행복이라는 마술에 정신없이 취해버린 그녀는 결국 그 없이는 하루도 견딜 수 없을 만큼 그에게 빠져버렸고, 그에 대한 사랑으로 숨쉬기가 힘들 만큼 죽도록 사랑했다.

그렇게 뜨겁고 거침없는 그들의 사랑은 데이트를 목격한 주위 사람들의 입을 타고 급속도로 퍼졌고, 태웅의 은근한 여성 편력과 신분의 차이를 꼬집는 동료 연기자들과 기자들의 충고와 안타까운 시선이 이어졌지만 수정은 자신의 행복을 시샘하는 무리로 단정짓고 그들의 말에 귀기울이지 않았다. 오로지 태웅이 주는 사랑과 관심에 감격하며, 자신이 그의 모든 것이라는 기쁨에 젖어 철저한 강태웅의 여자가 되어가고 있었기 때문이었다.

그러던 어느 날, 한창 인기 절정에 있던 선배 여자 탤런트 고나영과 분장실에서 마주치게 되었다. 세련된 외모와 관능미를 지닌 그녀는 늘 연예가에 떠도는 재벌가, 권력가 사이의 스캔들과 염문설의 중심에 서 있을 만큼 유명세를 누리고 있었다.

"난 즐겁게 지켜보고 있어. 언제쯤 네가 주제파악을 할까 하고 말이야."

"네? 무슨……."

"흥, 너 정말 듣던 대로 어리숙하구나! 넌 태웅 씨가 널 사랑한다고 착각하는 모양이지? 꿈 깨! 너 같은 계집이 어디 한둘인 줄 알아. 하지만 결과는 언제나 똑같지. 그가 싫증을 느낀 순간 넌 낙동강 오리알 신세다, 이 말씀이야! 알아듣겠어?"

"선배님! 더 이상 듣고 싶지 않아요. 그런 말씀을 왜?"

"멍청한 계집! 말해 줄까? 그가 어떤 향수를 쓰고 어떤 제품의 속옷을 입는지? 아니, 더 자세히 말해 줄까? 그가 침대에서 얼마나 힘이 넘치는지? 어떤 체위를 좋아하는지?"

"그만! 그만! 제발, 제발 그만 하세요 흐흐흑……."

그날이 처음이었다. 태웅과 데이트를 시작한 이후로 그와 만나지 않은 날은.

고나영의 말에 충격을 받은 수정은 그날 밤늦도록 동료들과 어울려 흥청망청 싸돌아 다녔다.

그들이 이끄는 대로 나이트 클럽에 가서 미친 듯이 몸을 흔들어댔고, 폭주족처럼 도로를 질주하는 차 안에서 소리내어 울었다. 그렇게 해서라도 그녀가 받은 충격에서 조금이라도 벗어나고 싶었지만 시간이 갈수록 상처는 깊어졌고, 어느새 수정은 끊임없이 요동치며 태웅의 존재를 알려주는 핸드폰을 죽일 듯이 노려보고 있었다.

그런 자신에게 환멸을 느낀 수정이 동료들과 헤어져 집 앞에 도착했을 땐, 택시 안의 야광시계가 막 새벽 3시를 넘어선 시간을 알려주고 있었다. 그러나 미처 택시 요금도 치르기 전에 누군가 차에서 내리는 그녀를 거칠게 낚아챘고, 깜짝 놀란 수정이 숨을 돌렸을 땐 이미 태웅의 차 안이었다.

"지금 뭐 하자는 거야!"

"요금, 택시 요금……."

"지금껏 어디 있다 오는 거지? 핸드폰은 왜 받지 않은 거야! 나와의 약속을 저버릴 만큼 중요한 일이 대체 뭐였지?"

"요금…… 안 치렀는데……."

"전화 한 통 못해 줄 만큼 그토록 긴급상황이었나? 그럼, 내가 온갖 끔찍한 상상을 하면서 당신을 걱정하리라곤 조금도 생각 못했어?"

"택시 요금…… 내야 해요."

수정이 멍청한 앵무새처럼 같은 말만을 되풀이하자 화를 억누르던 태웅이 드디어 폭발하고 말았다.

"택시 요금, 택시 요금! 지옥에나 가라고 해! 내가 냈어, 됐어? 됐냐고!"

귀가 멍멍할 정도로 버럭 소리를 지른 그가 수정의 어깨를 거칠게 붙잡더니, 그녀의 시선이 그에게로 향할 때까지 가차없이 흔들어댔다.

"날 봐! 날 봐! 날 보란 말이야!"

참으로 알 수 없는 일이었다.

그토록 밉고 야속하던 그였는데, 그의 얼굴을 보는 순간 왈칵 치솟는 눈물은 무어란 말인가.

결국 참다 못한 수정이 격한 울음을 터트리자 그가 그녀의 몸이 으스러질 정도로 힘껏 끌어안았다.

"어쩌라는 거야. 대체 나보고 어쩌라는 거야. 초저녁부터 이곳에서 널 기다리면서 얼마나 우습고 끔찍한 기분이었는지 알아? 네가 오면 때려 줄까, 안아 줄까 얼마나 고민했는지 아느냔 말이야!"

태웅이 눈물 젖은 수정의 뺨에 자신의 볼을 마구 비벼대며 격렬하게 항의했다.

한참 후, 수정의 울음이 진정되자 그녀의 등을 부드럽게 애무하며 달래 주던 태웅이 달콤한 목소리로 물었다.

"자, 내 아기…… 오늘 왜 내게로 안 온 거지? 응? 말해 봐. 응?"

너무도 감미로운 그의 음성에 수정은 자신도 모르게 고나영과 있었던 일을 털어놓고 말았다. 그리고 이야기가 끝나도록 아무 말 없는 태웅을 힐끔 쳐다봤던 그녀는 순간, 움찔 놀라고 말

왔다.

언제나 수정에게 보여주던 그의 표정은 부드럽고 다정했었다. 그러나 엄청난 분노가 감추어진 지금의 표정은 충분한 공포, 그것이었다.

취재를 거부당한 기자들이 악담하듯 내뱉던 '그의 매섭고 잔인한 면모'라는 것이 바로 이런 모습일까?

우수에 젖은 듯 수정을 끌어당기던 촉촉한 눈동자는 어느새 복수의 맹세가 담긴 광채로 번뜩였고, 조각처럼 깎여진 턱 선은 맹렬한 의지로 더욱 단단해져 있었다. 그러나 놀란 토끼 눈으로 자신을 바라보는 수정의 시선을 느낀 그가 금세 예전의 모습, 그녀만을 향한 표정으로 돌아와 그녀를 안심시켜 주었다.

"남자의 명예를 걸고 맹세하지! 지난 일들을 부정하지 않겠어. 하지만 지수정! 당신을 만난 순간부터 오로지 내겐 당신뿐이었어. 앞으로도 그럴 거고. 그 동안 당신이 행여나 부서질까 당신을 안아 보는 것조차 두려웠어. 겨우 당신 손을 잡는 것으로 만족해야 했지. 그런데 오늘…… 어디 갔는지, 언제 돌아올지도 모르는 당신을 기다리면서 결심했어. 오늘밤 당신을 만난다면, 오늘밤 당신이 내게로 온다면…… 당신을 확실한 내 여자로 만들겠다고!"

수정은 은근한 명령이 담겨져 있는 그의 고백에 얼굴을 붉혔다. 그리고 우습게도, 정말 우습게도 그 순간 고나영이 했던 말이 생각났다.

'그가 침대에서 얼마나 힘이 넘치는지…… 그가 어떤 체위를 좋아하는지…….'

　수정이 새침하게 고개를 숙이며 손톱으로 허벅지로 긁어대자 태웅이 거만한 웃음을 터트렸다. 남성으로서의 자부심이 담긴 웃음이었다. 잠시 야릇한 시선으로 그녀를 바라보던 그가 재빨리 차를 출발시켰다.

　그날 밤, 아니 정확히 그날 새벽…… 새로운 태양이 산 너머에서 떠오를 무렵…….

　그렇게 지수정은 강태웅의 여자가 되었다.

6

그로부터 3주 후, 두 사람은 결혼식을 올렸다.

지금 생각해 보면 결혼식을 올리기 전 3주 동안은 뭔가에 홀렸던 것 같다. 그렇지 않고서야 어쩌면 그렇게도 상황을 짐작하지 못할 수가 있었을까?

그들의 운명을 결정지었던 그날 새벽…….

다음날 해가 중천에 뜨도록 침대에서 꾸물거렸던 두 사람은 몇 번이나 열정을 불태웠음에도 못내 아쉬워하며 겨우 샤워를 했다. 만약 수정이 MC를 맡고 있는 쇼 프로의 녹화만 아니었다면 그들은 또 하루를 그렇게 보냈을 것이다.

"하루 빨리 결혼해야겠어. 그래야 당신을 가둬 놓고 나만 볼 수 있지."

“결…… 혼? 결혼요?”

믿을 수가 없었다. 수정이 태웅에게 순결을 준 것은 결혼을 염두에 둔 행동이 결코 아니었다. 그러나 그가 결혼을 생각하고 있었다니, 그만큼 그녀를 사랑하는 것이라고 생각하니 숨쉬기가 힘들 만큼 가슴이 벅차 올랐다.

“당연히 나와 결혼해 주겠지? 이제 당신은 부정할 수 없는 내 여자니까.”

“정말 잘났군요! 착각은 자유네요. 내가 당신 여자가 된 게 아니라 당신이 내 남자가 됐다는 사실을 모르시다니요”

수정은 짐짓 허세를 부리며 팔짱을 꼈다. 믿어지지 않는 벅찬 행복감에 소리라도 지르고 싶은 자신의 들뜬 감정을 감추기 위한 행동이었다.

“그래? 여기 이렇게 증거가 있는데?”

태웅이 히죽거리며 순결의 흔적이 묻은 시트를 흔들어 보이자 수정은 비명을 지르며 그에게 달려들었고 그들은 다시 한 번 쾌락의 용암에 빠져들었다.

참 묘했다. 그리고 신기했다.

수정은 한 여자와 한 남자가 몇 년만에 이룩할 사랑이며, 배려며, 관심이며, 이해 같은 것들이 하룻밤의 사랑으로도 가능하다는 것을 알게 되었다. 물론 그것은 진정한 사랑이 존재하는 경우에 한해서이다.

남녀간의 사랑의 행위에 대해 수정이 아는 것은 하나도 없었다. 그러나 그녀는 너무도 자연스럽게 그녀의 남자를 받아들였고 그 뒤에 느낀 아주 잠깐 동안의 통증과 그것에 대한 보상인 듯 그 어떤 말로도 완벽한 표현이 불가능한 황홀함을 온몸으로 느끼며 더더욱 태웅을 사랑하게 되었음은 부정할 수 없었다. 그녀와 한 몸이 되어 그녀의 몸 안에서 거세게 요동치던 그의 움직임은 그녀만의 것이었고 쾌감에 울부짖는 그녀의 몸 또한 그의 것이었다.

수정은 완벽하게 이해했다. 20살의 기혼녀와 30살의 미혼녀 중 어느 쪽이 더 완숙한 여자이고 그 이유가 무엇인지를. 자신이 여성임이 절실히 느껴지는 그 완전함의 순간이 어느 때인지…….

수정은 결혼식 전날까지도 부끄러움을 모른 채 태웅의 요구에 의해, 새롭게 눈뜨기 시작한 자신의 욕망에 의해 그와 뜨겁게 몸을 섞었다.

바로 그것…… 그것이 문제였다.

사랑하는 남녀가 이루어 낼 수 있는 가장 놀랍고도 아름다운 육체의 향연에 푹 빠져 버린 그녀는 사태를 제대로 파악할 기회를 놓쳐 버렸던 것이다.

결혼식에 관한 대화를 나눌 때마다 문득문득 태웅의 얼굴이 어두워지거나 우울해 보이는 이유가 무엇인지 두 번 생각하지 않았다. 그 역시 곧 밝은 미소를 지어 보이며 자신이 설계한 두 사람의 행복한 미래를 거침없이 들려주었기 때문이었다.

수정은 자신이 책임져야 할 엄마와 수완을 잊어버렸다. 결혼은 두 사람만 하는 것이 아니라는 사실도 무시해 버렸다.

당시 동맥경화증으로 병원에 입원해 계시던 태웅의 아버지를 뵈러 갔을 때, 자신을 벌레 보듯 바라보던 그의 어머니와 누나들의 표정을 두 번 다시 떠올리지 않았다.

오로지 사랑하는 한 남자와 평생을 함께 할 수 있다는 기쁨과 설렘에 들떠 앞으로 다가올 산적한 문제들은 생각조차 하지 않았다.

그저 바라만 봐도 가슴이 벅차 오르는, 너무나 사랑하는 남자의 사랑스런 아내가 되고 싶다는 마음 하나였다.

그러나…….

브라운관 속의 신데렐라였던 수정이었지만 현실 속에선 말 그대로 '재투성이'에 불과했다. 꿈을 꾸는 듯 황홀했던 신혼여행에서 돌아오자마자 시아버님이 돌아가셨고, 그것은 시아버님의 오랜 투병 생활에도 불구하고 마치 천박하고 모자란 며느리가 집안에 들어옴에 따라 발생한 돌연사로 몰아 붙여져 수정은 천하의 죄인이 되어야 했다. 곧이어 터진 국가 경제의 혼란기인 IMF 체제 속에 경영이 악화된 태양 그룹의 위기도 재수 없는 새 식구의 탓으로 돌려버리는 시어머니와 시댁 식구들의 비난과 질타 속에 견디기 힘든 생활의 연속이었다.

태웅은 아버지의 뒤를 이어 어려움에 처한 태양 그룹을 살리기 위해 안간힘을 쓰고 있었다. 일찍이 건강이 좋지 않았던 시아버지의 혹독한 교육으로 대학 시절부터 계열사 공장을 돌며 그룹 내 원로 경영진의 특강과 세세한 현장 경영 수업을 받았던 그는 군 복무 후 유학 길에 올라 MBA(경영학 석사) 과정을 밟으며 해외 지사 근무를 마쳤고, 귀국 후엔 경영 실적이 좋지 않던 외곽 계열사 태양 물류의 이사직을 맡아 탁월한 경영 성과와 능력을 검증받으며 이듬해엔 차세대 가장 주목받는 경영인으로 선정되는 등, 수정과 만났던 32세의 나이에 이미 재계와 언론의 비상한 관심을 모으며 태양 그룹의 부회장 직을 맡아 경영 일선에 참여하고 있었다.

그렇듯 재계에서 일명, '강대철 회장의 치밀한 제왕학 교육의 승리'라고까지 불리며 준비된 경영인으로서 주주와 경영진들의 두터운 신임을 받고 있던 그였지만 재벌 2세들의 잇단 경영 실패와 모 기업의 불법, 변칙 증여와 상속으로 불거져 나온 세습 경영에 대한 사회적 비난이 그의 후계자 계승을 둘러싼 도덕적 비난으로까지 이어져 기업 경영은 난항을 거듭하고 있었다. 뿐만 아니라 정부의 기업 지배구조 개선 정책과 구조조정 압력, 재산 상속과 증여 문제로 개인적으로도 그가 몹시 힘든 나날들을 보내고 있음을 잘 아는 수정이었기에 그에게 감히 자신의 처지를 투정하고 위로받을 생각조차 하지 못했다.

그저 눈물과 한숨을 안으로 삼키며 지친 남편에게 조금이나마 힘이 되어 주고 싶다는 일념으로 벙어리에 귀머거리에 장님이 되었다.

'난 괜찮아! 날 너무도 사랑해 주는 그가 있잖아. 그거면……그거면 돼.'

결혼 후 너무도 바빠진 태웅이었지만 늘 그녀에게 고정된 따스한 시선과 그것에 담긴 사랑과 관심만으로도 수정은 참으로 행복했다. 너무나 행복해서 정원의 바람에게, 하늘의 구름에게, 붉은 비단 같은 노을에게 그녀의 행복을 수줍게 자랑하며 감사했었다.

그렇지만 그녀의 시어머니…….

시아버지의 병문안을 통해 태웅의 가족에게 처음으로 선 보여지던 날, 수정은 사회적으로 존경받는 시어머니를 뵐 생각으로 무척 들떠 있었다. 인터뷰하기 힘든 재계 인사로 뽑힐 만큼 언론을 기피했던 시아버지와 달리 매스컴에 종종 비쳐지던 시어머니의 모습은 무척이나 인자하고 거룩한 분으로 인식되었기 때문이었다. 여성의 삶의 질과 권위 향상을 위해 여성복지 아카데미를 운영하는 여류 인사로, 국내외 불우아동들을 돕기 위한 캠페인을 벌이고 있는 따뜻한 인류애를 지닌 분으로, 지적인 외모가 돋보이는 우아한 언변으로 대중 매스컴의 호감을 받는 멋진 여성으로…….

그러나 대중과 카메라 앞에선 늘 다정히 미소짓던 그분이었지만 정작 자신의 며느리에게는 결코 미소를 보여주지 않았다. 기대에 턱없이 못 미치는 형편없는 집안과 학력, 당신에게 있어 천하기 짝이 없는 연예계 출신, 제대로 된 가문에서 제대로 익히지 못해 모든 것이 남부끄럽기만 한 아들의 여자를 한 번도 자신의 며느리라고 남들에게 소개한 적이 없었다. 자신의 막내 딸보다 겨우 한 살 많은 당신의 며느리가 아직은 사소한 일에 울고 웃는 철없는 여자라는 사실을 결코 인정하지 않으셨던 분이었다.

'이제 달라질 때도 되지 않았니?'

'좋아 보이지 않는구나.'

'이건 너와 어울리지 않아.'

'색깔이 천박하잖니.'

'조잡하구나.'

수정은 그럴수록 노력했다.

자신의 모자람을 잘 알고 있었기에, 사랑하는 남자의 어머니이기에 그녀는 사랑하고 싶었고 사랑받고 싶었다. 시어머니가 선호하는 튀지 않는 색상에 단조로운 디자인의 옷만 입었고, 시어머니가 좋아하는 사람을 좋아하려고 노력했으며, 시어머니가 좋아하는 음식을 만들기 위해 하루 종일 부엌에서 살기도 했다. 말 많고 웃음이 헤픈 여자가 싫다는 시어머니를 거슬리지 않기 위해 가슴에 멍울이 지도록 침묵을 지켰고 자신의 의견 따위는 잊어버렸다. 시어머니가 빨간 것을 파랗다고 하면 파랗다고 생각했고 경박해 보인다는 텔레비전 시청이며 쓸 데 없다는 외출마저 삼가게 됐다.

그렇게 한 달이 지나고 두 달이 지났을 때, 태양 그룹과 시댁은 안정을 되찾았다.

그러나 수정은…… 그녀는 바보가 되어 있었다.

7

바보…… 수정은 바보와 다름이 없었다.

그렇게 자신을 죽여 가며 비참한 하루하루를 살았지만, 생기와 웃음을 잃고 눈에 확연히 드러날 정도로 체중이 줄었지만, 시어머니의 태도는 조금도 변함이 없었다.

무엇이 문제였을까? 그녀의 시어머니는 왜 그토록 당신의 며느리를 미워했을까?

시어머니의 친구분들이 집을 방문하여 정성껏 준비한 다과를 들고 갔을 때, 살짝 열려진 문틈 사이로 들려 오던 생생한 음성을 아직도 기억한다.

"자기 며느리, 텔레비전에서 볼 때보다 더 예쁘다. 그런데 자기가 너무 시집살이시키는 거 아냐? 얼굴색이 영 안 좋네."

"맞아, 결혼식 때보다 많이 야윈 것 같아."

어쩌지? 저런 말씀을 하시면 어머니께서 많이 서운해하실 텐데…….

"그런 소리들 마! 내가 얼마나 속상한지 몰라서들 그래. 재력가에, 명문가의 딸들이 얼마나 줄을 섰는지 자기들도 알잖아. 이제야 말이지만, 천하디 천한 뭐 하나 볼 것 없는 저런 아이를 데려왔을 때 내가 얼마나 자존심이 상했는지 알아? 내 속이 얼마나 타들어 갔는지 아느냐고. 아무래도 우리 태웅이가 눈에 뭐가 단단히 씌었었나 봐. 강 회장님이 돌아가시기 전에 그렇게 상속권을 박탈하겠다고 노발대발하시는데도 눈 하나 깜짝하지 않더라니까!"

분해 죽겠다는 듯 날카롭게 울리는 시어머니의 음성.

"그래도 그만큼 사랑하니까 그 착한 아드님이 아버지의 뜻을 어긴 게 아니겠어? 하긴, 죽고 못살 정도로 사랑에 빠졌다면 상속권이 뭐 그리 대수일까. 영국 국왕 에드워드 8세를 보라구. '심프슨이 없으면 왕위는 아무 의미가 없다!'며 두 차례나 이혼 경력이 있는 월리스 심프슨과 결혼하기 위해 영국 왕관까지 버렸잖아?"

"흥, 사랑은 무슨 얼어죽을 사랑! 아니야! 그래, 굳이 따지자면 왜 있잖아, 백.치.미! 내가 가만히 보니까 그 아이 완전히 백치야. 한창 혈기 왕성한 사내들에겐 백치미가 매력적으로 보이기도 하는데, 글쎄 우리 태웅이도……."

며느리를 잔인하게 멸시하는 시어머니와 재미있어 죽겠다는 듯 깔깔거리는 여인들의 웃음소리에…… 수정의 가느다란 희망

마저 묻혀 버렸다.

그날 밤, 너무나 서러웠던 수정은 밤늦게 들어온 태웅에게 울먹이며 하소연했었다. 자신이 얼마나 노력해 왔는지 그리고 그것을 몰라 주는 시어머니가 얼마나 야속한지 모르겠다고…….

그러나 태웅은 그런 그녀를 이해하지 못했다. 그저 며느리에 대한 불만을 잔뜩 늘어놓는 자신의 어머니를 대할 때와 똑같은 방법으로 머지않아 좋아지겠지라며 웃을 뿐이었다. 그리곤 그녀를 침대로 이끄는 방법으로 입막음을 해버렸다.

매사가 그런 식이었다. 태웅은 수정을 소유하려고만 했지 이해하려고 하지 않았다.

수정은 남편이 자신을 너무나 사랑하기에 그토록 자신을 가두어 두는 것이라고 생각했었다.

일체의 연예 활동을 중단했음에도 매스컴의 집요한 취재로 요리학원, 백화점 등지에서의 그녀의 사적인 모습들이 보도되기도 했었는데 그럴 때면 그는 불같이 화를 냈다. 연예인 친구들과 통화하며 수다 떠는 것이 유일한 낙일 때, 우연히 그 광경을 목격한 태웅의 이해할 수 없는 분노와 비난은 수정으로 하여금 마지막 위안마저도 포기하도록 만들어 버렸다. 그렇게 점점 그녀는 태웅이 프로포즈했던 날 농담조로 말했던 것처럼 세상과 완전히 분리되고 있었다.

'당신은 나를 위해 존재하는 사람이야. 이렇게 나만 바라보고, 나만 사랑하면 되는 거야. 응?'

그렇듯 태웅의 끊임없는 요구와 관심으로, 지칠 줄 모르고 아내의 몸을 탐하는 강렬한 사랑으로 그녀의 상실감은 충분히 보상이 되었다.

그 전화를 받기 전까지는.

"수정아, 잘 지내지?"

같은 드라마에 출연한 계기로 가장 친하게 지내던 동료 탤런트 김미림이었다.

"어머! 미림아, 너무 반가워. 잘 지내지? 정훈 씨도 잘 있구?"

미림은 락가수 변정훈과 비밀리에 열애중이었다. 아역 탤런트의 이미지를 힘겹게 극복하고 스타덤에 오른 미림은 이미지 관리에 매우 철저했고, 때문에 비밀을 지키기 위해 정훈과의 데이트에 종종 수정을 대동시키곤 했었다.

"여전하지 뭐. 너 많이 보고 싶어해."

이런저런 이야기를 나누던 수정은 미림이 뭔가 하려는 말이 있다는 것을 감지했다. 하지만 미림은 쉽게 이야기를 꺼내지 못하고 계속 미적거리고 있었다.

"무슨 일이야? 미림이 너, 나한테 할 말 있지, 그렇지? 무슨 일이야. 빨리 말해 봐. 응?"

"그게…… 실은, 요즘 방송가에 떠도는 소문이 심상치 않아서 어떻게 해야 할지 모르겠어."

"소문? 무슨? 나에 대해서?"

"아니, 그게…… 너 나영 언니 알지? 나영 언니가 한때…… 그러니까 한때 네 남편하고 그렇고 그런 사이였다는 건 너도 알 거야."

"……"

"그런데 요즘 다시 만난다는 말이 있는 것 같아. 뭐, 나영 언니야 원래 남자 관계가 복잡하기로 소문난 사람이고, 또 이곳이 워낙 시끄러운 곳이니까 나도 처음엔 무시했는데…… 휴! 그래, 좋아. 솔직하게 다 말할게. 어제 문선아 선배가 의상 때문에 나영 언니 아파트에 잠시 들렀는데, 그곳에서 네 남편을 봤다지 뭐니. 현관에서 정면으로 마주친 거라 틀림없다는 거야. 게다가 나영 언니도 부정하지 않고…… 수정아, 정말 미안하다. 하지만 너도 꼭 알아야 할 것 같아서…….."

어리석을 정도로 순진했던 수정은 애써 스스로에게 웃어 보였다.

아닐 거야, 아니야…… 그럴 리 없어.

그는 날 누구보다 사랑해, 내가 그렇듯.

그러나 그 믿음은 그날 밤 태웅이 들어왔을 때 잔혹하게 깨졌다.

"어제 무슨 갑작스런 모임이라도 있었어요? 연락도 없이 늦게 들어왔잖아요."

"응? 어제? 어제……."

태웅이 그답지 않게 허둥대고 있었다. 그러나 그것은 넥타이를 푸는 짧은 시간 동안이었을 뿐, 그는 뻔뻔스럽게도 곧 자신감을 회복했다.

"으응. 어제 밤늦도록 중요한 회의가 있었어. 다행히 이번 외자유치 협상이 성공리에 끝나서 자금난은 덜었지만 아직도 해결해야 할 과제들이 많거든. 하지만 당신은 신경 쓰지 마. 잃는 게 있으면 얻는 것도 있다고, 사업 규모는 축소됐지만 노조의

신뢰를 얻어가고 있으니까 말이야. 그리고…… 당신하고 관련
된 모든 문제는 내가 알아서 처리할 거야. 당신은 아무 걱정하
지 않아도 돼. 당신은 그저 여기 이렇게, 아무런 근심 없이 내
옆에만 있어 주기만 하면 돼. 자, 이리 와.”

엉뚱히 말을 맺은 태웅이 수정을 껴안으려 한 걸음 다가섰지
만 수정은 그의 손에 들린 넥타이를 재빨리 낚아채는 것으로 그
의 포옹을 외면했다. 억장이 무너지는 아픔과 눈물이 솟구쳤다.

아닐 거라고 확신했었다. 경망스럽기로 소문난 문선아 선배
가 틀림없이 그와 닮은 다른 남자와 착각했거나, 그가 정말 그
곳에 갔었다면 분명히 그럴 만한 이유가 있었을 거라고 생각했
다. 남편의 늦은 귀가에 뿌루퉁히 입을 내미는 그녀를 달랠 때
처럼, 그의 무릎 위에 그녀를 소중히 앉히고 그녀의 긴 머리카
락에 키스하며 다정스레 그 까닭을 들려줄 것으로 믿어 의심치
않았다.

하지만 수정은 그녀가 틀렸다는 것을 깨달았다.

흔들리는 그의 눈빛이 있었고, 사랑하는 남자를 가슴에 품은
여자 특유의 진한 감성, 육감이라는 것이 있었다.

사랑하는 남자를 위해서라면 자신의 모든 것을 내어주는 여
자들을 애틋하게 여긴 신이 그녀들에게 마음의 눈을 선물하셨
다. 남자들의 말투와 표정, 일렁이는 눈빛만으로도 그들에게 이
는 사소한 감정의 변화까지 느낄 수 있게…….

태웅은 그녀를 속였다!

회사와 그를 걱정하는 그녀의 진심마저 더럽히며 거짓말을
늘어놓는 태웅에게 분노한 수정은 그날 밤 처음으로 그의 손길

을 거부했다. 너무나 사랑했던 남편이었던 만큼 크나큰 고통과 충격 속에 그녀의 마음은 천 갈래 만 갈래로 찢어졌고, 자신의 모든 것을 그의 기준으로 바꾸었던 만큼 배신감은 더없이 컸다.

　태웅은 그녀의 행동에 몹시 놀란 듯, 처음엔 철없는 어린아이 대하듯 달래더니 나중엔 얼굴까지 붉히며 격렬히 분노했고, 끝내 싸늘히 등을 돌려 버렸다. 그것은 고작 하룻밤의 거부였지만 태웅의 남성으로서의 자존심에 큰 타격을 주었던지 그 역시 그 다음부턴 수정의 몸에 손가락 하나 대지 않았다.

　그리고 결국 그날 일은 두 사람이 매일 밤 등을 돌리며 자는 사이로 악화되게 만들었고, 언제나 뜨거운 열기로 가득했던 침실은 영하 몇 십 도의 얼음창고가 되고 말았다.

8

    그렇게 냉전이 계속되면서 수정은 자신의 결혼 생활이 흔들
리고 있다는 것을 느꼈다. 그러나 동시에 태웅에 대한 그녀의
사랑이 얼마나 깊은지도 절실히 느끼고 있었다.
    수정은 매일 아침 그를 보며 갈등했고, 매일 저녁 그를 보며
갈망했다. 예전처럼 아침마다 그의 목에 팔을 두르고 '사랑해요'
라고 속삭이고 싶었고, 저녁이면 그의 품에 안겨 미주알고주알
그날 일을 풀어놓으며 마음껏 어리광을 부리고 싶었다.
    태웅이 고나영의 아파트를 드나든다는 말을 들었을 때, 그녀
를 가장 고통스럽게 한 것은 분노였다.
    자신의 넘치는 사랑에 대한 분노, 그의 온전하지 못한 사랑에
대한 분노. 그러나 시간이 갈수록 수정이 가장 견디기 힘든 것

은 그녀 자신의 초라함이었다.

그녀는 매일 아침 태웅의 넥타이와 양말을 고르며 몇 십 번을 되뇌었다.

'고나영의 아파트엔 무슨 일로 찾아갔나요?'

그러나 그에게 차마 물을 수가 없었다. 그렇게 그가 차갑게 돌아서서 출근하고 나면 그녀는 마치 미친 사람처럼 종일 중얼거렸다.

'고나영의 아파트엔 무슨 일로 찾아갔나요…….'

'고나영의 아파트엔 무슨 일로 찾아갔나요…….'

사랑하는 남자의 냉담한 눈길, 그 무관심한 눈빛의 고통을 아는가! 너무나 차갑게 변해버린 남자의 눈동자는 여자에게 세상의 끝을 의미한다.

수정은 태웅을 사랑했다. 그녀의 뜨겁고 붉은 마음을 단지 '사랑해요'라고밖에 말할 수 없는 것이 너무나 안타까워 어떤 날은 하루 종일 국어사전을 뒤적이기도 했었다. 그를 향한 그녀의 절절한 마음을, 그 사랑을 마음껏 표현하지 못해 애끓는 심정을, 마치 상사병에 걸린 가련한 여인처럼 피가 마르는 그 고통을 그에게 전하고 싶어 미칠 것만 같았다.

그러나 그에 대한 사랑이 깊어질수록 그에 비해 턱없이 모자란 자신이 너무도 미웠고, 그 사실이 그렇게 가슴 아플 수가 없었다. 태평양처럼 넓게 느껴지는 드넓은 침대에서 싸늘히 등을 돌리고 눕는 남편이 야속해, 매일 밤 숨죽여 울던 수정은 점차 그의 사랑스러운 아내이기보다 자랑스러운 아내가 되고 싶었다.

결혼식을 올리고 두 달 동안, 그녀가 공식석상에 참석한 것은 단 한 번뿐이었다. 태양 그룹의 신임임원 교육 행사 중의 하나인 부부동반 석찬에 참석했던 그날…….

태웅의 급작스러운 전화를 받고 허겁지겁 달려갔던 국내 최고급 호텔의 로비에서, 수정은 완벽하리만큼 자연스럽게 조화되는 그를 바라보며 마치 낯선 사람을 대하는 듯한 어색함을 느꼈었다. 그리고 그날 밤의 행사가 그녀에게 즐겁지 않을 거라는 불길한 예감도 함께 느꼈다.

예감은 적중했다.

두 사람이 행사가 열리는 홀에 입장했을 때 수정은 사람들 사이에서 이는 술렁임을 분명히 느낄 수 있었다. 그들은 마치 외계인을 바라보듯 호기심과 의아함이 가득한 눈길로 그녀를 바라보고 있었다.

두 사람의 등장으로 만찬이 시작되었고, 태웅은 곧 타고난 사교적인 태도로 임원들은 물론 임원 부인들과도 즐겁게 대화를 나누었지만 수정은 그 흔한 미소조차 짓지 못하고 그의 뒤만 졸졸 따라 다닐 뿐이었다. 꿀 먹은 벙어리처럼, 집 잃은 강아지처럼 졸졸…….

어찌나 형편없이 굴었던지 나중에 행사 내용이 촬영된 사진을 보곤 갈기갈기 찢어 버렸을 정도였다. 모두가 활짝 웃으며 즐겁게 담소하고 있는 가운데 그녀 혼자만 꿔다 논 보리자루마냥 멀찍이 떨어져 바보 같은 표정을 짓고 있었기 때문이었다.

불행은 계속되었다.

앞으로의 사회 활동과 관심 분야에 대해 묻는 임원들의 의례적인 질문에 그녀는 단 한 마디도, 아니 입술조차 떼지 못했다. 다행히 2세 만들기에 전념하고 있다는 태웅의 유머에 모두가 폭소를 터트려 위기를 모면했지만 태웅의 눈동자에 서려 있던 당혹의 빛은 수정이 평생 잊지 못할 만큼 그녀를 가슴 아프게 만들었다.

그 후 불행인지 다행인지 그녀는 더 이상의 공식행사에 참여할 일이 없었고 태웅 역시 한마디의 언급도 없었지만, 그날의 행사는 수정에게 며칠 동안 몸살을 앓게 만들었을 만큼 힘들고 비참한 사건이었다.

그렇듯 언제 어디서나 돋보이는 남편에 비해 초라하기 그지없는 그녀였고, 그 사실이 언제나 그녀를 의기소침하게 만들었지만 그녀는 여전히 그를 사랑했다. 그리고 그도…….

그리고 그도!

그래! 그 일이 있기 전에는 열렬히 사랑하던 두 사람이 아니었던가. 그에 대한 미움, 원망, 그리움…… 그 모든 슬픔의 진실한 감정, 그것은 사랑이었다!

그래, 그가 실수한 거야…… 겨우 한 번의 실수로 그의 사랑을 부정할 수는 없어!

그는 여전히 날 사랑해!

마침내 수정은 그를 용서하기로 마음먹었고, 그날도 변함없이 굳은 표정으로 침실로 들어오는 태웅에게 달려가 그의 품에 바싹 안겼다. 잠시 이해할 수 없다는 듯 머뭇거리던 그가 곧 한숨을 내쉬며 뜨겁게 반응했고, 평소와 달리 적극적으로 사랑을 갈구하는 수정의 열정적인 손길과 몸짓에 자제력을 완전히 잃은 그가 극도로 홍분하며 거친 신음을 토해냈다.

사랑이란 서로의 몸과 마음이 하나가 될 때 비로소 완성되는 것일까? 사랑하는 남자의 움직임에 맞추어 몸을 움직이고, 그를 더 깊숙이, 완전하게 받아들이고 싶어 그에게 몸을 맞출 때의 묘한 감동…….

그렇게 한참 후, 넋을 놓아버릴 정도의 열정적인 시간이 지나고 아직도 남아 있는 야성의 여운을 만끽하며 땀에 젖은 서로의 몸을 애무하고 있을 때, 태웅이 돌연 몸을 뺐냈다.

"왜?"

그가 실오라기 하나 걸치지 않는 수정의 알몸을 경멸스럽게 바라보았다.

"당신, 오늘밤 유난히 서비스가 좋은데? 어제까지만 해도 날 쳐다보지도 않더니, 왜? 장모님께 전화라도 받았나?"

"엄마 전화요? 엄마한테 무슨 일이 있어요?"

그 순간, 믿을 수 없게도 그가 코웃음을 쳤다.

그가…… 그녀에게…… 코웃음을…… 쳤다…… 그가.

가증스럽다는 표정으로 한참 동안 빤히 바라보던 그가 귀찮다는 듯 말했다.

"정말 모르는 거야, 아니면 모르는 척 하는 거야? 하긴 생각조차 하기 싫을 수도 있겠지. 그만 자도록 해. 난 내일 새벽에 회의가 있어."

그가 그녀에게서 돌아누웠다. 싸늘히.

다음날, 태웅이 출근하자마자 결혼 후 처음으로 친정에 찾아갔던 수정은 경악하고 말았다. 떠들썩한 언론의 보도를 통해 수정의 결혼 사실을 알게 된 사채업자들이 그 사이 비열한 구실을 내세워 태웅을 찾아갔다는 것이었다.

드라마를 통해 인기를 얻었다고 하나 신인 탤런트에 불과했던 그녀의 TV 출연료는 연예 활동의 잡다한 경비 대기에도 바듯했고, 태양 그룹의 CF와 기타 행사 출연으로 얻어진 수입도 높은 세율의 세금과 세금 공제 전의 50%에 해당되는 매니저 몫을 빼고 나면 실제 수입은 생각 이외로 보잘것없는 것이었다. 결국 수정의 집에는 그녀가 연예계 생활을 하며 벌어들였던 얼마간의 돈으로 상환한 은행 대부금 외에도 상당액의 사채가 남아 있었는데, 금전 관계에는 어리석을 정도로 무지몽매한 그녀의 엄마가 쉬쉬 했던 사채 이자가 이미 원금을 훌쩍 뛰어넘는 황당무계한 금액으로 변해 있었고 얼씨구나 태웅의 회사로 몰려간 사채업자들은 그의 장모를 내세우며 여러 차례 소란을 피워댄 것이었다.

그리고 어제…… 태웅은 그들의 모든 빚을 탕감해 주었다.

수정은 맥없이 흐느끼는 엄마를 바라보며 자신의 결혼 생활이 끝났다는 것을 알았다.

아무리 살을 맞대고 사는 남편이지만 너무나 비참했다.

변명할 여지없는 거지 같은 처참한 처지와 남편의 부정을 눈감으면서까지 사랑을 구걸하려 했던 어리석음, 어젯밤 부끄러움을 무릅쓰며 보여주었던 진실한 사랑을 '빚 청산에 대한 서비스'라고 독단한 남편을 도저히 용서할 수가 없었다. 그녀는 이미 아내가 아닌 창녀로서의 하룻밤을 살았다.

　수정은 발소리만 들어도 심장이 철렁 내려앉는 시어머니가 있는 시댁으로 돌아가 몇 가지 되지 않는 순수 자신의 물건만을 챙겼다. 그리고 겨우 가방 하나에 그 모든 것이 들어간다는 것을 알고 허탈하게 웃었다.

　시어머니의 생일을 맞아 병약한 엄마가 정성껏 짜 보내 주었던 스웨터를 가정부 강원댁이 입고 있었을 때 흘렸던 눈물…….
시집간 누나가 보고 싶어 어렵게 찾아온 수완을, 매일처럼 이어지는 시어머니의 강연에 참석하기 위해 급히 돌려보내야 했던 날의 비애…….

　자신이 일구어 놓은 연예계 활동과 사교 생활까지 마감하고 온기라곤 찾아볼 수 없는 거대한 감옥과도 같은 이곳에서 '재투성이' 며느리로 살아왔던 지난날들의 초라함…….

　그 서글픔의 시간을 수정이 견딜 수 있었던 것은 그녀에 대한 태웅의 사랑을 확신했기 때문이었다.

　그러나 수정은 과감히 한 개의 가방만을 들고 왕자님이 살고 있는 부와 명예로 장식된 성을 빠져 나왔다.

　그렇게 그녀를 사로잡았던 3개월 동안의 데이트, 3개월 간의 결혼 생활의 모든 마법이 풀렸다.

　그리고 오늘, 3년만에 그를 다시 만났다.

　울음소리가 밖으로 새어 나갈까 고통스러울 정도로 숨죽여 울던 수정은 두 손을 맞잡아 간절히 기도했다. 제발 30년 동안만 그를 만나지 않게 해 달라고…….

　그때쯤이면, 그때쯤이면 그를 만나도 아무렇지 않을 테니까.

9

"회장님, 화장품 사업단 기획실장님이 오셨습니다."

태웅은 인터폰에서 비서의 음성이 채 사라지기도 전에 문을 거칠게 열고 들어오는 여자를 심드렁하게 바라보았다. 감히 최고 결정권자가 머무는 회장실에 출입하면서 인사는커녕 노크조차 하지 않는 그녀!

뭔가에 단단히 화가 난 듯 황금색으로 컬러링된 웨이브 머리를 마구 쓸어 넘기며 한참을 쏘아보던 그녀가 마침내 소리쳤다.

"오빠! 도대체 왜 이러는 거야? 이미 결정된 사항을 가지고 이제 와서 왈가왈부하는 이유가 도대체 뭐야? 벌써 모델 섭외까지 다 끝났다는 거 알잖아!"

"됐다. 아까 불을 뿜던 전화 통화만으로도 충분히 네 생각을 알았으니 이제 그만 해."

여동생의 상기된 표정을 흥미롭게 쳐다보던 태웅이 갑자기 말을 자르며 자리에서 일어섰다.

"일단 앉자. 차 마실래?"

"됐어. 그보다 오빠가 왜 이러는지 반드시 그 이유를 들어야 겠어."

태란은 반항하듯 소파에 푹 주저앉으며 태웅에게 날카로운 시선을 던졌다.

워낙 낙천적인 성격 탓에 좀처럼 화를 내지 않는 태란이었지 만 한번 화를 터트리면 영락없는 강태웅의 여동생임이 증명되 곤 했다.

태웅은 콧김을 사방으로 뿜어내며 씩씩거리는 그녀를 애정이 가득한 눈길로 바라보았다. 마음에 들지 않는 것은 절대로 참아 내지 못하는 그의 성미를 꼭 닮은 그녀는 태웅이 유일하게 마음 을 열어 보일 수 있는 가족이었다. 그러나 지금은 여동생이 아 닌 고릴라를 상대해야 했다. 그것도 약이 오를 대로 오른 성난 고릴라…….

태웅은 짐짓 짜증스런 몸짓으로 손목시계를 힐끔 바라보았다. 그리고 이런 상황이 매우 언짢다는 듯 이마를 찌푸렸다.

"강 실장, 내가 잘못 본 건가? 페어 레이디 회원들의 설문 결 과 보고서에 따르면 이번 기획상품에 가장 잘 어울리는 모델로 선정된 건 류민정이 아니었던 것 같은데?"

"무, 물론 제가 지난번에 회장님께 보고드렸다시피 류민정은 2위…… 였습니다. 하지만 류민정은 깜찍한 마스크와 보이시한 매력으로 올해 가장 각광받고 있는 신인 탤런트로서, 현재 각종 인기 차트에서 1, 2위를 달리고 있으며 젊은 층에 가장 어필하고 영향력 있는 연예인으로 선정될 만큼 자기 주장과 프라이드가 강한 연예인입니다. 그뿐 아니라…….”

태란은 태웅이 자신을 강 실장이라고 부를 때마다 이유 없이 긴장되곤 했다. 거만과 오만이라는 단어가 무색할 만큼 잘생긴 데다가 카리스마가 넘치는 그녀의 오빠…….

그는 그녀가 가장 존경하고 사랑하는 오빠였지만 이젠 굵직한 계열사만 해도 열 개가 넘는 대기업을 이끄는 총수로서의 모습은 섬뜩할 정도로 차가웠다. 물론 그것이 국내 최대의 종합 식품업체로만 인식되던 태양 그룹을 경쟁력을 갖춘 생활문화 그룹으로 비약적인 발전을 이루게 한 원동력이었다는 것을 잘 알고 있었다.

그러나 그것에 대한 대가일까?

그녀가 미국 유학을 마치고 집에 돌아왔을 땐, 이미 오빠는 웃음을 잃어버린 후였다.

그의 두 눈동자가 기쁨과 행복으로 충만하던 시절도 있었다. 하지만 이젠 굳게 다물어진 입술과 그늘진 시선, 그뿐이었다.

배터리가 다 된 녹음기처럼 힘없이 늘어지는 류민정의 프로필을 듣던 태웅이 얼굴을 매섭게 찌푸리며 태란의 입을 막았다.

“됐어. 내가 듣고 싶은 건 그게 아냐. 이번 설문조사에서 1위로 선정된 사람이 누구지?”

“오빠!”

태란의 당황스러운 표정과 날카로운 외침에도 불구하고 태웅

은 정말 누군지 궁금하다는 듯 양 눈썹을 치켜올리며 대답을 재
촉했다.

"강 실장?"

태란은 꼬았던 발끝을 풀어 자세를 고치며 곤혹스러운 듯 입
술을 잘근거렸다.

"그건 69퍼센트의 압도적인 지지를 얻은…… 지, 지수정 씨
입니다."

그제서야 눈빛이 부드럽게 바뀐 태웅이 모든 용건이 끝났다
는 듯 자리에서 냉큼 일어섰고, 곧이어 태란을 아연실색케 하는
한마디를 남긴 채 결재서류로 넘치는 책상으로 돌아가 서류를
검토하기 시작했다.

"네? 회, 회장님, 방금 뭐라고 하셨죠? 아무래도 제가 잘못 들
은 것 같아서요."

"지수정! 지수정을 섭외하시오. 돈이면 모두 해결되겠지만 수
단과 방법을 가리지 말고!"

맙소사!

그녀의 오빠는 업무과다로 돌아 버린 게 틀림없었다! 그렇지
않고서는…….

"이번에야말로 강 실장의 능력이 발휘될 때라고 생각하는데?
섭외만 하도록 해. 나머지는 내가 알아서 할 테니까."

태란은 위협을 담아 단호히 말하는 태웅에게 감히 항의할 생
각조차 하지 못한 채 엉거주춤 회장실을 빠져나왔다. 지수정?
지수정이라고?

문이 쾅 하고 닫히는 소리에 비로소 정신을 되찾은 태란은

그녀가 아는 온갖 욕설을 퍼부으며 분통을 터트렸다.

젠장! 이미 결정된 기획상품 모델 선정을 지금에야 뒤엎는 이유가 뭐란 말인가. 그것도 지수정이라니!

허옇게 질려 자신을 바라보는 비서의 시선에 겨우 정신을 차린 태란은 고개를 설레설레 흔들며 엘리베이터로 걸어갔다.

지수정, 그녀의 올케 언니…….

태란이 도저히 추리해 낼 수 없는, 도저히 이해할 수 없는 두 사람의 파경.

한때 태란은 올케와 오빠야말로 로맨티스트인 그녀의 이상에 가장 부합되는 커플이라고 생각했었다. 두 사람은 눈빛만으로도 사랑을 나눌 수 있다는 듯 늘 서로를 뜨겁게 바라보았고, 실제로 태란은 눈동자와 입술 모양을 이용해 태웅과 무언의 대화를 나누던 수정이 얼굴을 붉히는 장면을 종종 발견하곤 했었다. 심지어 수정이 그토록 어려워하던 태희, 태주 언니, 식구들까지 모두 모여 식사가 한창이던 식탁에서조차도 말이다.

그러나 태란이 미국으로 돌아간 지 얼마 되지 않아 수정은 잔인하게 오빠를 떠났고, 그로 인해 오빠는 한동안 폐인처럼 지냈다고 한다.

휴! 태란은 가슴 깊은 곳에서부터 우러나오는 진한 한숨을 내쉬며 TY 본사를 빠져나갔다.

오빠, 아니 강태웅 회장의 협박을 떠올리자 자동적으로 그녀의 발걸음이 엄청 빨라졌기 때문이었다.

10

'지수완 바보!'

수완은 핸드폰 신호음과 함께 도착한 한 줄의 문자 메시지를 골똘히 바라보았다.

회신 전화번호 1004.

1004라는 번호의 정체불명 메시지가 벌써 일주일째 수신되고 있는 것이다.

누굴까?

현재 수완이 소지하고 있는 핸드폰은 영화사와 연예 관계자들과의 연락을 위해 수정이 사용하던 것이라 연락처를 알 길 없는 그의 친구들이 메시지를 보내올 리 만무했고, 메시지 내용 또한 그의 누나 지수정과 관련된 것이 아닌 그를 향한 직접적인 메시지라는 사실이 수완을 고민스럽게 만들고 있었다.

1004. 천사.

방바닥에 엎드려 오후에 등록한 영어 학원의 수업 교재를 뒤적거리던 수완은 생각을 바꾸어 팔베개를 하고 누웠다. 노르스름해진 천장 벽지의 무늬 사이로 크고 초롱한 눈망울을 지닌 한 여자의 얼굴이 떠올랐다.

지나, 양지나? 설마!

수완은 TY 빌리지 인천점 오픈 행사가 있던 날, 친분 있는 로드 매니저들과 어울려 담소중이던 그를 찾아 주차장까지 내려왔던 그녀를 떠올렸다.

'수완 씨, 수완 씨! 헉헉, 역시 여기 있었군요 한참 찾았어요 핸드폰이 불통이라 혹시나 해서 내려왔는데. 휴, 정말 다행이에요.'

얼마나 급하게 달려왔는지 한참 동안 숨을 헐떡이던 그녀가 사람들의 시선을 의식하곤 수완의 팔을 붙잡아 무리에서 벗어났다.

'무슨 일이죠?'

'수정 언니가 뭘 봤는지 갑자기 얼굴이 창백해져서는 수완 씨를 급하게 찾지 뭐예요 어서 가요.'

지나의 숨넘어가는 독촉에 깜짝 놀라, 사람들로 북적대는 엘리베이터를 지나쳐 로비를 향하는 비상계단을 정신없이 뛰어오르던 수완은 이내 걸음을 멈추고 말았다.

빌어먹을!

믿을 수 없는 눈앞의 광경에 경악한 수완이 주먹을 불끈 쥐며 저주의 말을 내뱉었다.

마치 왕이 시찰이라도 하듯 수십 명의 임원을 거느린 강태웅이 절대적인 권위를 과시하며 로비를 걸어 나가고 있었다. 상대방을 압도하는 특유의 맹렬한 기세로, 뒤따르는 이들에게 끊임없이 지시를 내리는 그의 모습을 보고 모든 사태를 파악한 수완은 심장이 내려앉는 불안감에 사로잡혀 리셉션장을 향해 미친 듯이 달리기 시작했고, 깜짝 놀라 그의 뒤를 쫓는 지나의 애 타는 물음을 싸늘히 자른 채 리셉션장 입구에 유령처럼 서 있던 수정을 부축해 황급히 그곳을 빠져 나왔었다.

나중에야 지나에게 무례한 행동을 했다는 것을 깨달았지만 비애로 가득한 누나의 얼굴을 바라본 순간 치솟는 분노로 제정신이 아니었던 그로서는 어쩔 수 없는 일이었다.

양지나. 그녀를 생각하면 알 수 없는 행복감에 몸이 가볍게 떨렸다.

언제나 웃고 있는 그녀. 뭐가 그토록 즐거운지 늘 천진난만한 아이처럼 싱글벙글 웃고 있는 그녀의 모습이 유독 수완의 눈길을 사로잡았다. 지난 몇 년 간 불행의 늪에 빠져 이제는 웃는 것이 어색해진 그와 그의 가족들에게서는 느낄 수 없는 무언가가 그의 가슴을 알싸하게 만들었다.

제대하자마자 수정을 도와 <백치 아다다>의 막바지 촬영에 합류했던 수완은 촬영장 스태프와 배우들에게 일일이 커피를 건네는 그녀를 스태프 중의 한 명쯤으로 생각했었다. 그러다 수정을 통해 그녀가 유망한 신인 여배우라는 사실을 알고 몹시 당황했었다. 그리고 나중에 그녀가 연기 수업을 위해 촬영장을 찾

은 양현태 감독의 질녀이며 유명 정치인의 딸이라는 사실을 알
게 되었을 때의 놀람은 가당찮은 좌절감으로까지 이어졌다. 그
때만 해도 그녀와는 한마디도 나누지 않은 사이였는데 말이다.

　수완은 설레는 가슴을 진정시키며 지난 일주일 동안 수신된
메시지를 하나씩 다시 읽기 시작했다.

　'지수완 씨, 그거 알아요? 당신이 가끔씩 절 무지 화나게 만
든다는 거!'

　'원래 그렇게 무뚝뚝해요? 아니면 나에게만?'

　'가끔 보면 왕자병이 있는 것 같아요. 그렇게 잘났어요?'

　'내가 누군지 궁금하지도 않아요? 전혀?'

　'아무리 생각해도 얄미워. 메롱.'

　'어제 악몽을 꿨어요. 수완 씨와 키스하는! 까악!'

　'지수완, 바보!'

　귀여운 소녀의 심술처럼 깜찍한 메시지를 바라보던 수완은
지나의 볼멘 목소리가 귓가에 들리는 것 같아 너털웃음을 터트
렸다. 그녀라면…… 만약 그녀라면…….

　핸드폰 액정을 바라보는 수완의 눈동자에 고뇌의 표정이 스
쳐 지나갔다.

　며칠 전, 한 여성 포털 사이트에서 주최한 사랑의 요리 만들
기 행사에 지나와 참가했던 양진태 의원의 인터뷰 기사가 떠올
랐다. 그는 처음엔 지나의 연예계 입문을 강력히 반대하고 나섰
으나 절대로 스캔들을 일으키지 않겠다는 아버지와의 약속을
지키며 맡은 일에 최선을 다하는 딸의 모습이 지금은 무척이나
대견하다는 말과 함께, 연예 활동도 좋지만 무남독녀 늦둥이 외

동딸인 만큼 빨리 어울리는 짝을 만나 화목한 가정을 일구었으면 한다는 아버지로서의 솔직한 속내를 내비쳤다.

그렇듯 유명 정치인의 딸이자 국내 최고 감독의 조카딸인 지나는 본인의 의지와는 상관없이 세간의 관심을 모으며 유명세를 톡톡히 치르고 있었다.

아니, 아닐 거야. 그녀일 리 없어.

무거운 한숨을 내쉬던 그가 막 메시지를 삭제하려는 순간, 마치 그것을 저지하듯 핸드폰이 요란하게 울려댔고 수완은 잔뜩 긴장한 채로 통화버튼을 눌렀다.

"지수정 씨 핸드폰인가요?"

"네, 그렇습니다만."

"저는 페어 레이디 화장품 기획실장 강태란이라고 합니다. 급한 용무가 있는데 지수정 씨 좀 바꿔 주시겠어요? 제 이름을 말씀하시면 분명히 받으실 거예요."

당돌한 여자의 음성이 수정의 방문을 두드리는 수완을 불안하게 만들었다.

강태란?

11

"여기예요!"

수정이 약속장소인 커피 전문점에 들어서자마자 태란이 금세
소리를 높이며 그녀를 불렀다.

어제 저녁 그녀의 전화를 받고 얼마나 놀랐던가…….

수정은 주저하는 그녀를 재촉하듯 자리에서 일어서는 태란을
바라보며 무거운 발걸음을 옮겼다.

강태란.

수정은 언제나 활기찬 그녀가 좋았다. 그리고 그녀는 다른 시
댁 식구들과는 달랐다.

태웅에게는 위로 출가한 누나가 둘, 밑으로 여동생인 태란이
있었는데 당시 미국 유학중이었던 그녀는 시아버지의 장례로

귀국해 있던 1개월 동안 수정에게 몹시도 다정하게 대해 주었다. 수정보다 한 살 어렸던 그녀는 시아버지를 죽음으로 이끈 원흉이며 천한 연예계 출신 새언니를 흔쾌히 받아 주었을 뿐만 아니라 오히려 연예계 생활에 호기심을 보이며 이것저것 묻고 신기해하기도 했었다.

유학 가기 전 중학교 과정을 월반했을 만큼 빼어난 수재에 못 말리는 낭만주의자라는 태란은 숨소리조차 크게 들리는 절간 같은 시댁 분위기에 구원을 주는 존재였고, 수정은 자신의 남편과 너무도 흡사한 기질을 지닌 시누이의 당당한 자신감과 열정을 무척이나 부러워했었다.

"오랜만이에요, 언니. 우리 3년 2개월만에 보는 거죠?"

수정은 숫자관념이 유난히 강한 태란의 예전 모습들이 떠올라 살며시 미소를 머금었다. 비교적 낙천적인 성격을 지닌 그녀가 숫자에 보이는 집착만은 어찌나 대단한지 언젠가 그녀는 아버지의 장례식에 참석한 사람들의 머리 수를 세는 자신을 발견하고 치를 떨었다고 고백하기도 했었다.

"한국에는 언제 돌아온 거죠? 하던 공부는 다 끝내고 돌아온 건가요?"

"네. 어제로 정확히 5개월 됐어요. 오빠 옆에서 잠시 비즈니스 감각을 익히다가 지금은 TY 화장품 사업단에서 일하고 있어요. 아세요, 페어 레이디라는 브랜드?"

"네, 알아요. 귀국 축하해요. 그리고 이렇게 다시 만나게 돼서 반갑고요."

잠시 둘 사이에 어색한 침묵이 흘렀다.

전 남편의 여동생과 오빠의 전 부인이라는 묘한 관계로 만난 두 사람이었다. 비록 예전엔 좋은 친구 사이였지만 그것을 기억하기엔 너무나 긴 시간이 가로막혀 있었다.

"이 카페…… 카푸치노가 맛있어요. 치즈 케이크도 꽤 근사하고요."

잠시 후, 두 여자는 여전히 아무 말 없이 풍부한 밀크 거품을 얹은 카푸치노를 마시고 있었다.

"저……."

"실은……."

그러다 생각이 일치한 두 사람이 동시에 말문을 열었고, 시선이 마주친 그들은 곧 밀렸던 웃음을 한꺼번에 터트리며 깔깔거렸다.

"언니, 미안해요. 정말 인간은 어쩔 수 없네요. 혈연에 연연하는 비합리적인 태도 말이에요. 이제 언니는 오빠와는 아무 상관도 없는 사람인데 자꾸만 오빠 얼굴이 떠오르지 뭐예요. 잘은 모르지만 언니로 인해 오빤 상처를 받았고……."

수정은 머그 잔을 꼭 쥔 손이 부르르 떨리자 서둘러 잔을 내려놓았다. 인천 오픈 행사가 있던 날 밤, 그녀를 매섭게 쏘아보던 태웅의 눈빛이 떠올라 심장이 빠르게 뛰기 시작했다.

태란은 무엇 때문에 만나자고 한 것일까? 수정은 자신의 불안감을 숨기려 애쓰며 천천히 고개를 들었다.

"오늘, 왜 절 보자고 하신 거죠?"

자신도 모르게 딱딱한 말투가 튀어나왔는지 태란이 긴장하며 몸을 바짝 세웠다.

　"언니! 먼저 제가 지금부터 하고자 하는 이야기는 사적인 감정을 배제한, 언니와 어떠한 유대 관계도 없는 페어 레이디 화장품의 기획실장으로서 드리는 말씀이라는 것을 알려드리고 싶네요. 저…… 저희 페어 레이디에서 작년부터 국내 및 해외 시장을 겨냥하고 기획한 상품이 있어요. 해외 시장에서 비교적 경쟁력이 떨어지는 바디 케어 제품인데 기존 샤워 코롱의 이미지를 완전히 뒤엎는 새로운 감각의 샤워 퍼품 세트죠. 세계적인 향료 회사 AFF(Alpha Flavor & Fragrance) 사와의 기술 제휴를 통해 만들었기에 기존의 세계 유명 브랜드와 견주어도 손색이 없는 제품이에요. 그만큼 저희 페어 레이디는 물론이고 TY 그룹 차원에서도 매우 기대가 큰 사업이죠. 그래서 지난 몇 달 간 각종 계층을 상대로 설문조사를 벌였고, 그 결과…… 지수정이라는 연예인이 신제품 '아프로디테'에 가장 잘 어울리는 모델로 선정이 되었어요. 그래서 전 지금 언니를 섭외하기 위해서 온 거구요."

　"아가씨! 아니, 태란 씨! 전, 전…….."

　"알아요. 언니 마음이 어떨지 충분히 짐작하고 있어요. 그래서 저도 오늘 무척 힘들게 나온 거예요. 그리고 이렇게 필사적으로 언니에게 간청하고 있는 거구요. 언니, 우리 그냥 깊게 생각하지 말고 눈 딱 감고 저질러요. 대신 삼 개월 단발에, 업계 최고 대우를 약속하겠어요."

　태란은 금방이라도 눈물을 터트릴 것처럼 가냘프게 보이는 수정을 마음 조이며 바라보았다.

　사실 태란도 수정이 자신의 청을 거절할 것이라는 건 짐작했

있다. 단지 자신의 책임을 저버리지 않기 위한 어쩔 수 없는 만
남이었다. 이유야 어찌 되었든 수정의 입장에선 전 남편과 관계
되는 일은 하고 싶지 않을 테니까.

단아한 크림빛 원피스를 입고 한 송이 수선화처럼 청초한 모
습으로 앉아 있는 수정.

문득 태란은 자신에게 화가 나 견딜 수가 없었다.

'도대체 왜 수정 언니에게 자꾸만 동정이 가는 거지, 배신당
한 건 오빠인데.'

태란은 땅이 꺼져라 한숨을 내쉬며 식어 버린 카푸치노를 보
리차 마시듯 벌컥벌컥 들이켰다. 그리고 한때 올케였으며, 자신
의 제안조차 거절하지 못해 어쩔 줄 몰라하는 약하디 약한 여
인, 예전과 하나도 달라진 게 없는 선하디 선한 눈망울을 지닌
여인을 한참 동안 바라보았다.

'언니는 오빠 얼굴을 매일 보면서 사진을 또 그렇게 봐요? 질
리지도 않나 봐.'

갓난아기 때부터 결혼식 전까지의 사진이 담긴 태웅의 앨범
을 매일같이 들여다보며 즐거워하던 수정에게 태란이 물은 적
이 있었다.

'아가씨, 저 참 바보 같죠? 후후. 하지만 이렇게 태웅 씨의 지
난날이 담긴 사진을 보고 있으면 너무 행복해요 그를 사랑하는
만큼 그의 모든 것…… 심지어 까마득한 그의 과거까지 알고
싶은 열망에 견딜 수 없을 때가 많거든요 어린 시절 그는 어떤
색깔의 옷을 즐겨 입었는지, 어떤 친구들을 사귀었고 어떤 곳을
여행했는지…… 어린아이답지 않게 심각한 표정이나 슬픈 표정

의 사진을 보면 무슨 일일까 가슴이 미어지고, 환하게 웃고 있
는 사진을 발견하면 또 무엇 때문일까, 무엇이 그를 행복하게
했을까 혼자 상상하곤 해요. 그러다 너무 궁금해지면 태웅 씨에
게 억지로 사진을 들이밀며 귀찮게 졸라대죠. 쿠쿡. 가끔 말도
되지 않는 엉터리 설명을 그대로 믿어버려 놀림을 당하기도 하
지만 그렇게 내가 몰랐던 그의 부분을 조금씩 줄여 가는 기쁨은
말로 표현할 수 없답니다. 사랑하는 사람의 과거까지 온전히 제
것으로 하고 싶은 욕심…… 아가씨, 그게 우리 여자들의 마음
인가 봐요.'

태란은 그날, 눈물로 차오르는 수정의 눈망울을 바라보며 오
빠의 행운에 진정으로 감사했었다. 그리고 오빠가 왜 그토록 그
녀만을 고집했는지, 왜 그녀여만 했었는지 절실히 깨닫게 되었
다. 수정의 선한 눈망울에는 사람의 마음을 끌어당기는 무엇인
가가 있었고, 그날 이후 태란은 올케 언니를 진심으로 좋아하고
존경하게 되었다.

휴! 그녀의 눈망울을 잊고 있었어…….

잠깐 동안의 회상에서 깨어난 태란은 수정을 안심시키듯 살
짝 웃어 보였다. 그리고 마침내, 자신이 악마 강태웅의 시달림
을 받는 게 더 낫겠다는 결론을 내릴 수밖에 없었다.

12

　“시폰은 제가 제일 좋아하는 소재예요. 가볍고 얇아 바디 실
루엣이 비쳐 보이는 특성 때문에 섹시한데다가 아주 여성스럽
고 낭만적이거든요. 시폰을 몇 겹으로 레이어링한 드레스를 입
고 걸으면 내가 무슨 요정이라도 된 기분이 들죠. 살랑살랑 하
늘로 날아오를 것 같아요. 후후. 참, 이것도 입어 봐요. 흘러내
릴 듯한 드레이프 네크라인이 특징이죠. 아주 가벼워서 입기 편
할 거예요. 우아한 분위기가 딱 수정 씨 스타일이죠?”

　오전에 비쥬 부티크에 들어선 이후, 혜진은 수정에게 끊임없
이 의상들을 선보이고 있었다.

　수정을 연상하면 디자인이 저절로 떠오른다며 늘 깔깔거리는
비쥬의 김혜진 실장은 내일 있을 시넬리아 백화점 입점 행사에

디스플레이될 의상들의 선별을 위해 수정의 조언을 구하는 중이었다.

"정말 선택이 불가능할 만큼 모든 의상들이 멋져요. 비쥬의 의상을 입으면 제가 아주 특별해지는 느낌이에요. 아주 여성스럽고 우아해요. 참, 다시 한 번 축하해요. 명품족들을 타깃으로 하는 백화점이라 입점이 보통 까다로운 게 아니라고 들었는데 특별 대우까지 받으셨다면서요?"

"이게 모두 다 수정 씨 덕분이에요. 항상 하는 말이지만 수정 씨야말로 완벽한 비쥬의 모델이죠. 기품 넘치는 청초한 이미지 덕분에 브랜드 인지도가 더욱 높아졌고, 무엇보다 귀족 소비자들이 많이 늘었다니까요. 어머나, 저기 귀족이 또 한 분 오시네요. 쿠쿡."

혜진이 수정에게 눈을 찡긋 하며 입구를 가리켰다.

세련된 슈트 차림의 한 여성이 부티크 안으로 우아하게 들어서고 있었다.

럭셔리한 토트백, 가방, 구두 등 소품 하나까지 신경 써서 코디한 듯 그녀의 온몸에서 상류층의 고급스러움이 가득 배어 나왔다. 물 흐르는 듯한 걸음으로 부티크 안에 들어선 그녀가 반갑게 인사하는 매장 직원들의 안내를 받으며 혜진과 수정을 향해 걸어왔다.

"정은 씨, 어서 오세요. 프랑스에는 잘 다녀오셨어요?"

"네. 염려해 주신 덕분에 잘 다녀왔어요. 실장님도 그 동안 잘 지내셨죠?"

혜진의 인사에 부드럽게 대답하던 여자의 시선이 수정에게로 향했다. 잠시 멈칫 하던 그녀가 곧 수정을 알아봤다는 듯이 살짝 웃어 보였다.

흐트러짐 없는 여유와 기품.

전형적인 상류사회 여인들의 몸에 밴 세련된 매너였다. 그리고 그녀가 그렇게도 속하고 싶어했던 상류층의 공통적 특징까지 보여주는 행동.

수정은 짧은 결혼 생활을 통해 사람들 사이에도 서열과 급이 있다는 것을 알게 되었다.

'상류층' 여인들은 서로 그룹을 이루어 예절이나 요리 등을 배우러 다니면서 그들끼리의 매너를 배우고 사교 문화를 형성하고 있었다. 막 상류계층에 합류되었던 수정에게 그런 모임이 서로의 안면을 익히고 명문가의 예의와 법도를 익히는 창구가 될 수도 있었건만, 그녀는 그들의 배타적인 따돌림에 늘 한숨 쉬곤 했었다. 그들은 자신들만의 고급 문화에 신데렐라인 그녀가 끼어드는 것을 결코 허용하지 않았었다. 제아무리 신분 상승을 했다 하더라도 결코 그들의 부류에 속하지 못할 급이라는 것을 그들은 노골적으로 표현하고 있었던 것이다.

선뜻 미소를 되돌리지 못하는 수정을 바라보던 혜진이 서둘러 여자에게 말을 걸었다.

"정은 씨, 2층으로 가시죠. 말씀하신 스타일로 몇 가지 골라 봤어요."

두 사람이 2층으로 올라간 뒤에도 한참을 의기소침해 있던 수정은 커피를 더 마시기 위해 응접실과 연결된 휴게실로 들어갔다. 접대를 위한 간단한 주방 시설과 직원 식당을 겸하고 있는 휴게실 안쪽에는 안면 있는 매장의 여직원 두 명이 조용히 식사를 하고 있었다. 그윽한 향내를 음미하며 조심스럽게 커피를 따르는 수정의 귓가에 그녀들의 수군거림이 들려 오기 시작했다.

"지수정 씨 전 남편? 태양 그룹 강태웅 회장 말이지?"

"그래, 너 아까 당황해하던 실장님 표정 봤지? 그럴 수밖에. 며칠 전 정은 씨 어머니가 실장님을 붙들고 신이 나서 말하더라고. 태양 그룹과 혼담이 오가고 있는데 잘되면 예복도 부탁한다고 말이야. 그러니까 지금 과거의 여자와 현재의 여자가 딱 마주친 거지. 얘, 정말 드라마틱하지 않니? 한 남자의 두 여자가 마주치다! 카! 무슨 영화 같다. 그런데 수정 씨는 왜 이혼했을까? 그렇게 잘생기고 돈 많은 남자랑…… 너 태양 그룹 홈페이지에서 강태웅 회장 사진 봤지?"

"그래, 정말 영화배우 뺨치더라. 진짜 왜 헤어졌을까? 대부분 재벌가의 이혼 기사를 보면 표면상으로는 성격 차이라고 하잖아. 글쎄…… 강태웅 회장이 얼굴값 한다고 바람을 피웠거나, 아니면 신분의 차이? 아참, 저번에 진성 그룹 며느리들 왔을 때 언뜻 들었는데, 위자료도 한푼 못 받고 쫓겨났다는 말도 있다더라. 어휴, 몰라. 우리가 그 속을 어떻게 알겠어. 아무튼 정은 씨는 집안도 쟁쟁한데다 얼굴까지 예쁘니 두 사람 정말 잘 어울리겠다. 그지? 그나저나 수정 씨 참 안됐어. 그 고운 얼굴이 항상 수심으로 가득하니까 말이야. 쯔쯧."

수정은 창백해진 얼굴로 조용히 휴게실을 빠져 나왔다.

낯선 여자에게서 느껴지던 묘한 거리감, 무어라 단정지을 수

없던 거부감……. 그 모든 것들이 괜한 자격지심만이 아니었던 것이다. 자신을 빤히 바라보던 그녀의 평온한 미소에서 느껴졌던 질투…… 질투.

맙소사, 수정에게 태웅은 이미 과거의 남자였다. 이젠 그녀와는 아무런 상관이 없는 남자.

그는 강씨 집안의 장손에 태양 그룹의 최고 경영자이다. 그에게는 그의 가문과 기업을 이어갈 후계자가 필요할 것이고, 따라서 그도 언젠가는 재혼을 해야 마땅할 것이다. 아니, 어쩌면 3년이 지난 지금까지 그가 혼자인 것이 더욱 이상한 일인지도 몰랐다.

정은…… 그녀라면 수정과 달리 태웅과 그의 가문에 잘 융화될 것이다. 바보처럼 자신이 갖지 못한 것에 전전긍긍해하며 불안해할 필요는 없겠지. 시어머니의 기대에 부응하는 고상한 며느리로, 남편의 자랑스러운 아내로서, 대 그룹의 사모님으로서의 모든 책임과 도리를 훌륭히 해내겠지.

그래, 당연한 일이야…… 당연한 일.

그런데 이런 기분은, 이런 기분은 무어란 말인가.

잠시 후, 부티크를 나서는 정은을 배웅하고 돌아온 혜진이 수정의 안색을 살피며 겸연쩍게 웃었다.

"수정 씨가 황금 영화상 시상식 때 입었던 드레스가 케이블 TV에 소개되면서 찾아온 손님 중의 한 분이에요. 한풍 제지의 따님인데…… 나이는 어리지만 아주 예의도 바르고 성격도 좋네요."

"네."

"어머, 잔이 비었네요. 커피 더 드릴까요? 참, 집에서 가져온 떡이 좀 있는데 드서 보세요. 아주 맛있어요. 아니다, 그럴 게 아니라 우리 오랜만에 어디 근사한 곳에 가서 점심이나 함께 할까요?"

수정은 유난히 수다스럽게 구는 혜진을 바라보며 가만히 미소지었다.

"실장님, 이미 제겐 지난 일들이에요."

"네? 무슨……."

수정의 갑작스러운 말에 혜진이 당혹해하며 되물었다.

"강태웅, 그 사람 이젠 저와 아무런 상관도 없는 사람이에요. 그러니 애쓰지 마세요. 괜찮아요, 전."

수정은 가슴속의 고통을 애써 숨기며 또박또박 힘주어 말을 했다.

"아…… 알고, 알고 있었군요. 미안해요. 난 그냥 아직 확실한 것도 아니고 해서."

"내일 사인회하려면 저도 오늘은 일찍 들어가 쉬어야겠어요. 며칠 동안 고생 많으셨어요. 내일 뵐게요."

수정은 미안해하는 혜진을 뒤로 한 채 서둘러 부티크를 빠져나왔다.

자신의 말처럼 태웅은 이젠 그녀와 아무런 상관도 없는 사람이었다. 이미 3년의 세월이 지나지 않았던가.

이토록 눈동자가 따가운 것은, 이토록 콧잔등이 아린 것은 아마 며칠 전 그와 마주친 후유증 때문일 것이다.

그러나 태웅의 곁에 다정히 서 있을 정은을 떠올리자 심장이 찢기는 날카로운 아픔이 일었다.

　이런 바보. 수정은 자신의 나약함을 꾸짖으며 발걸음을 재촉했다.

　기묘한 숨막힘, 절절한 목 메임.

　어느새 계단을 내려서는 그녀의 볼 위로 알 수 없는 눈물 한 방울이 또르륵 굴러 떨어지고 있었다.

13

다음날, 국내 최고의 시설과 수준을 자랑하는 시넬리아 백화점에 입점한 '비쥬'의 오픈행사로 잡혀 있던 팬 사인회를 끝낸 수정이 7시까지 도착하기로 한 수완을 기다리고 있을 때였다.

백화점 안에서부터 수정의 주위를 맴돌며 정신을 산만하게 만들던 사내들이 마치 그녀를 감시하듯 삼각라인을 형성하며 정문 앞까지 따라오고 있었다.

급작스레 밀려드는 두려움으로 발을 동동 구르던 수정은 결국 택시를 타기 위해 도로가로 급히 걸어갔다. 그러나 번화가인데다 퇴근 시간이라 빈 택시가 쉽게 눈에 띄지 않자, 수정은 최근 잇따른 연예인 납치 사건을 떠올리며 새파랗게 질린 얼굴로 뒤를 돌아보았다.

　이젠 사내들이 노골적으로 그녀에게 다가오고 있었다. 당장이라도 붙잡힐 것만 같은 공포에 사로잡힌 수정은 경악에 찬 신음을 터트리며 버스 정류소를 찾아 미친 듯이 두리번거렸다.

　공포! 그 외에는 아무 생각도 할 수가 없었다. 마침내 멀리서 다가오는 버스를 발견한 그녀는 정류장을 향해 필사적으로 뛰기 시작했다. 그러나 겨우 몇 걸음 떼었을까, 그녀는 요란한 브레이크 소리와 함께 자신을 아슬아슬하게 스쳐 지나간 검은색 물체에 대한 충격으로 그대로 굳어버리고 말았다.

　승용차가 끔찍한 굉음과 함께 후진하기 시작했다. 사고를 당할 뻔한 충격에서 벗어나지 못한 수정은 어느새 그녀의 앞까지 다가온 고급 승용차를 멍하니 바라보고 있었다.

　세상에…… 그녀는 차에 치어 죽을 뻔한 것이다.

　그러나 차 문이 거칠게 열리고 그녀를 향해 무서운 표정으로 다가오는 한 남자를 본 순간 그녀는 더욱 경악하고 말았다.

　"이 어리석은 여자야! 당신 죽고 싶어? 눈은 장식으로 달고 다니나. 이렇게 위험천만한 도로에 뛰어들다니!"

　당황함과 분노가 드러난 얼굴로 수정의 어깨를 죽일 듯이 쥐고 흔들고 있는 남자!

　아, 강태웅이었다.

　두 번 다시 그를 보지 않게 해달라던 그녀의 기도는 이루어지지 않았다.

　수정은 차에 치어 죽을 뻔했던 순간보다 더 큰 충격을 받았고, 패닉 상태에 빠져버린 그녀는 험악하게 일그러진 그의 얼굴만을 멍하니 바라보았다.

어째서, 어째서 그가 이곳에 있는 걸까…… 그의 입술은 어째서 저렇게 떨리고 있지?

"미치겠군. 이리 와!"

그녀의 손목을 꽉 붙잡은 그가 승용차 안으로 그녀를 밀어 넣으려는 순간, 수정의 정신이 번쩍 들었다.

"이거 놔요! 싫어요. 놔요!"

예기치 못한 두 번째 만남과 억센 손에 붙잡힌 손목의 통증으로 이성을 잃은 수정은 어느새 몰려든 행인들의 시선도 의식하지 못한 채 무릎을 굽히며 강하게 저항했다. 그러자 태웅이 그녀를 번쩍 안아 올려 차에 태웠고, 그런 모습에 야유를 보내는 행인들을 지금껏 그녀를 겁에 질리게 만들었던 사내들이 순식간에 나타나 분산시켰다.

맙소사! 태웅의 출연은 우연이 아니었던 것이다.

"가지."

그의 명령에 승용차가 쏜살같이 달리기 시작했다.

수정은 그의 품에서 황급히 떨어져 나와 반대편 창가 쪽으로 몸을 밀어붙였다. 수치심과 충격으로 몸이 부들부들 떨렸다. 태웅 역시 뭔가에 단단히 놀랐는지 여러 번 숨을 들이키며 그녀의 옆얼굴을 못마땅히 쏘아보았다.

그렇게 무거운 침묵이 감도는 상태로 한 시간 정도가 지났지만 태웅은 행선지에 대해 아무런 말도 하지 않았다. 그는 뭔가를 골똘히 생각하고 있는 듯 창 밖으로 고개를 돌린 채 조금도 움직이지 않았다.

"지금 어디 가는 거예요? 수완이가 오기로 했었어요. 제가 없

어진 걸 알면 경찰에 신고할지도 몰라요. 빨리 차 세워 주세요,
어서요!"

여전히 그가 거들떠보지 않자 수정은 앞좌석으로 몸을 내밀
어 운전기사에게 소리치기 시작했다.

"차 세워 주세요. 제발요. 당신까지 신고당하고 싶지 않으면
어서 세워요. 세우란 말이에요!"

그러나 그 역시 수정의 음성이 들리지 않는 것처럼 운전에만
열중할 뿐이었다.

"이 정신병자들! 세워요. 차 세우란 말이에요."

두 사람의 태도에 잔뜩 화가 난 수정이 운전을 멈추게 할 요
량으로 운전기사의 오른팔을 붙잡았지만 이내 태웅에게 붙들려
뒤로 밀쳐지고 말았다. 그가 호랑이처럼 사나운 눈동자를 부라
리며 그녀를 쏘아보았다.

"무슨 짓이야! 주행중인 운전자를 방해하다니. 그렇게도 죽고
싶어? 그런 건가? 멍청이처럼 차도로 뛰어들던 당신 때문에 얼
마나 놀랐는지 알아? 당신은 어떤지 몰라도 난 아직 죽을 수 없
는 몸이야. 해야 할 일이 산처럼 쌓여 있는 사람이라구. 여전히
대책 없는 당신 때문에 기가 막히게 끔찍한 하루였어. 그러니까
좀 편하게 가잔 말이야. 알겠어? 조금만 더 가면 되니까 가만히
있어."

오만하기 짝이 없는 그의 비난에 기가 막히다 못해 온몸의
힘이 빠져 버렸다. 수정은 그에게 반항하듯 거칠게 시트에 몸을
묻었다. 정말 어처구니없는 일이었다. 지난 3년 동안 한번도 만
나지 못했던 태웅을 며칠 사이 두 번이나 만났고, 그와 관계 있

는 사람들을 만나야 했으며, 그녀의 의지와는 상관없이 그의 소식을 들어야 했다.

불쑥 화가 치솟았다. 도대체 그가 뭐란 말인가! 그가 뭔데, 그가 뭔데 이토록 자신을…….

순간, 며칠 사이 태웅과 관련되어 일어났던 모든 일들이 그녀의 뇌리를 스치고 지나갔다.

인천 행사장에서의 충격적인 만남, 강태란, 그리고 그녀를 뒤쫓던 낯선 사내들, 오늘 그와의 두 번째 만남까지……. 설마!

그랬다. 역시 이 모든 일들이 우연이 아니었던 것이다.

태웅은 이미 그녀의 일과를 모조리 다 꿰고 있는 것이 틀림없었다.

"오늘 제 스케줄은 어떻게 아셨죠? 전 소속사가 없어요. 수완이가 알려주었을 리는 만무하고요."

분기 어린 수정의 질문에 태웅의 입술이 우습다는 듯 일그러졌다.

"당신 아직도 날 모르나? 하긴. 난 말이야, 목표에 대한 집착이 아주 강한 편이지. 눈에 거슬리는 표적은 성취욕을 더욱 강하게 해주고 말이야. 후후. 일개 영화배우 스케줄쯤이야……. 이봐, 최고의 브랜드만을 취급하는 시넬리아 백화점이 어째서 비쥬를 입점시켰다고 생각하지? 저렴한 수수료에 인테리어 비용까지 백화점 측에서 지원하면서 말이야. 쉬운 사냥을 위해 쳐놓은 하나의 덫일 뿐, 비쥬의 행운이 언제까지 계속될지는 아무도 모르는 일이겠지? 비쥬의 불운을 바라지 않는다면 조용히 따르는 게 좋아."

"뭐라구요? 그럼 당신이…… 당신이 일부러 비쥬를 끌어들였단 말인가요? 날 손안에 쥐고 마음대로 하기 위해서? 이것 보세요, 강태웅 씨! 다시 한 번 경고하겠어요. 당신 이러다 큰 코 다칠 거예요. 이젠 나도 바보처럼 무작정 당하기만 하지 않아요. 더 이상 누군가가 내 삶을 좌지우지하게 내버려두지 않을 거라고요!"

두려움을 숨기기 위한 수정의 강한 저항에 태웅의 두 눈이 날카롭게 번뜩였다.

"당해? 당신이 무작정 당해? 누구에게서! 언제! 당신이 뭘 당했다는 거지? 뭘! 당신이 뭘, 어떻게 당했는지 말해 봐. 빨리 말해 보란 말이야!"

그가 갑자기 화를 터트리며 버럭 소리를 질렀다. 깜짝 놀란 수정은 격하게 대꾸하려던 생각을 바꿔 얼른 창 밖으로 고개를 돌려 버렸다. 태웅의 모습에 깜짝 놀란 운전기사가 룸미러로 그들을 훔쳐보고 있었기 때문이었다. 수정의 변화를 눈치챈 태웅이 운전기사를 향해 매서운 눈빛을 보내자, 승용차는 더욱 속력을 내며 달리기 시작했다.

맙소사, 태웅의 눈동자!

수정은 광기로 번뜩이던 그의 눈동자를 기억했다.

어떠한 상황에서도 얼굴색 하나 변하지 않을 만큼 자제력이 뛰어난 그였지만 유독 수정과 관련된 부분에 있어서는 그렇지 못했다. 그는 짧았던 결혼 생활 중에도 이런 광적인 모습을 여러 번 보인 적이 있었다.

은퇴한 전 기업가의 저택에서 열린 부부동반 파티에 참석했

던 때였다. 예전에 있었던 비운의 공식 행사로 무척이나 의기소
침해하던 수정이 겨우 다섯 쌍의 부부만이 참석하는 조촐한 자
리라는 태웅의 말에 한껏 들떠 참석한 파티였다. 이번에야말로
강태웅에게 어울리는 아내로서 행동하리라…….

그러나 그곳의 분위기는 한마디로 어색함 그 자체였다. 남자
들은 사업 이야기에 열중해 있었지만 그들의 부인들은 하나같
이 잘 차려입은 바비 인형처럼 폼을 잔뜩 잡은 채 아무 말 없이
딱딱하게 앉아 있기만 했다. 결국 무료함을 견디지 못한 수정은
숨막히는 그녀들의 무리에서 벗어나 모양 좋게 손질된 정원으
로 나갔고, 그곳의 연못 중앙에 세워진 멋진 조각품을 구경하기
시작했다.

그때, 한 남자가 대문을 열고 비틀거리며 걸어왔다. 그는 오
늘 파티를 주최한 노기업가의 외아들로 결혼식을 통해 안면을
익혔는데 한눈에도 많이 취한 것 같았다.

"오, 이게 누구야. 덜떨어진 시골 처녀 용녀 아냐."

그는 그녀가 출연했던 드라마를 떠올린 모양이었다. 히죽히
죽 웃으며 흔들거리던 그가 양팔을 활짝 벌린 채 그녀에게 다가
오기 시작했다.

"왜 이러세요! 당신 취했어요."

수정은 초점 잃은 남자의 눈과 거친 몸짓에 놀라 그를 피하
려고 했지만 어느새 다가온 그의 팔 안에 갇혀 버리고 말았고,
놀란 그녀가 빠져 나오기 위해 몸부림친 것이 그만 그를 연못으
로 밀어 버린 꼴이 되어 버렸다.

그때처럼 잔인한 순간이 또 있을까!

겁에 질려 허우적대던 남자가 급기야는 저택이 울릴 정도로 고함을 질러댔고 결국 집안에 있던 모든 사람들이 정원으로 몰려 나왔다.

그리고 수정은 꼼짝없이 외간남자와 놀아나다 발각된 음탕한 여자가 되어 버리고 말았다.

어느새 취기가 가신 듯 남자는 연못에서 건져지자마자 황당하다는 표정으로 변명하기에 급급했다.

"저 여자가 먼저 날 유혹했어. 그러다 내가 받아 주지 않으니까 갑자기 날 밀어 버리는 거야!"

결국 그 거짓말쟁이는 또 한 번 연못으로 빠트려졌다. 자신의 아내를 모욕한 남자를 향해 분노의 주먹을 날린 태웅에 의해서.

그리고 집으로 돌아가는 차 안, 입을 꾹 다문 채 애써 분노를 삭이던 그가 인적이 없는 후미진 곳에 갑자기 차를 멈춰 세웠다. 이미 이성의 한계를 넘어설 정도로 억눌려진 분노를 폭발시켜야 했던 태웅은 달아오를 대로 오른 자신의 욕망을 터트리는 방법으로 그녀를 벌주었다. 그는 쾌감의 고통에 몸부림치는 그녀에게 수없이 명령했다.

'말해, 당신은 내 것이라고! 오직 나뿐이라고! 말해, 말해 봐!'

그리고…… 그날 차 안에서의 격렬한 정사는 차후 두 사람이 성적으로 더 이상 감출 것도, 꺼릴 것도 없는 사이가 되는 계기가 될 정도로 완벽한 것이었다.

그때, 오로지 야성의 본능으로 그녀를 소유하던 태웅의 눈빛이 바로 지금 그가 보이고 있는 광기로 이글거리는 눈동자였다. 3년 전 그들이 경험했던 충격적이리만큼 강력한 쾌감을 지금

이 순간 그녀의 몸은 확실히 기억하고 있었다.

아…… 갑자기 두려워진 수정은 눈을 꼭 감았다.

지금 이 순간, 어디로 왜 끌려가는지도 모르는 급박한 순간에 고작 드는 생각이 3년 전 어느 날 밤 느꼈던 육체의 전율이라니.

맙소사! 맙소사!

14

"다 왔어. 내리지."

수정은 열려진 차 문을 통해 들어오는 상쾌한 풀내음을 느끼며 감았던 눈을 떴다.

이미 어둠이 깊어져 확실히는 볼 수 없었지만 사면이 통유리로 둘러싸인 원목 소재의 아름답고 고풍스러운 별장이 눈앞에 드러나 있었다.

"여기가…… 여기가 어디예요?"

한동안 침묵을 지키고 있었기 때문인지 쉰 듯한 음성이 튀어나왔다.

"내가 가끔 들르는 별장이야. 어서 내려. 김 기사는 다시 가야 돼."

"뭐라구요? 그럼 전 어떻게 가죠? 저도 지금 기사와 함께 돌아가겠어요."

몰려드는 불길한 예감에 수정은 차 문을 닫기 위해 손잡이로 손을 뻗었지만 곧 태웅에 의해 차 밖으로 끌려 나오고 말았다.

"이 손 놔요. 이게 무슨 짓이에요?"

기다렸다는 듯이 김 기사가 떠나 버리자 고요한 적막만이 두 사람을 둘러쌌다.

잠시 수정의 얇은 핑크빛 꽃무늬 원피스를 바라보던 그가 그녀의 손목을 움켜잡고 마당을 가로질러 걷기 시작했다.

"대체 왜 이러는 거예요? 집에 가고 싶어요."

말을 잃어버린 사람처럼 입을 꾹 다물고 있는 태웅에게 질질 끌려가다시피 해 별장 안으로 들어갔던 수정은 드러나지 않는 자연스러운 원목가구며 앉으면 무척 편할 것 같은 파스텔 톤의 소파가 놓인 거실의 인테리어를 감탄의 눈빛으로 바라보았다.

"가끔씩 쉬러 오는 곳이야."

태웅이 재킷을 벗어 테이블 위에 올려놓으며 무뚝뚝하게 말했다.

순간 수정은 그가 잠시 쉬러 온다는 이곳의 거실 크기가 그녀의 가족이 사는 아파트 전체 공간보다 훨씬 크다는 사실을 떠올렸다. 이렇듯 여전히 그와 어울리기에는 너무나 초라한 그녀였다.

"수완이 걱정은 하지 마. 지금쯤 집에서 잘 쉬고 있을 테니까. 당신 핸드폰을 수완이가 사용하고 있더군. 덕분에 백화점으로 오면서 통화를 했었지. 당신을 만날 거라고 했더니 펄펄 뛰던데.

녀석, 성질이 보통이 아니야. 후후."

　수정의 침울한 표정을 수완에 대한 걱정으로 추측한 그가 선심 쓰듯 알려주었다.

　못된 사람 같으니! 결국 이 모든 것이 그를 피할 틈을 주지 않기 위한 주도면밀한 계획인 셈이었다. 제대 후 수정을 도와 매니저 역할을 톡톡히 해주었던 수완이 최근 복학을 앞두고 영어 학원에 등록해 강의를 듣느라, 그 시간에는 수정과 일정을 함께 하지 못한다는 것까지 태웅은 모두 알고 있었던 것이다.

　수완이가 급작스러운 태웅의 전화를 받고 얼마나 놀랐을까? 엄마에게는 촬영이 있다고 말해 주었으면 좋겠는데…….

　그때 저쪽 복도에서 후덕한 인상을 지닌 한 중년 부인이 소리 없이 나타났다.

　"회장님, 오셨습니까. 지금 바로 식사 준비할까요?"

　그러자 손목시계를 힐끔 쳐다본 태웅이 수정의 얼굴을 살피며 물었다.

　"배고프지 않아? 식사 준비하라고 할까?"

　"싫어요. 당신과는 아무것도 먹고 싶지 않아요."

　식사? 어쩌면 저리도 단순할 수가 있을까. 아무리 거하게 차려진 진수성찬일지라도 그와 함께 한다면 단 한 숟가락도 뜨지 못할 것만 같았다.

　태웅의 얼굴이 잠시 모욕으로 굳어졌지만 호기심 어린 표정으로 그들을 바라보는 부인을 의식해서인지 곧 아무렇지도 않다는 표정을 지어 보였다.

　"아닙니다. 집사람이 아직 배고프지 않은 모양입니다. 나중에 저희가 알아서 먹을 테니 이제 그만 돌아가시죠. 오늘 수고 많이 하셨습니다.”

태웅의 ‘집사람’이라는 표현에 경악하는 수정과 달리 중년 부인의 얼굴에는 환한 웃음이 퍼졌다.

“아, 사모님이셨군요. 전 또……. 그럼 이만 가보겠습니다. 내일 뵙겠습니다.”

중년 부인이 공손히 인사를 하고 현관을 나서자 수정의 얼굴이 불쾌감으로 달아올랐다. 태웅이 그녀를 ‘집사람’이라고 칭하며 변명한 것과 중년 부인의 반응으로 짐작하건데 그는 아마도 수많은 여자들을 이곳으로 끌어들였던 것 같았다.

정은…… 그녀도 이곳에 그와 함께 다녀갔을까?

수정의 쏘아보는 눈길을 의식한 태웅이 피식 웃었다.

“그럼, 당신을 뭐라고 소개했어야 하지? 이 시간에 한적한 별장을 찾아온 당신을 친구라고 말해야 했나? 이봐, 이곳 사람들은 세상 일도 잘 모르고 단지 땅만을 사랑하는 순박하기 그지없는 사람들이야. 당신…… 우리와는 아주 다르다고.”

“전 이곳을 찾아온 게 아니라 끌려온 거예요. 당신에게! 그리고 전 당신 부인이 아니라구요.”

“어쨌든 당신이 이곳에서 밤을 보내야 한다는 건 변함없는 사실이지.”

문득 자신이 처한 현재 상황을 떠올린 수정의 얼굴에 핏기가 가셨다.

“왜죠? 절 이곳으로 납치한 이유가 도대체 뭐예요?”

“내가 이야기를 나누고 싶다고 말했다면 당신이 순순히 따라

왔을까?”

“절대로 아니죠!”

“맞아. 그래서 난 좀 간단한 방법을 쓴 거고.”

격분한 그녀의 표정을 그가 즐기고 있다는 느낌이 들자 수정은 약이 바싹 올랐다.

“그래서 그 멍청한 어깨씨들을 시켜서 하루 종일 절 감시하게 했나요? 그 저팔계들 때문에 제가 얼마나 놀랐는지, 얼마나 무서웠는지 아세요? 그들에게서 달아나다 하마터면 당신 차에 치혀 죽을 뻔한 걸 알기나 하냐고요!”

수정이 열변을 토하고 막 숨을 몰아쉬었을 때 태웅의 얼굴에서 웃음기가 완전히 사라졌다.

“그자들이 당신을 겁줬나? 그래서 당신이 그렇게 허둥댔던 건가?”

놀람과 분노로 번득이는 그의 매서운 눈동자에 당혹스러워진 수정은 황급히 말을 바꿨다.

“아, 아뇨. 그 남자들이 일부러 그런 건 아니고 그냥 좀……. 아니, 제가 요즘 워낙 민감해져서 그만 지나친 오해를…….”

태웅이 조용히 그녀에게 다가오고 있었다.

수정의 코앞에서 걸음을 멈춘 그가 서서히 팔을 뻗어 수정의 볼을 만졌다.

그 순간…… 겨우 손가락 네 개가 그녀의 볼에 닿았을 뿐이건만 그것은 수정의 온몸을 태울 수 있을 만큼 강한 감전의 충격을 몰고 왔다. 당황스러웠다. 뜻하지 않은 그의 다정한 손길과 자신의 예민한 반응들. 아, 그의 체취!

“뭐, 뭐예요. 왜 이러는 거예요”

깜짝 놀란 수정은 황급히 고개를 돌려 그의 손가락을 떨어트렸다. 창피할 만큼 떨리는 목소리였다.

태웅 역시 자신의 행동에 놀란 듯 손을 거두며 한 걸음 뒤로 물러섰다.

“많이 놀란 모양이군. 앞으로…… 절대 그런 일은 없을 거야. 그들은 이미 자격을 잃었어.”

이래서는!

이런 분위기가 조성되어서는 안 된다는 것을 수정의 본능이 경고하고 있었다. 그와의 사소한 접촉만으로도 이토록 심장이 뛰다니. 그녀에게 있어 그는 너무도 치명적인 존재가 아니었던가. 그의 손에, 그의 입술에, 그의 품에 그녀 자신을 송두리째 빼앗길 만큼.

지금 이 상태만으로도 충분히 위험했다.

힘겹게 제 호흡을 되찾은 수정이 주먹을 꽉 쥐었다.

15

"전 듣고 싶어요, 절 이곳으로 데리고 온 이유가 뭐죠?"

태웅이 코발트빛 와이셔츠의 윗 단추를 풀며 잠시 머뭇거리다 답했다.

"태란이를 만났을 거요."

"네. 제게 모델 제의를 하더군요. 물론 전 거절했고요."

"물론? 당신은 프로가 아닌가? 가치 이상의 대우를 해주겠다는 제의를 거절하는 것이 물론에 해당되는 옳은 행동이라고 말하는 건가?"

그는 분명 그녀를 조롱하고 있었다. 절대로 흥분하지 말자!

"네, 대한민국에 사는 사람은 누구나 자신이 하고 싶지 않은 일은 하지 않아도 되는 권리가 있거든요!"

수정은 짐짓 아무렇지도 않은 척 담담히 대꾸했지만 분통하게도 곧 태웅의 비웃음이 터져 나왔다.

"대한민국은 자유국가라는 건가? 하하하…… 재미있군. 그래서 당신은 가정을 버리고 그 고귀한 자유를 택했나?"

잔뜩 비틀어져 비아냥거리는 태웅의 태도에 수정은 할말을 잃고 말았다.

참으로 악연이었다. 지독한 악연을 가진 두 사람의 지독히도 우스운 만남.

"난…… 바보가 아니니까요."

수정의 힘없는 응답에 태웅의 얼굴이 싸늘히 굳어졌다. 그러나 그는 곧 뭔가를 떠올렸고 소름이 끼칠 정도로 부드러운 미소를 지었다.

"간단히 말하겠어. 아프로디테의 모델이 돼줘야겠어!"

돼줬으면 좋겠어도 아니고 돼줘야겠어?

수정은 그의 거만한 태도에 침이라도 뱉어 주고 싶었다.

그는 변함이 없었다. 그녀를 골이 빈 인형으로 생각하는 저 잘난 태도…….

'당신은 아무 걱정하지 않아도 돼. 그냥 내 곁에만 있어 주면 돼.'

'당신은 신경 쓸 필요 없어. 당신은 그저 여기 이렇게, 아무런 근심 없이 내 옆에…….'

그녀를 무뇌아 취급하는 그의 말과 행동들이 수정에게 얼마나 큰 상처를 주었는지 그는 죽었다 깨어나도 모를 것이다. 태웅에게 수정은 아내가 아닌 인형이었다.

“내가 당신 회사 모델을 또 하면, 난 당신 딸이에요!”

“천만에! 내 쪽에서 사양하지. 당신 같은 여자는 떠올리고 싶지 않은 추한 기억 속의 등장인물일 뿐이야. 딸? 흥! 꿈은 여전히 크시군.”

태웅이 한 마디 한 마디 내뱉는 잔인한 말들은 수정의 심장에 구멍을 뚫으며 정확히 박혔다.

‘떠올리고 싶지 않은 추한 기억 속의 등장인물…….’

눈물이 솟구쳤다. 그러나 지금 이 순간 그에게 한 방울의 눈물이라도 보인다면 혀를 깨물고 죽어버리겠어.

수정은 눈동자에 힘을 주며 가까스로 얼굴을 들었다.

“맞아요! 저는 추한 여자라 당신의 고귀한 페어 레이디에는 결코 어울리지 않아요. 그러니 포기하는 게 좋을 거예요.”

“아니, 그래서 당신이 필요한걸. 당신이 적격이지.”

갑자기 반격의 구실이 생각난 수정의 얼굴에 힘이 솟았다.

“아프로디테는 미와 사랑의 여신이 아닌가요? 그런 여신의 이미지를 전 감히 흉내도 낼 수 없죠. 안 그래요?”

그러나 승리의 기쁨도 잠시, 태웅이 예상했다는 듯 즉시 반격해 왔다.

“저런!. 쯔쯧. 당신 모르는 모양인데, 아프로디테는 물론 모든 매력을 지닌 사랑과 미의 여신이었지만 ‘탕녀’ 소리를 들을 만큼 많은 연애를 한 것으로도 유명하지. 그리고 눈에 거슬리는 자는 거침없이 갈가리 찢어 죽이거나 물에 빠트려 죽여 버렸고 말이야. 바로 그거야! 사랑의 여신이라는 이미지와 섹시한 악녀의 이미지를 동시에 지닌 여신 아프로디테. 당신, 지수정이 최상의 적격자라는 걸 내가 장담하지. 기대해도 좋아.”

매섭게 쏟아지는 그의 말에 수정은 정신없이 고개를 저었다. 아니야, 아니야……

“당신은 내게 강요할 수 없어요. 이젠 두 번 다시 당신과 관계를 맺고 싶지 않아. 싫어! 싫어!”

수정의 울부짖음에 그가 소름 끼치게 웃어댔다.

“관계? 내가 당신에게 섹스라도 요구했던가? 한층 풍만해진 당신 몸매가 아쉽기는 하지만 구역질을 참으면서까지 당신 몸 위에 올라갈 생각은 없어!”

미쳤어! 어떻게…… 어떻게 저런 사람을 사랑할 수가 있었을까. 그는 악마임에 틀림없다.

“당신이 어떻게 협박하든 전 싫어요. 못해요! 아니, 절대로 안 해요!”

숨이 넘어갈 것만 같은 원통함에 수정은 이성을 잃고 마구 소리쳤다. 그녀의 격렬한 거부의 몸짓에 흑단 같은 긴 머리카락이 세차게 나부끼며 빛을 발하자 태웅이 움찔 놀라며 한 걸음 물러섰다.

그 찰나의 시간 동안 무슨 일이 있었던 걸까?

무언가에 충격을 받은 듯, 그리고 그런 자신에게 화가 난다는 듯 태웅의 얼굴이 딱딱하게 굳어졌다.

잠시 시선을 떨구었던 그가 험상궂은 눈초리로 수정을 쏘아보았다.

“그래? 그렇다면 좋아. 나도 이 방법은 쓰고 싶지 않았지만 당신이 꽉 막힌 사람이라 어쩔 수 없군. 당신, 이혼 후에도 골드투자신탁과 거래를 하고 있더군. 그것도 아주 상당한 채무로 말이야. 내게서 갈취한 돈으로 얼마나 난잡한 생활을 했는지 모르겠지만 당신은 3년 전, 친분 있는 연예인을 연대보증인으로 내세워 여러 건의 신용대출을 받았어. 그리고 만기는 3년 후, 바로 다음주가 만기더군.”

“무슨 소리예요? 골드투자신탁에선 이미 만기 연장을 허락했어요.”

“그래? 당신, 대출만기 연장 신청서의 서류작성을 끝냈나? 그들이 승인을 했어, 증서를 발급했냐고?”

수정의 얼굴이 허옇게 변했다. 조금이라도 긴장을 늦추면 금방이라도 쓰러질 것만 같았다. 골드투자신탁은 태웅의 숙부가 경영하고 있는 회사였다. 설마!

“주식 시장이 침체의 늪에 빠지면서 적자를 기록하던 골드투자신탁은 작년에 제2의 창업을 맞게 되었지. 숙부님 회사라 인수 과정에서 많은 루머에 시달렸지만 그 고생이 오늘 이렇게 큰 쾌감으로 다가올 줄은 미처 몰랐는걸. 무슨 뜻인지 모르겠어? 골드투자신탁이 태양 그룹으로 편입됐단 말이야. 태양의 가족으로서 자랑스러운 새 역사가 시작된 거지.”

맙소사!

창백히 질린 얼굴로 부들부들 떨고 있는 수정을 바라보던 태웅이 소름 끼치는 웃음을 터트렸다.

그것은 분명한 광기였다! 찌를 듯한 그의 두 눈동자가 강렬한 쾌감으로 자글거리고 있었다.

16

다음날, 새벽녘에야 겨우 잠이 들었던 수정이 태웅의 고함소리에 눈을 뜨자마자 창 밖을 내다보았을 땐 다행히 김 기사가 세차중이었다.

평생 그토록 기나긴 밤이 또 있을까.

그와의 격렬한 말다툼으로 완전히 기진맥진해진 수정이 비틀거리자 당황한 태웅이 그녀를 침실로 데려갔었다. 그러나 그때는 이미 수정에게 그가 그녀를 어디로 데려가냐는 더 이상 중요하지 않았다. 중노동이었던 팬 사인회와 뜻하지 않았던 태웅과의 만남으로 초긴장상태였던 몸의 힘이 풀리자 꼼짝도 못할 만큼 피곤이 몰려와 눕기만 하면 금방이라도 골아 떨어질 것만 같았기 때문이었다.

　그러나 대충 씻은 후 바로 침대에 누웠지만 수정은 생각처럼 쉽게 잠을 이룰 수가 없었다.

　수정은 태웅이 퍼부어대던 소름 끼치는 비난과 협박, 그의 강압적인 제의로 인한 새로운 문제들과 그것을 거부할 시 발생할 문제들을 생각하느라 잠 못 드는 시간을 보낸 것도 맞지만 정작 수면 방해꾼은 태웅이었다.

　그것은 태웅도 마찬가지인 듯했다.

　그도 잠을 못 이루겠는지 쉼 없이 방을 들락거리고 있었고, 좀 전에는 뭔가에 세게 부딪쳤는지 '쿵' 하는 소리와 함께 입에 담지도 못할 욕설과 신음이 들려 오기도 했다.

　유난히 조용한 주위 환경 때문일까? 수정은 그의 발걸음 하나하나까지 신경이 쓰여 도저히 잠을 이룰 수가 없었다. 태웅이 뭔가를 열어젖히는 소리, 뭔가를 컵에 따르는 소리, 화가 난 듯 쿵쿵거리며 복도를 걷는 소리, 또 유리창을 거칠게 열었다 닫는 소리…….

　그렇게 뭔가에 심사가 잔뜩 뒤틀려 끊임없이 수정의 방문 앞을 왔다갔다하던 그가 마침내 발걸음을 멈추었을 때!

　그때야 수정은 자신이 방문을 잠그지 않았다는 사실을 깨달았다. 그러나 미처 움직일 새도 없이 곧 방문이 열렸고, 수정은 꼼짝없이 잠든 척해야만 했다. 그녀의 심장이 마을의 모든 주민들도 깨울 수 있을 만큼 요란하게 뛰기 시작했다.

　이렇게 바보 같다니. 방문도 잠그지 않고…… 그는 왜?

　이윽고 침대 바로 옆까지 다가온 그가 그녀를 바라보는 것이 느껴졌다.

만약 그때, 태웅이 단 1초라도 더 머물렀다면 수정의 심장이 터졌을지도 몰랐다. 다행히 뭔가를 침대 옆 장식장에 내려놓은 그가 곧 방을 나섰다.

휴!

방문이 닫히자마자 눈을 뜬 수정은 막혔던 숨을 한꺼번에 몰아쉬었다. 그리고 얼른 옆 장식장으로 시선을 주었던 수정은 그만 깜짝 놀라고 말았다.

그것은, 낮은 2단 서랍장 위에 그가 놓고 간 것은…… 정말 믿을 수 없게도 커다란 투명 머그 잔에 담긴 우유였다.

누가 이 세상에서 가장 믿을 수 없는 게 여자의 마음이라고 했던가. 누가 여자의 마음을 갈대라고 했던가.

수정은 그가 별 생각 없이 놓고 갔을 우유 한 잔에 울음을 터트리고 말았다.

좀 전까지만 해도 가장 악랄하고 잔인한 악마였던 그가 우유 한 잔으로 눈물을 쏟게 만들다니…….

수정은 기어이 한 모금도 남기지 않고 우유를 다 마셨다.

배가 고프니까 그런 거야. 오늘 거의 하루 종일 굶었잖아. 그래서, 그래서 다 마신 거야…….

울고 나서인지, 우유를 마셔서인지 수정은 곧 잠이 들었고 그렇게 3시간 정도는 잔 듯했다.

그리고 아침이 되자마자 화가 잔뜩 난 목소리로 고함을 질러대는 태웅의 재촉을 받으며 허둥지둥 밖으로 나갔을 때 본 그의 모습은 단 몇 분도 자지 못한 듯한 초췌한 몰골이었다. 거무스름해진 턱과 어젯밤 '쿵'의 결과인 듯 팅팅 부어오른 이마, 방금 잠자리에서 일어난 아이처럼 헝클어진 머리…….

　그는 컨디션이 말이 아닌 모양이었다.

　김 기사 옆자리에 타려는 그녀를 붙잡아 매섭게 노려보던 그
가 그녀의 허리를 감아 끌어당겨서는 뒷좌석에 함께 올랐다.

　"피곤하게 하지 마! 당신은 밤새 곤히 자서 봄날의 종달새처
럼 즐거운 모양이지만 난, 난…… 밀린 일을 해야 했어. 그러니
까 얌전히 있어. 알았어? 뭐야, 왜 대답이 없지? 알겠냐고!"

　뭐, 밤새도록 일했다고? 밤새도록 술이나 퍼 마신 주제에.

　"네, 알았어요. 그런데 넥타이를 놔두고 오신 것 같네요. 아까
나오다 보니 소파에 굴러다니던데요?"

　수정의 비꼬는 듯한 말투에 그가 벌겋게 충혈된 눈동자를 부
라리며 분통을 터트렸다.

　"조용히 해! 그런 넥타이쯤 상관없어. 누가 내 넥타이 따위에
신경 쓰랬나? 나도 알아. 내가 일부러 놔두고 온 거야. 그러니까
신경 쓰지 말고 입 다물어. 알았나?"

　"네, 그러죠."

　수정은 그가 일부러 넥타이를 놔두고 온 것이 아니라고 확신
했지만 그만 입을 다무는 것이 좋겠다는 결론을 내렸다. 뜻 모
를 웃음이 그녀의 입가에 가득 퍼지고 있었다.

　태웅은 이가 아프도록 앙다물며 창 밖으로 시선을 돌렸다.

　정말 미치도록 짜증나는 여자였다. 어제 오후 백화점 앞에서
부터 그의 신경을 곤두서게 만들더니 결국 그녀로 인해 밤새 한
숨도 자지 못했다. 그리고 그녀의 새하얀 얼굴 위로 물결쳐 내

리던 까만 머리카락!

그는…… 기억해 내고 말았다.

아내의 부드럽고 긴 머리카락에 얼굴을 묻고 잠드는 걸 그가 얼마나 좋아했었는지. 귀찮다고 떼어놓는 그녀를 강제로 품에 안고 비단처럼 매끄러운 감촉을 음미하곤 했던 밤들을.

뜨겁고 달콤한 사랑을 나눈 후엔, 늘 그녀를 바짝 끌어안고 다짐을 받곤 했었다.

'절대로 머리를 자르지 않겠다고 약속해. 그 어떠한 경우라도…….'

이미 남남으로 산 지도 3년이 지난 지금, 이제 그에게 그녀의 긴 머리는 아무런 의미가 없어야 했다.

그러나 찬란한 빛을 발하며 아름답게 물결치는 머리카락이 여전히 허리까지 닿는다는 사실을 깨닫는 순간, 그는 충격적일 만큼 기묘한 감정에 사로잡혔다.

그것은, 그것은…… 기쁨.

정신이 나간 것이 틀림없었다.

그녀를 침실로 들여보내고 동이 터 오도록 술을 들이켰지만, 그때까지 그가 생각한 것은 어이없게도 그녀가 배고프지 않을까 하는 것이었다. 맙소사, 이건 코미디였다. 블랙 코미디!

결국 오직 인도주의적 차원에서 그리고 자신의 안녕을 위해 우유를 가져다주기로 마음먹었던 태웅은 조심스레 그녀의 방문을 열었고…….

빌어먹을! 그것은 더 큰 실수였다.

참새처럼 가냘픈 숨을 내쉬며 곤히 잠들어 있는 그녀의 모습을 바라본 순간, 그의 남성이 그를 비웃으며 흥분하기 시작했던 것이다.

그것 때문이었다. 태웅은 그가 자부하던 이성과 절제, 인내력을 총동원해 그녀의 방을 빠져 나온 순간부터 수정을 저주했다. 게다가 더욱 기분이 상하는 건, 그녀를 보내고 싶지 않다는 생각이 들었기 때문이었다. 이대로 인가 드문 촌구석에 그녀를 가두어 두고 싶었다.

맙소사! 아마도 이건 단지 분출되지 못한 성적 욕구 때문일 것이다.

이른 새벽 느껴지는 그녀의 체취는 그의 성감을 강렬하게 자극했고, 그는 잠자고 있는 수정을 애무로 깨워 사랑을 나누곤 했었다.

빌어먹을! 빌어먹을!

태웅은 그의 곁에서 꼼지락거리는 수정을 바라보지 않기 위해 필사적으로 정면을 주시했다.

그렇게 욕구불만으로 가득 찬 남자와 그 남자에 대한 불만으로 가득 찬 여자를 태운 승용차는 고속도로를 날쌔게 달렸다.

17

도발적인 레드 슬립 드레스를 입은 한 여인이 서 있다.

여인은 막 데이트를 끝내고 돌아온 듯, 연인으로 보이는 근육질의 남성이 그녀의 손등에 작별 키스를 하고 있다. 농염한 포즈로 현관문에 기대어 있던 여인은 아쉬움이 담긴 표정으로 바라보는 남자에게 매혹적인 미소를 보낼 뿐.

마침내 체념한 남자가 돌아서고, 그 순간 살며시 손을 내밀어 남자의 팔을 잡는 여인…….

<이때 미스티의 재즈 선율이 잔잔하게 흐르면서 화면엔 여인의 드레스와 같은 붉은 컬러의 '템테이션 퍼퓸'이 잠시 비추어진다.>

다시 화면은 두 사람이 정열을 불태웠음을 암시하듯 침대 밑

에 나뒹굴어져 있는 남자의 실버메탈 벨트와 여인의 레드 드레스를 클로즈업하고 있다.

페르시안 고양이 같은 나른한 표정으로 아침 햇살을 받으며 잠에서 깨어난 여인은 시트로 몸을 감싼 채 춤을 추듯 욕실로 향한다. 반투명의 샤워 부스 안에서의 흥겹게 샤워를 마치고 목 뒤와 손목에 레몬빛 컬러의 ‘엘레강스 퍼퓸’을 분사하며 우아하고 청초한 향을 음미하는 그녀.

잠시 후, 현관문을 힘차게 열고 나오는 한 여인이 있다.

<이때 그녀의 등장과 동시에 그녀의 이미지를 상징하듯 영화 ‘라붐 1’의 주제곡인 ‘리얼리티’가 흘러나온다.>

어젯밤 섹시한 여인이었던 그녀는 오늘 아침 그 누구보다 순수한 여인으로 변해 이웃 사람들과 반갑게 인사를 나눈다. 그녀를 감탄과 애정이 담긴 시선으로 바라보던 이웃사람들의 밝은 표정을 끝으로 서서히 자막이 올라온다.

‘육감적인 섹시함과 격조 높은 순수의 향을 동시에 즐길 수 있는 두 가지 스타일의 샤워 퍼퓸. 아프로디테.’

멋진 콘티였다. 가끔은 정형의 일상에서 벗어나 새로운 자아를 꿈꾸는 현대 여성의 다양한 변신 욕구를 표현한 감각적인 컨셉은 국내 최고의 CF 감독과 스태프로 짜여진 제작팀이 아니더라도 큰 화제를 일으키는 훌륭한 작품이 될 것이라는 것을 수정은 자신 있게 확신할 수 있었다.

그러나…… 위험했다. 2, 30대의 현대 여성을 타깃으로 한다지만 광고에 대한 보수적 성향이 유독 강한 시청자들이 어떤 반응을 보일지는 아무도 장담할 수 없었다. 게다가 자칫하면 수정의 상징인 순수하고 청아한 이미지를 완전히 망쳐 버릴 수도 있었다. 화면에 표현된 두 가지 이미지 중 에로틱한 이미지만 부각되어 버린다면 다시는 재기하지 못할 만큼 치명적인 타격을 입을 수도 있었다.

다시는.

순간 수정의 온몸에 소름이 돋기 시작했다.

그녀는 덫에 빠졌다. 함정…… 강태웅의 함정.

이것은 수정에게 있어서는 너무나도 위험한 게임이었다. 완벽한 콘티와 최고의 팀으로 선발된 스태프에 의한 아프로디테의 CF는 이미 성공적이라고 말할 수 있었고, 황금 영화상 여우주연상에 빛나는 지수정의 섭외와 막대한 제작비 투자로 촬영 전부터 화제를 모았던 TY의 페어 레이디는 아무것도 잃을 것이 없었다. 수정의 이미지가 어떤 식으로 부각되든 그것은 아프로디테의 퍼퓸 세트에 대한 광고가 될 수 있는 것이다. 하지만 수정에겐 완전한 성공이냐 아니면 철저한 실패냐의 외나무다리 건너기의 모험이었다.

그러나 수정은 태웅의 함정에서 벗어날 힘도, 의지도, 아무것도 없었다.

그것은 이미 3일 전 그의 별장에서 결정된 사항이었다. 그녀에게 많은 도움을 주었던 연예계 선배와 동료…… 절대로 그들에게 폐를 끼칠 수는 없었다. 이제 그녀의 출연료는 그들을 통해 대출했던 대출금과 상계처리될 것이다.

수정은 3년 전, 시댁을 나오면서 견딜 수 없는 모멸감과 고통에 자살까지 기도했었다. 정확히 수정이 집을 나간 지 일주일 되던 날, 그녀의 시어머니는 언론에 공개적으로 이혼선언을 해 버렸다. 그리고 행여나 부끄럽기만 하던 당신의 며느리가 되돌아올까 봐 조바심을 치며 수정을 찾아왔었다.

"역시 못 배운 것들은 표가 난다니까. 괘씸한 것, 하필 집안 행사가 있을 때 사라지다니! 더 험한 소리 나돌기 전에 네가 나서서 해결하도록 해. 세상에, 집안 망신을 시켜도 유분수지…… 태웅이의 마음은 이미 정리가 되었으니 그리 알도록 해라. 너도 뭔가 느껴지는 게 있어서 나왔겠지만 어차피 너흰 처음부터 어울리지 않는 사람들이었어. 그리고 이거!"

수정의 집 마루 끝에 걸터앉아 초라한 집 내부를 어이없다는 듯 살피던 정 여사가 하얀색 봉투를 내던졌다.

"굳이 이럴 필요까진 없겠지만 좋은 게 좋은 거라고, 돈 몇 푼에 두고두고 네까짓 것에게 씹힐 필요는 없겠지. 대신 입 조심해! 태웅이도 더 이상 지저분한 가십에 휩쓸리고 싶지 않다는구나. 이젠 네 얼굴만 봐도 아주 끔찍한 모양이야. 이 정도면 당분간 죽은 듯이 살 수 있을 게다. 그러나 다시 한 번 말하지만 이것으로 우리의 악연은 끝이다!"

지저분한 가십…… 악연…….

비열한 태웅의 행동에 충격을 받은 수정이 정신을 차리고 황급히 봉투를 집어들어 쫓아나갔을 때는 이미 시어머니의 승용차가 떠난 후였다. 그 일로 인해 크나 큰 상처를 받은 수정은 돈이 될 만한 것이라면 무엇이든 처분하고, 친분 있는 선배들과 동료들을 미친 듯이 찾아다니며 연대 보증인이 되어 주거나 명

의를 빌려 달라고 부탁해 최대한의 대출을 받아 시댁으로 찾아
갔었다. 태웅의 일가친척과 엮이기는 죽기보다 싫었지만 그때
당시 수정에게 그나마 신용거래가 가능한 곳이 그녀의 계좌가
있던 골드투자신탁뿐이었다.

"그 사람에게 돌려주세요. 이런 적선 없이도 더 이상 지저분
하게 달라붙지 않을 거라고요. 그리고 이건…… 태웅 씨가 친
정 집을 대신해서 갚아 주었던 돈입니다. 앞으로 한번은 더 만
나야 하겠지만, 저 역시 만남을 길게 끌고 싶지 않습니다. 대신
전해 주십시오. 그 동안…… 감사했습니다."

그러나 이혼 후, 자신의 예전 인기를 바탕으로 열심히 활동하
면 곧 은혜 입은 이들의 신세를 갚을 수 있을 거라고 생각했던
수정은 냉혹한 현실에 또 한 번 좌절해야 했다.

연예계 복귀를 저지하던 시어머니의 은근한 압력과 더불어
IMF 사태 이후 구조조정 바람이 불고 있던 연예계에, 이미 여
러 매스컴을 통해 폐쇄된 결혼 생활과 이혼에 관한 수많은 구설
수에 올랐던 수정을 반기는 곳은 단 한 군데도 없었다. 결국 차
가운 연예계의 정서에 복귀를 포기한 수정은 은퇴한 선배 탤런
트가 운영하는 드레스 숍에서 일하며 이제껏 힘들게 살아왔다.
아침 9시부터 저녁 10시까지 엄청난 시간의 희생을 요구했던
드레스 숍에서 받은 월급은 대출금의 한 달 이자와 임대 아파트
의 월세, 어머니의 약값을 내고 나면 최소한의 생활비만이 남는
비참한 생활이었다.

입대 이틀 전에야 소식을 알리며 빙그레 웃는 수완이를 부둥
켜안고 얼마나 울었던가…….

등록금을 걱정하는 누나가 안쓰러워 입대를 자원한 수완이었다. 흐느끼는 엄마와 누나를 위로하며 훈련소 정문을 향해 씩씩하게 걸어가던 그가 눈물이 그렁그렁한 눈으로 소리쳤을 때, 용케 울음을 참아 왔던 수정은 그만 목놓아 울고 말았었다.

'누나! 꼭 2년만 고생해. 그 후엔 내가, 이 지수완이가 엄마와 누날 지켜 줄 거야.'

그렇게 눈물과 빈곤의 악순환이 되풀이되었던 세월을 견딜 수 있었던 것 역시 강태웅, 그 때문이었다. 거짓 사랑으로 그녀를 속이고 능멸했던 그를 떠올릴 때마다, 그런 그를 죽도록 사랑했던 수치가 떠오를 때마다, 마지막 만남이었던 법정에서 그녀를 단 한 번도 쳐다보지 않았던 그의 잔혹함이 떠오를 때마다 수정은 이를 악물었다.

절대로 인생의 패배자가 될 수 없었기에, 힘겨운 세상을 헤쳐 나갈 힘을 북돋아 주는 소중한 가족이 있었기에 그녀는 하루하루를 열심히 살았다. 그렇게 2년하고도 몇 개월…….

그러다 결혼 전 고정 패널로 함께 출연했던 TV 토크쇼를 계기로 많은 귀여움을 받았던 양현태 영화감독의 배려와 설득으로 수정은 <백치 아다다>의 주연 배우로 전격 캐스팅되었고, 결국 제작진과 언론의 모든 우려를 말끔히 씻고 수정은 너무도 섬세하고 아름다운 연기라는 찬사를 받으며 연예계 재기에 성공할 수 있었다.

이제야, 이제야 겨우 웃을 수 있는데. 이젠 나도 조금은 행복해질 수 있을 거라고 생각했는데.

태웅은 하나도 변한 게 없었다. 그는 수정을 자신을 위해 만들어진 값비싼 인형쯤으로 생각했었고, 그것을 완전히 소유하지 못했다는 이유로 그녀에게 복수하려는 것이다.

복수!

그것이야말로 강태웅, 그다운 행동이었다.

"누나, 괜찮겠어?"

한참의 시간이 흘렀는지 수완이 미지근해진 캔 커피를 뜨끈한 것으로 바꿔 건네며 근심스럽게 물었다.

"그럼. 아주 설레는걸. 고정된 이미지에서 벗어나서 이렇게 색다른 변신을 할 수도 있고 얼마나 좋니? 게다가 페어 레이디는 소비자 만족도와 호감도가 매우 높은 브랜드라니 개인적으론 아주 영광이지 뭐."

"휴, 강태란이 전화했을 때 짐작했어야 했는데……."

"수완아, 3개월 단발 계약이잖아. 너무 신경 쓰지 마."

수정은 뭔가 석연치 않다는 눈빛으로 바라보는 수완에게 환하게 웃어 보였다.

일방적인 통보에 불과했을 태웅의 전화를 받고 수완이 얼마나 분개했을지는 짐작하고도 남는 일이었다.

별장에서 돌아온 그날 아침, 벨에 채 손이 닿기도 전에 왈칵 열리던 현관문 뒤로 까칠한 수완의 얼굴이 보였을 때…… 그때 사실을 털어놓아야 했을까?

'엄마는 비쥬, 김 실장님 아파트에서 묵고 오는 걸로 알고 계셔…….'

CF 촬영이라는 놀라운 변화를 가져온 불가사의한 하룻밤이 궁금해 죽을 지경이면서도 수완은 결코 한마디도 묻지 않았다.
3년 전 그녀의 가방 하나를 받아들던 그날처럼.

"수정 씨, 메이크업 준비해 주세요!"

멀리서 스태프 중 한 사람이 소리치자 수정은 당당히 일어서
며 주먹을 꾹 쥐었다.

수완아, 걱정 마. 누난 잘 해낼 거야!

이젠 사랑에 얽매여 내 자신을 절대로 포기하지 않을 거야!

내 자신을 절대로 버리지 않을 거야!

이젠 그녀의 운명은 그녀가 스스로가 개척해 나갈 것이다. 바
로 오늘부터!

18

"어머나, 지수정 씨. 너무 섹시한데요? 마치 딴 사람 같아요."

수정은 메이크업 스태프의 요란한 감탄을 들으며 살포시 눈을 떠 거울을 바라보았다.

고전적인 스타일로 우아하게 말아 올려진 머리와 여성스러움과 섹시한 이미지를 살린 메이크업은 수정을 관능미 넘치는 여인으로 변모시키기에 충분했다. 게다가 비쥬의 김혜진 실장이 심혈을 기울여 제작한 타는 듯한 붉은색의 실크 드레스 역시 그녀의 가느다란 목과 아름다운 어깨선을 강조하며 대담하게 몸매를 드러내 주고 있었다.

"지수정 씨, 준비됐으면 시작하죠."

외국의 유명 아트 디렉터를 초빙해 특별히 제작했다는 촬영

세트장은 황홀하리만큼 분위기 있는 야경으로 근사하게 꾸며져
있었다. 강렬하고 감각적인 광고로 국제적인 명성을 지닌 광고
계의 거장 최규만 감독이 <백치 아다다>에서의 수정의 연기를
칭찬하며 그녀의 긴장을 풀어 주었다.

　"수정 씨, 아까 설명한 대로 애타는 눈빛으로 자신을 바라보
는 남자를, 도도하지만 요염함이 담긴 눈동자로 마주 바라보세
요. 이게 가장 중요합니다. 자, 가죠."

　쉽지 않았다. 이미 아침부터 최규만 감독에게 촬영 콘티에 대
한 설명을 수십 번도 더 들었지만 영화 촬영과 달리 몇 십 초의
시간을 최대한으로 활용하여 제품에 대한 선명한 인상을 남겨
야 하는 광고 촬영은 그만큼 엄청난 시간과 에너지가 소요되는
대작업이었고 성숙한 여인의 육감적인 눈빛, 그것에 익숙지 못
한 수정과 상대 배우로 캐스팅된 패션 모델 에릭 조의 서투른
연기로 인해 몇 시간째 촬영이 지연되고 말았다.

　게다가 맙소사!

　잠시 쉬는 시간임에도 불구하고 왠지 스태프들의 분주한 움
직임이 심상치 않다 싶더니 어느 사이엔가 나타난 강태웅과 강
태란이 최규만 감독과 세트장을 둘러보며 무언가 대화를 나누
고 있었다.

　갈수록 태산이군.

　순간, 거의 벗은 것과 다름없는 자신의 모습에 신경이 쓰였던
수정은 태웅과 시선이 마주치는 불상사를 최대한 늦추기 위해
일부러 에릭 조에게 열심히 말을 걸었다. 재미교포인 그는 아침
부터 내내 서툰 한국말로 '오, 마이 스위티'를 연발하며 집적거

려 불쾌했지만 지금은 에릭에게 의지하는 수밖에 다른 도리가 없었다.

"에릭, 패션쇼에서는 자주 봤는데 광고는 처음이죠?"

수정이 부드럽게 미소지으며 다가가자 뜻밖의 친밀함에 흥분한 에릭이 그녀의 드러난 어깨를 매만지며 느끼하게 웃었다.

"마이 스위티! 나 한눈에 당신에게 반했어요. 내가 한국에 온 것은 우리의 문명이에요."

"에릭, 그럴 땐 문명이 아니고 운명이라고 하는 거예요."

수정은 따가운 시선이 느껴지는 뒤통수를 무시하려 애쓰며 에릭의 말을 다정하게 정정해 주었다.

"오, 운명! 그래요. 수정은 나의 운명이에요. 그러니 오늘밤 에릭하고 데이트를 해야 해요."

에릭은 당황한 수정의 표정을 미소로 오해했는지 그녀의 등을 감싸안아 인적이 드문 세트장 뒤쪽으로 이끌었다. 잠시 불안한 마음이 들긴 했지만 당장 태웅의 시야에서 벗어나는 것에만 급급했던 수정은 아무런 저항 없이 에릭을 따라 나섰고, 조명이 닿지 않는 어둠침침한 곳에 닿을 때까지도 온통 태웅에 관한 생각뿐이었다.

그가 촬영장에 어쩐 일이지? 날, 날 보았을까?

그러나 둔탁한 세트 벽면 사이에 수정을 거칠게 밀어붙인 에릭이 두 팔을 벌려 그녀를 가두자 수정은 깜짝 놀라 고개를 들었다. 탐욕스러운 눈빛으로 수정의 가슴과 허리를 훑던 그의 얼굴이 수정을 향해 서서히 다가왔다.

"뭐, 뭐예요. 에, 에릭!"

깜짝 놀란 수정이 에릭의 입술을 피하며 품에서 빠져 나오려 발버둥쳤지만 근육질의 남자 모델로 선발될 정도의 체격을 가진 에릭에게서 벗어나기란 쉽지 않았다. 먹이를 발견한 뱀처럼 혀를 날름거리며 역겹게 웃는 에릭의 입술이 볼에 닿자 수정은 비명을 터트리며 그의 얼굴을 마구 밀어내기 시작했고, 그녀의 강한 저항에 화가 난 그가 영어로 욕설을 퍼부으며 수정의 머리를 우악스럽게 잡아당겼다.

그것은 너무도 끔찍한 경험이었다.

심장이 터질 듯 무섭게 파고드는 공포와 두피가 벗겨질 정도의 격렬한 아픔으로 거의 실신상태에 이른 수정이 에릭의 얼굴에서 막 손을 떼었을 때였다.

갑자기 '윽' 하는 신음소리와 함께 막혔던 눈앞이 환히 뚫리더니 순식간에 수정에게서 떼어진 에릭이 몇 미터쯤의 바닥에 내팽개쳐졌다.

"개자식! 죽여 버리겠어."

무시무시한 음성을 내뱉으며 분노로 부르르 떨리는 주먹을 흔들어대고 있는 남자는 세트장에 있어야 할 강태웅이었다.

어떻게, 그가 어떻게 적시에 와주었을까…….

에릭의 추행과 태웅의 갑작스러운 등장으로 완전히 넋이 나가버린 수정은 태웅이 자신을 바라보는 순간, 그에 대한 모든 적의를 순식간에 접고 이제야 터져 나오는 눈물과 오열을 감추지 못한 채 그의 품에 뛰어들고 말았다.

그 순간 누가 더 놀랐을까?

그에게 정신없이 안겨 버린 수정 자신이었을까? 아니면 갑자기 안겨 오는 그녀를 얼떨결에 껴안은 태웅이었을까?

어쨌든 그것은 충격에 휩싸인 수정의 정수리 위로 부드럽게 턱을 비벼대는 태웅을 피해 에릭이 도망치는 기회를 만들어 주었다.

그러나 지금 태웅에게 에릭 따위는 전혀 중요하지 않았다.

오열로 떨리는 수정의 어깨를 감싸 안은 순간, 활활 타오르던 그의 분노는 이미 흔적도 없이 사라져 버렸고 지금 이 순간 오직 그녀가 더 이상 떨지 않도록, 눈물을 그치도록 하는 것만이 그의 유일한 관심사였다. 태웅은 그녀의 울음소리에 가슴이 꽉 막혀 왔다.

처음 세트장에 도착해 수정의 관능적인 모습을 보았을 때 얼마나 심장이 거세게 요동치던지 그는 생각처럼 그녀에게 다가가지 못하고 애매하게 촬영 감독을 붙들고 이미 여러 번 반복했던 이야기를 또 해야 했다.

여전히 시선은 수정에게서 떼지 못한 채, 여전히 그녀의 부드러운 살결을 떠올린 채…….

그러다 잠시 세트장을 둘러본 사이 수정이 사라졌고, 그는 예의도 무시한 채 이야기에 열중해 있는 태란과 감독을 지나쳐 세트장 뒤쪽을 미친 듯 뒤지기 시작했다. 그러다 그 개자식이 수정을 안고 키스하려는 걸 발견했고, 그 순간 그는 이성을 잃고 순식간에 날아올라 주먹을 휘둘렀다.

정말 그놈을 죽여 버리려고 했었다.

자신의 안에서 미친 듯 치솟는 공포에 가까운 분노가 태웅의 눈을 뒤집어 놓았던 것이다. 그리고 여전히 분격한 그는 그놈과 놀아난 수정도 한 대 후려치려 했었다.

　그러나 믿을 수 없게도 수정이 자신의 품에 안겨 왔고 그때부터 그는 아무런 생각도 할 수 없었다. 오직 그녀를 부스러질 정도로 꼭 안는 것 외에는 어떤 행동도 취할 수가 없었다.

　오로지 가엾은 새끼 사슴처럼 떨고 있는 그녀를 보호해 주고 싶다는 생각만이…….

19

"자, 울지 마. 이제 됐어. 아무도 당신을 괴롭히지 못해. 내 아기. 이제 그만…… 응?"

태웅의 포근한 품에 안겨 흐느끼던 수정의 가슴에 날카로운 고통이 일었다.

내 아기! 내 아기…….

그는 분명 그렇게 불렀다. 내 아기…… 그것은 태웅이 수정을 향해 부르던 애칭이었다.

수정의 심장이 두근거리기 시작했다. 태웅 역시 무의식적으로 튀어나온 말의 의미를 막 깨달은 듯 혼란의 빛이 어린 눈동자가 세차게 떨리고 있었다.

두 사람의 눈빛과 눈빛이 뜨겁게 뒤엉켰다.

그것은 틀림없는, 부정할 수 없는 서로에 대한 뜨거운 갈구였다. 숨쉬기가 힘들어…….

고통스러울 정도의 강한 눈길로 수정을 바라보고 있던 태웅이 거친 숨을 터트리며 그녀의 엉덩이를 힘껏 끌어당겼다. 이미 피가 몰려 단단해진 그의 아랫도리에 그녀의 몸이 바싹 밀착되자, 전신에 번지는 짜릿한 쾌감에 수정은 숨을 헐떡거리기 시작했다.

다리 사이로 파고드는 그의 맹렬한 힘에 몸부림을 포기한 수정은 그의 상체에 쓰러지듯 몸을 기댔다. 그녀의 몸은 이미 조종이 필요한 꼭두각시 인형처럼 그의 손길과 지시만을 애타게 기다리고 있었다.

"당신 입술…… 날 기다리고 있어."

흥분한 태웅이 뜨거운 열기를 내뿜으며 속삭이자 새빨간 립스틱 위에 반짝거리는 립글로스로 마무리한 수정의 도톰한 입술이 주인의 허락도 구하지 않은 채 저절로 벌어지기 시작했다.

"난 또다시 미쳐 가고 있고……."

태웅이 격하게 중얼거리곤 수정의 벌어진 입술을 힘차게 빨기 시작했다.

도저히, 도저히 그를 거부할 수가 없었다. 오로지 태웅의 목에 매달려 그의 입술과 혀가 일으키는 충격적인 쾌락에 신음할 뿐이었다. 그의 한 손이 수정의 볼과 머리를 오가며 엉망으로 헝클어 놓고 있었지만 그런 건 상관없었다. 지난 3년 간의 매일 밤…… 피로에 지친 육체의 휴식을 잔인하게 방해하던 저주받을 욕망이 지난날의 고통스러운 억눌림을 분풀이하듯 순식간에 수정의 육체에 욕정의 불을 붙이고 있었다.

수정의 혀를 무섭게 빨아들이던 태웅의 입술이 어느새 붉은 드레스 위로 민감하게 솟아오른 젖꼭지를 향해 내려가기 시작했고, 곧이어 얇은 실크 천을 통해 느껴지는 또 다른 섬세한 자극에 그녀는 완전히 무너져 세트 쪽을 오가는 사람들이 있다면 확연히 들리고도 남았을 적나라한 욕망이 맺힌 신음소리를 내고 말았다.

"거기 누구 있어요?"

수정의 두려움에 응답이라도 하듯 누군가가 세트 안에서 소리쳤고, 비로소 정신이 든 두 사람은 외출에서 돌아온 부모님께 키스 장면을 들킨 순진한 10대들처럼 허둥대며 세트장을 빠져나가기 시작해, 아무도 없는 비상구에 닿아서야 꽉 잡았던 손을 놓았다.

욕망의 흔적이 채 가시지 않은 눈빛으로 숨을 고르는 남자. 뜨겁게 달구어진 볼을 만지며 어쩔 줄 몰라 하는 여자.

서로의 시선을 피해 숨을 고르던 두 사람의 눈동자가 어느 순간 마주치자, 그들은 우스꽝스러운 자신들의 모습에 와락 웃음을 터트렸다.

"당신! 꼭 피에로 같아요. 립글로스가 잔뜩 묻었군요."

"그러는 당신 입술은? 어디까지가 입술인지 모르게 잔뜩 번졌는걸."

잠시 동지애를 느끼며 너털웃음을 터트리던 두 사람 사이에 또다시 숨막히는 긴장감이 감돌기 시작했다.

이건 미친 짓이야! 미친 게 틀림없어!

두 사람은 잠시 망각의 태풍에 휩쓸렸을 뿐이다…….

"사람들이 찾을 거예요. 립스틱 자국을 빨리 지우세요. 어딘가 화장실이…….."

문득 휴식 시간이 한참이나 지났다는 것을 깨달은 수정은 주위를 둘러보며 급히 말했다.

"싫어! 지우지 않겠어."

진심인 듯 단호히 고개를 저어대는 태웅의 뻔뻔함에 기가 막힌 수정은 어이없다는 표정으로 그를 노려보았다.

"당신 돌았어요? 그런 얼굴로 나가면 사람들이 어떻게 생각하겠어요? 당신과 내가, 당신과 내가…….."

"재회한 전 남편과 아내가 짧고 뜨거운 열정의 시간을 보냈다고 생각하겠지."

그는 몹시도 바라는 일이라는 듯 얄밉도록 즐거운 어조로 말을 가로챘다.

"제발, 제발 정신 차려요. 당신은 광고주예요. 사람들이 얼마나 비웃겠어요."

분노로 벌겋게 된 수정의 얼굴을 흥미롭게 바라보던 태웅이 히죽히죽 웃기 시작했다.

"당신이 부탁한다면 지우지. 단! 당신이 남긴 거니까 당신이 지워."

"이 비열하고 치사하고 더러운…….."

그러나 수정은 그를 너무나 잘 알고 있지 않는가. 그는 자신의 생각을 절대로 포기하지 않는 사람이었다. 결국 분하지만 아쉬운 그녀가 굽히는 수밖에…….

“손수건 주세요.”

새침한 수정의 말에 태웅이 다시 고개를 내저었다. 그의 얼굴엔 이미 웃음기가 말끔히 가셔 있었다. 견딜 수 없는 침묵으로 수정의 눈동자를 지그시 바라보던 그가 마침내 말했다.

“당신 혀로…… 보드라운 당신의 혀로 지워 줘.”

눈싸움에 목숨이라도 건 듯 서로를 날카롭게 노려보는 가운데 곧 터질 것만 같은 심장의 절규를 이겨내지 못한 수정이 조용히 한숨을 내쉬었다. 그리고 가만히 발꿈치를 들어올려 그의 입술과 입가에 묻은, 한때는 자신의 것이 분명한 립글로스를 섬세하게 지워 나가기 시작했다. 그녀의 보드라운 혀로…….

이때, 아무 말 없이 사라진 오빠를 찾아 나섰던 태란은 아래층 비상구 문 뒤에 숨어 환상적일 만큼 낯뜨거운 장면을 연출하고 있는 커플을 내려다보고 있었다.

휴! 세계 최고의 미스터리 커플이군.

태란은 고개를 설레설레 흔들면서도 부러움이 담긴 눈빛으로 그들을 훔쳐보았다. 가슴속에 상처와 분노를 간직한 두 사람이 저토록 애틋한 장면을 연출하다니…….

태란은 세트장으로 서둘러 발걸음을 옮기며 빙그레 웃었다.

두 사람은 결코 모를 것이다. 서로를 안타깝게 바라다보는 두 사람의 눈빛이 얼마나 아름다운지…….

적어도 그 순간만큼은 완벽한 사랑이었다.

20

그녀는 너무나 달콤했다.

그녀의 보드라운 혀가 그의 가슴을 지나 아랫배에 닿아 갈 때쯤, 그는 그녀를 거칠게 끌어올려 꿀 같은 입술을 빨았다. 그의 좌골을 조롱하던 그녀의 손이 사납게 발끈대는 남성에 닿자 그는 잽싸게 그녀를 쓰러뜨리곤 그녀의 뜨거운 몸 안으로 힘차게 파고들었다.

심장을 꿰뚫는 강렬한 쾌감에 그의 몸짓이 더욱 빨라지자 그녀가 죽을 듯이 숨을 헐떡이며 신음을 흘렸다.

'당신 신음소리가……당신 신음소리가 좋아……'

열에 찬 그의 속삭임에 그녀가 더욱 격렬히 몸을 비틀며 전율했고, 그는 본능의 힘으로 한층 맹렬히 움직였다. 터질 듯한 심장과 야성의 신음. 완벽한, 오! 너무도 완벽한…….

"저, 회장님?"

상념을 방해하는 무언가에 참을 수 없이 화가 난 태웅은 사나운 경고음과 함께 잔뜩 찌푸려진 얼굴을 들었다.

도대체 누구야! 누가 감히.

그리고…… 호기심이 담긴 수십 개의 눈동자가 자신을 향해 있음을 발견한 그는 자신이 매주 월요일 오후면 어김없이 열리는 간부회의에 참석중이라는 사실을 깨닫고 낮게 욕설을 퍼부었다.

제기랄! 강태웅, 정신 차려!

지금 넌 새롭게 추진될 외식 사업에 쓰일 순수 국산 브랜드 개발을 위한 회의를 소집한 거야.

그러나 이미 몇 시간 전, 회의장에 들어설 때부터 태웅은 불길한 예감에 사로잡혔었다. 자신이 전혀 일에 집중할 수 없을 거라는…….

그는 오늘 아침만 해도 평상시 같으면 웃어 넘겼을 어머니의 재혼 권유에 대해 버럭 성을 내버렸고, 식탁 맞은편에 앉아 자꾸만 실실거리는 태란의 행동에 공연히 발끈해 분통을 터트렸었다.

이 모든 게 지수정, 그녀 때문이었다.

그는 어제 그곳에서 그녀를 가졌어야 했다. 그를 현혹시키던 붉은 천 쪼가리를 걷어올리고 꼼짝 못하도록 벽에 가둔 다음, 고통스러울 정도로 단단하게 일어선 그의 남성을 거칠게 밀어

넣었어야 했다. 그랬더라면 절대로 어젯밤처럼 꿈속에 나타나 그토록 그를 괴롭히지 못했을 것이다.

맙소사! 아직도 생생하게 느껴지는 어젯밤의 꿈을 생각하자 그의 몸이 뜨겁게 달아오르기 시작했다.

빌어먹을!

태웅은 불굴의 의지로 일어선 후, 잠긴 목을 뚫어 고문 같았던 회의를 중지시켰다.

"여러분, 오늘은 여기까지 하겠습니다. 수요일에 다시 뵙기로 하죠."

평소 빈틈없고 냉철한 모습을 보이던 강 회장이 어딘가 불편한 듯한 모습으로 회의장을 나가자 그 뒷모습에 간부들의 의아한 시선이 쏠렸다.

태웅이 어딘가 불편한 것은 사실이었다. 사실 그는 걷기조차 힘들 지경이었으므로……

"컷! 오케이, 지수정 씨. 정말 수고하셨어요."

"네, 감독님도 수고하셨습니다."

"이번 작품이 광고계에 대단한 센세이션을 일으킬 테니 두고 봐요."

최규만 감독이 만족스러운 표정으로 엄지손가락을 들어 보이자 스태프들도 다들 한 마디씩 하며 모여들었다.

"당연하죠. 지수정, 최규만 환상의 커플 아닙니까. 하하."

"지수정 씨 정말 대단해요. 청순함부터 요염함까지 모두 겸비한 천의 얼굴이라니까요."

"수정 씨, 연기 정말 좋았어요."

촬영 감독을 비롯한 전 스태프들의 박수와 칭찬을 끝으로 극비리에 진행되었던 아프로디테의 CF 촬영이 마침내 무사히 끝이 났다.

어제…… 이상하리만큼 그 누구도 갑자기 교체된 남자 모델에 대해 의문을 제기한 사람이 없었다. 하긴 괴팍하고 제멋대로인 광고주를 떠올렸을 때 어쩌면 그것은 대수롭지 않은 작은 변덕쯤으로 여겼을 수도 있을 것이다. 그때 마침 수정을 찾아 나섰던 스태프와 함께 세트장으로 먼저 돌아온 수정은 어느새 뒤따라와 세트장을 누비는 태웅을 앵도라진 얼굴로 흘겨보았었다. 그는 마치 줄곧 세트장에 있었던 사람처럼 천연덕스레 곳곳을 돌며 지시를 늘어놓았고, 심술쟁이처럼 끊임없이 생트집을 잡아 댔다. 한때 부부였던 두 사람의 관계를 모를 리 없는 스태프들을 의식해서일까? 그 후 두 사람은 마치 인사조차 나눈 적 없는 타인들처럼 서로를 무시했었다.

정말 아이러니한 것은 태웅과의 격정의 시간이 수정의 눈동자에 그대로 담겨져 그야말로 실감나는 연기를 해냈다는 것이다. 태웅과의 열정적인 키스는 NG 컷이 거의 없을 정도의 완벽한 연기로 이끌려졌고 전 스태프들의 찬사와 감탄 속에 오늘까지 무사히 촬영을 마칠 수가 있었다.

적어도 그것 하나는 고마워해야겠는걸. 후후.

게다가 이틀 일정의 마지막 촬영이 있는 오늘, 다행히 태웅이 촬영장에 나타나지 않아 더욱 편안한 연기를 해낼 수가 있었다. 이제 두 번 다시 그를 만날 일이 없겠지……

　　그러나 마법에 걸린 듯 온몸을 흐물거리며 그에게 엉겨 붙었
던 어제의 일이 떠오르자 수정은 금세 침울해졌다. 언제나 태웅
의 육체 앞에선 맥없이 무너져 버리고 마는 자신의 무력함에 혐
오감이 일었다.

　　"누나, 고생 많았지?"
　　촬영장 정문에 기대 서 있던 수완이 급히 다가와 수정의 짐
을 받아들었다.
　　"아냐, 고생은……. 참! 너 오늘 지나랑 데이트하기로 했다
며? 약속 시간이 몇 시야? 늦지 않았어?"
　　수정은 종종걸음으로 수완을 뒤따르며 놀리듯 웃었다.
　　"아직 시간 있어. 그리고…… 사실 나갈까 말까 생각중이야."
　　수완이 트렁크를 열어 짐을 넣으며 음울하게 말했다.
　　"무슨 소리야! 지나가 얼마나 어렵게 전화했을지 생각해 봐.
그리고 내가 보기엔 수완이 너도 지나를 싫어하는 것 같진 않던
데…… 아니야? 한 달 내내 네 신경을 곤두서게 했던 문자 메
시지의 주인이 다름 아닌 지나였다고 네가 말했을 때, 기쁨으로
반짝거리던 네 눈빛을 누나는 잊을 수가 없어. 넌 지나를 좋아
해. 그렇지, 응? 아니면 정말 누나가 잘못 본 거야?"
　　계속되는 수정의 재촉에 좀처럼 열릴 것 같지 않던 수완의
입이 무겁게 열렸다.
　　"그렇기 때문에 더욱 망설여져. 남자들은 적어도 좋아하는 상
대에게만큼은 당당한 모습을 보여주고 싶어해. 하지만 난 이제
겨우 제대한 휴학생에 불과하잖아. 게다가 어려움 없이 천진하

게 자란 지나와 난 어쩐지 어울리지 않는다는 생각이 들어.”

두 사람은 더 이상 아무 말 없이 차에 올라 집으로 향했다.

수정은 알고 있었다. 수완이 어째서 그토록 지나를 피하려고 했었는지…….

그는 자신의 누나를 통해 어울리지 않는 신분의 결합이 초래한 결과를 본 것이다. 하지만 수정이 결코 그러한 이유 때문에 태웅을 떠난 것은 아니었다.

수완아, 누나는 확고한 사랑이 있었다면 그런 것쯤은 얼마든지 극복할 수 있었을 거야. 너도 진실로 지나를 사랑한다고 느끼는 순간 곧 깨닫게 될 거야.

이 세상에, 잊을 수 없는 사랑보다 더 극복하기 힘든 것은 없다는 걸…….

21

　수정은 거실 베란다 난간에 기댄 채 자동차를 향해 빠르게
걸어가는 수완을 바라보며 살포시 미소지었다. 씁쓸하게 자신의
심정을 고백하던 수완은 집에 도착한 후 지금까지 줄곧 시계와
의 눈싸움을 벌였고, 결국 항복한 듯 쑥스러운 웃음을 터트리며
현관을 나서더니 어느새 1층에 닿아 있을 만큼 흥분을 감추지
못하고 있었다.
　데이트를 막 시작한 연인들에게 잘 어울리는 정말 아름다운
저녁이었다.
　요 며칠간 그녀의 엄마는 새롭게 생긴 삶의 기쁨, 딸 자랑 재
미에 푹 빠져 그 동안 당신을 괄시하고 소외시켰던 많은 친척들
의 집을 한풀이하듯 방문하시곤 하셨는데 오늘도 예외는 아니

었다.

 지금껏 고생만 하신 엄마…… 수정은 엄마 때문이라도 훌륭한 배우가 되고 싶었다.

 배고픔을 느낀 수정은 아침에 먹었던 김치찌개를 데웠다. 좁은 공간에 구수한 김치찌개 냄새가 순식간에 퍼지자 입안에 군침이 돌았다. 막 식탁에 뜨거운 냄비를 올려놓았을 때 현관 벨이 요란하게 울려댔다.

 누구지? 엄마가 벌써 오신 걸까?

 울적했던 수정은 집에서 즐겨 입는 옅은 그린색의 원피스에 젖은 손의 물기를 닦아내고 황급히 현관문을 열며 짐짓 경쾌하게 말했다.

 "아직 식사 안 하셨죠? 지금 막 찌개를 데우던……."

 그러나 좁은 현관을 가득 채우고 태연하게 서 있는 태웅의 모습을 본 순간 말문이 막혀 버렸다.

 "물론 아직 식사 전이지. 이거 예상밖의 환영인데?"

 뻔뻔한 태웅의 태도에 수정은 울컥 화가 치밀었다. 거만한 인간 같으니!

 "여긴 어떻게 알았죠? 아니, 이건 물을 필요가 없겠죠. 대체 왜 온 거죠? 난 오늘로 확실하게 약속을 이행했어요. 아니면 아직도 협박할 게 더 남았나요?"

 "이봐, 왜 이렇게 흥분하는 거야. 당신은 피곤하지도 않아? 오늘 하루 종일 힘들었을 텐데."

 태웅이 안타깝다는 듯 혀를 차며 태평스러운 미소를 지어 보였다.

"그렇게 제 생각을 해주시다니 눈물나게 고맙군요. 그럼 이만 가주시죠."

이곳이 믿음직한 홈그라운드라는 것에 생각이 미친 수정이 황급히 현관문을 닫으려 했지만, 어느새 그녀를 감싸안고 들어온 그가 냉큼 문을 닫아 버렸다.

"도대체 왜 이러는 거예요. 여긴 분명히 제 집이고 당신은 들어올 권리가 없어요. 나가 주세요."

수정은 재빨리 그의 품에서 벗어나며 소리쳤다.

"당신이야말로 왜 이렇게 날카롭게 굴지? 왜, 누구 기다리는 사람이라도 있나?"

적반하장도 유분수지! 하지만 그가 좋은 구실을 만들어 준 셈이었다.

"그래요, 곧 누가 오기로 했어요. 그러니 그만……."

"그래? 설마 임준우라고 말하진 않겠지?"

하! 뭐 눈에는 뭐만 보인다더니.

수정이 어이없다는 표정을 짓자 태웅이 히죽거리며 입을 열었다.

"임준우에 대해서 좀 알아봤지. 한땐 천하의 호색한이었지만 똑바른 아내 덕분에 정신을 차렸다더군. 그의 아내가 영화배우 하숙영이라지? 아직 좀더 지켜보겠지만 그는 특별히 자신의 아내에게 고마워해야 할 거야. 그녀가 아니었다면 <백치 아다다>를 끝으로 두 번 다시 영화계엔 발도 붙이지 못했을 테니까."

수정은 만족스레 미소짓는 그를 가증스럽다는 듯 바라보았다.

"정말 무서운 사람이군요. 당신은 그럴 자격이 없어요! 대체

자신이 뭐라고 생각하는 거죠? 우주 일체의 선과 악을 단정하고
파멸시키는 무한한 절대자라도 되나요? 그래요! 내가 기다리는
사람은 임준우 선배가 아니에요. 다른 분이라고요. 그러니 그분
이 오해하기 전에 빨리 나가 주세요. 당신도, 당신도…… 누군
가 애타게 기다리고 있을지 모르잖아요?"

　수정의 대답을 들은 태웅의 입가에 웃음이 사라졌다. 그가 눈
동자를 번뜩이며 위압적인 포즈로 팔짱을 꼈다.

　"그래서! 그래서 이렇게 화장기 하나 없는 청순한 소녀의 모
습으로 변장한 모양이지? 흥! 남자 망신시킬 놈이 또 한 놈 있
군. 멍청한 놈. 하지만 난 더 이상 속지 않아. 가면 뒤에 숨겨진
당신의 모습을 난 너무나 잘 알고 있으니까. 청순한 모습으로
가장한 악녀, 그게 바로 당신이지!"

　경멸로 넘치는 그의 차가운 말에 수정의 얼굴이 창백해졌다.

　"당신은, 당신은 악마야! 당신 같은 사람을 사…… 당신 같은
사람과 한때나마 부부였다는 게 믿어지지 않아요. 그거 알아요?
당신과 결혼했던 것, 그 선택이 내 인생 최대의 수치예요! 너무
나 부끄러워 견딜 수가 없다고요!"

　수정의 앙칼진 대꾸에 태웅의 눈동자가 분노로 무섭게 타올
랐다.

　태웅의 안간힘에도 불구하고 그의 몸에서 살기가 뿜어져 나
오자 수정은 저도 모르게 뒷걸음질쳐 거실로 올라갔다. 태웅이
먹잇감을 물색중인 사자처럼 눈을 번뜩이며 한 걸음 한 걸음 다
가오기 시작했다.

　"내가 당신을 3년 전에 찾아와 죽여 버리지 않은 것을 하느

님께 감사해. 만약 그랬다면 당신의 귀여운 목을 차츰차츰 조여 가는 희열을 맛보지 못했을 테니까. 너 같은 계집을 죽인 살인 자로 이름이 남기엔 너무 억울한 일이지. 하지만 꿈 깨! 네가 다른 남자를 집안에 끌어들이는 걸 내가 보고만 있을 것 같아? 넌 음탕한 계집이라 남자 없이는 하루도 못 살지. 천사 같은 모습 뒤엔 상상도 하지 못했던 요부의 모습이 숨겨져 있었어. 한땐 그것에 빠져 완전히 정신을 잃어버렸지만 이젠 달라! 네 못된 버릇을 고쳐 주겠어. 널 나 없이는 살 수 없는 여자로 만들어 놓겠어. 날 절실히 원하되, 절대로 날 가질 수 없게 하겠다구!”

광기 어린 무시무시한 표정으로 끔찍한 저주를 토해내는 태웅의 모습에 완전히 얼어버린 수정은 부들부들 떨리는 몸을 힘겹게 지탱하다 결국 바닥에 풀썩 주저앉고 말았다. 수정은 미친 듯이 고개를 저으며 흐느끼기 시작했다.

“제발, 제발 당신의 기억 속에서 절 지워 주세요. 제발 부탁이에요, 제발. 당신을…….”

그녀의 흐느끼는 모습에 조금은 진정이 된 듯 낮은 숨을 몰아 쉬던 그가 서서히 뒤돌아 섰다.

그러나…….

“지워? 흥! 그러기엔 너무 늦었어. 이승에선 더는 마주치지 말았어야 했을 당신과 내가 재회한 이상, 이젠 운명에 묵종할 수밖에 없어! 당신과 내가 떨어질래야 떨어질 수 없는 악연이라면 함께 살아남거나…… 함.께. 죽어야겠지!”

절망으로 오열하는 수정을 남겨 두고 그는 사라져 버렸다.

왜! 왜! 왜 그는…….

22

미친 짓이었다. 그녀를 찾아간 건 미친 짓이었다.

빌어먹을!

태웅은 핸들을 잡아 쥔 두 손이 허옇게 되도록 주먹을 꾹 쥐었다. 수정을 찾아갈 생각은 아니었다. 집으로 향하는 도중 그가 왜 그녀의 아파트로 핸들을 꺾었는지는 오직 신만이 알 것이다. 그리고 남자가 오기로 했다는 그녀의 말에 격분해 그녀를 몰아붙인 것도.

아니, 아니, 거짓말! 그는 너무도 잘 알고 있었다.

그는 증명해 보이고 싶었다. 이제 그녀가 그에게 얼마나 하찮은 존재인지, 그에게 미치는 영향력이 얼마나 미미한지 말이다. 그러나 반쯤 열린 현관문을 필사적으로 부여잡으면서도 새침하

게 고개를 치켜든 그녀의 모습에 그의 심장은 주책없이 뛰기 시
작했다.

지수정, 그녀를 처음 보았던 그날…….

태양 그룹의 만찬에 초대된 그녀와 마주친 순간, 태웅은 난생
처음 자신을 드러내고 싶다는 강렬한 욕망에 시달렸다. 냉정하
게 따지자면 수정은 그가 만났던 수많은 미인의 범주에는 속하
지 않았다. 그는 이미 많은 여자들과 교제를 했었고, 그들 모두
가 상당한 외모와 성적 매력을 지닌 여성들이었다.

그러나 수정에게는 빛이 흐르고 있었다. 그의 가슴속이 꽉 차
넘치는 듯한 뭉클하고도 따뜻한 기운. 그리고 그를 이끌던 그녀
의 향내.

그 향기는 그가 전생에서부터 품어 왔던 향기임을 그는 본능
적으로 알 수 있었다. 그녀의 미소짓고, 웃고, 수줍어하고, 음식
을 먹고, 이야기를 나누고, 때론 무표정한 모습…….

태웅은 그때 사람이 얼마나 아름다운 존재인지 깨달았다.

그는 만찬 내내 그녀를 잡아먹을 듯 주시했고, 그녀가 그것을
모를 리 없었다. 그러나 수정은 처음 인사를 나눴을 때를 제외
하곤 더 이상 그에게 시선을 주지 않았다.

지금 생각해도 알 수 없는 일이었다.

그녀의 시선이 그에게 머물지 않는 것에 왜 그리도 화가 나
던지. 그녀와는 간단한 인사 외에는 단 한 마디의 대화도 나눈
적이 없건만 그는 그녀를 절실히 원했다.

마치 보이지 않는 끈에 연결된 것처럼 그녀의 숨소리, 작은
움직임까지 느낄 수 있었다.

마침내 만찬장을 떠나는 수정을 조바심치며 뒤쫓아간 그가
말했다.

"바래다 드리겠습니다."

잠시 놀란 듯하던 그녀가 곧 쌀쌀맞게 대꾸했다.

"왜요?"

왜라니?

순간 태웅은 당황하고 말았다. 그가 만난 어떤 여자도 그에게
이런 식으로 대꾸하지 않았다. 승낙 또는 의도된 거절…… 아
니, 모두 흔쾌히 응하며 유혹적인 미소를 짓지 않았던가. 그는
소위 잘나가는 재벌 2세였고, 그의 선택을 받은 여자들은 모두
의기양양해하며 그에게 엉겨붙었다.

당돌하리만큼 고개를 치켜들고 호색한을 꾸짖듯 눈을 흘기던
그녀가 아직도 1층에 머물고 있는 엘리베이터를 지나쳐 계단으
로 내려가는 것을 그는 그렇게 바라만 보고 있었다. 그녀의 당
당함과 생기에 매료된 채.

신선한 충격이었다, 아주 기분 좋은!

그녀의 긴 머리카락이 모퉁이를 돌아 사라졌을 때, 그는 마침
내 웃음을 터트렸었다.

태웅은 수정의 뒤를 따르지 않고 유유히 파티장으로 되돌아
갔다.

그녀는 그가 전생에서부터 품어 왔던 여인이었고, 곧 그의 것
이 되리라는 확신이 있었으므로…….

그날 그의 확신처럼 그녀는 곧 그의 여자가 되었다. 그리고
결혼. 꿈 같았던…… 진정 꿈 같았던.

　지난날을 회상하며 씁쓸히 웃음짓던 태웅의 눈빛이 사납게 번쩍거렸다.
　빌어먹을! 그의 심장이 이토록 사납게 퍼덕거리는 것은 아마도 증오 때문이리라.
　'당신과 결혼했던 것, 그 선택이 내 인생 최대의 수치예요! 너무나 부끄러워 견딜 수가 없다고요!'
　그 말을 들은 순간, 그의 심장은 날카로운 흉기에 깊이 찔린 듯 발작하기 시작했다. 살갗이 찢기는 듯한 격심한 아픔과 충격을 느끼는 자신에게 분노했었다.
　그녀는 마땅한 대가를 치러야 할 것이다.
　감히 운명을 거스르고 그의 것이 되는 것을 거부한 대가를!

23

"수정아, 아직 안 자니?"

"네, 엄마."

생각에 잠겨 있던 수정은 서둘러 방문을 열어 흐뭇한 표정으로 서 있는 엄마를 맞이했다.

"수완이 요 녀석, 요즘 연애한다고 정신이 없구나. 12시가 한참 넘었는데 여태 안 들어오구 말이야."

"아, 오늘이 지나 생일이라고 며칠 전부터 무척 신경 쓰던데요. 후후. 걱정하지 마세요. 곧 들어올 거예요."

"지나는 아주 애교가 많더구나. 어머니, 어머니 하면서 얼마나 살갑고 다정스레 구는지. 정말 구김이 없는 아이야."

그녀의 엄마는 지난 주 집을 방문했던 지나를 매우 마음에 들어했다. 말수가 없는 수정이나 수완과 달리 참새처럼 끊임없이 재잘거리며 당신의 뒤를 쫓는 모습이 예뻐 보이셨나 보다.

미소를 머금은 수정의 시선이 화장대에 놓인 인형에게로 옮겨졌다.

그날, 게스트로 출현하는 TV 프로그램의 촬영차 일본에 다녀왔다는 지나가 푸짐한 과일 바구니와 함께 내민 것이 여러 겹의 천으로 귀하게 싸인 비스크 인형이었다.

'짠! 수정 언니, 언니 선물이에요.'

'어, 사람하고 똑같이 생겼네. 근데 무슨 표정이 이래? 불치병이라도 걸린 것처럼 창백하잖아.'

지나에게 건네받은 인형을 이리저리 살피던 수완이 신기하다는 듯 말했다.

'너무 예쁘죠? 촬영을 했던 음식점 사장님이 인형 수집가였어요. 그 사장님 댁엔 정말 별의별 인형들이 차고 넘치더라구요. 그런데 이 인형을 보는 순간 언니가 딱 떠오르지 뭐예요. 언니랑 너무 닮지 않았어요? 긴 머리하며 갸름한 얼굴도 그렇지만 가끔씩 언니에게서 느껴지는 묘한 분위기, 뭐라고 꼬집어 말할 수는 없지만…… 아무튼 꼭 언니에게 주고 싶어서 촬영 기간 내내 사장님을 졸랐어요. 글쎄, 사람처럼 팔다리가 움직이는 것도 있대요!'

화려한 레이스와 장신구가 달린 비단 드레스를 입고 있지만 핏기 하나 없이 창백한 인형. 인형이라기보다는 사람의 모습에 가까운…… 그러나 자신에게 영혼이 없음을 슬퍼하는 듯한 서글픈 표정.

완벽한 사람의 모습을 한 인형의 무엇이 지나로 하여금 수정을 떠올리게 했을까?

'무슨 소리야, 푸르딩딩 창백하기만 한 인형이 누나랑 닮았다니! 하나도 안 닮았구만. 우리 누나가 백 배, 천 배는 더 예쁘다 뭐. 비교할 걸 비교해야지. 그런데 뭐야, 내 선물은 없는 거야?'

당황한 수완이 인형을 박스에 집어넣으며 이내 딴청을 부렸지만 수정은 가련히 허공을 응시하는 인형에게 묘한 동질감을 느꼈고, 그날 이후 인형을 바라보며 말을 거는 것이 습관이 되어버렸다.

좀 웃어 봐. 웃으면 더 예쁠 텐데.

누구를 그렇게 애타게 바라보는 거니?

너를 이렇게 아름답게 빚어 준 그와 헤어져서 슬픈 거야?

그가 널 곁에 두지 않아서, 그가 널 버려서…… 그래서 이렇게 못내 서러운 거야? 그를…… 사랑하니? 그렇구나, 그를 사랑하는구나. 아직도…….

누군가를 사랑한다는 것은 그에게 영혼을 맡기는 거야.

넌 그를 운명처럼 사랑했고, 그에게 네 영혼까지 주었겠지. 그러니 너무 슬퍼하지 마…… 사랑이 떠나간 후의 영혼은 무의미해.

내 사랑이 끝나 버린 순간, 내 영혼이 떠나 버렸듯이…….

"그 녀석 혹시 대형사고 치는 거 아니냐?"

"네?"

장난기 넘치는 엄마의 음성이 생각에 잠겨 있던 수정을 다시금 일깨웠다.

"몇 달 뒤에 이 김선옥이가 불쑥 할머니가 되는 건 아닌가 해서 말이야."

엄마의 우스개 소리에 수정은 모든 걱정을 잊어버리고 깔깔대며 한참을 웃었다. 요즘 들어서 무척 명랑해지신 엄마…… 그것만으로도 수정은 충분히 행복했다.

"수정아, 그렇게 자주 좀 웃어라. 얼마나 보기 좋으니."

"네, 엄마. 그럴 게요. 그러니까 이제 엄마도 아무 걱정 마시고 그만 주무세요. 수완이는 곧 들어올 거예요."

"그래. 너도 어서 자거라. 잘 자렴."

수정은 엄마가 방으로 들어가시는 걸 확인하고 조용히 방문을 닫았다.

거실의 낡은 벽시계가 적막을 깨트리며 둔탁하게 한 번 울렸다. 새벽 한 시.

수정은 창 밖으로 고개를 쑥 내밀어 별빛을 살포시 뿜어내고 있는 하늘을 올려다보았다. 너무나 고요했다. 그리고 모든 것이 평온했다.

강태웅…… 그가 다녀갔던 고통의 밤 이후, 더 이상 그와 마주치지 않았다.

엄마는 몸의 불편함도 잊고 즐겁게 생활하고 계셨고, 수완이도 처음의 주저와 달리 이젠 거의 매일 지나와 만날 정도로 그녀에게 푹 빠져 있었다. 수정 자신도 그녀의 일이라면 늘 전폭적인 지지를 아끼지 않았던 혜진에 대한 감사의 보답으로 비쥬의 서머 패션 카탈로그 제작에 노 개런티로 참여해 촬영을 마쳤으며 아프로디테 CF 역시 모든 작업 과정을 마치고 다음달부터 방송 3사의 주요 프로그램 전후에 방영될 예정이었다.

그러나 수정은 왠지 불안했다. 폭풍 전야의 고요처럼 느껴지는 두려울 정도로 평온한 밤이었다.

며칠 전…… 좁고 초라한 아파트 현관에 서 있는 태웅을 바라본 순간 움직임을 달리하던 그녀의 심장과 그녀를 살짝 껴안아 집안으로 들어서던 그를 향해 솜털까지 전율하던 빌어먹을 육체의 반응.

집안 가득 배인 냄새를 킁킁대고 맡는 그를 본 순간 갑자기 부끄럽게 느껴지던 김치찌개 내음에 수정은 절망했다.

그런 자신에게 두려움을 느낀 수정은 오로지 그를 보내야 한다는 일념으로 무작정 나오는 대로 지껄였고, 결국 그것은 태웅의 매서운 분노를 사고 말았다. 수정은 그가 내뱉었던 한 마디 한 마디를 떠올리곤 몸서리쳤다.

그날 그는 왜, 무엇 때문에 그녀를 찾아왔었을까. 그리고 그가 아직까지 침묵하는 이유는 무엇일까.

이렇게 별은 아름답게 반짝이는데, 왜 자꾸만 비가 올 것만 같은 생각이 드는지…….

다음날, 수정의 예상을 뒤엎은 일이 두 가지 생겼다.

날씨가 한여름처럼 화창했다는 것과 수완이 들어오지 않았다는 것이었다.

수완과 지나는 핸드폰을 꺼놓았는지 정오가 되도록 연락이 닿지 않았고 점점 시간이 갈수록 수정의 불안도 깊어만 갔다.

물론 사랑하는 성인 남녀가 함께 밤을 지새울 수도 있었다. 하지만 이토록 무책임한 수완이 아니었기에 수정은 오후 스케줄로 예정된 잡지사와의 인터뷰를 취소한 채 전화기에만 신경을 곤두세웠다. 그렇게 전화기 옆에 웅크리고 앉아 몇 시간을 보냈을 때, 마침내 수완에게서 전화가 걸려 왔다.

"나야……."

"수완이니? 너 도대체 어떻게 된 거야? 어제 아침에 나가서 지금까지 어디에 있었던 거야. 엄마랑 누나가 얼마나 걱정했는지 알아. 지금 어디니, 지나와 함께 있어?"

"……."

"수완아! 수완아?"

뭔가 이상했다. 수정은 수화기를 건네 받으려고 조바심치는 엄마를 애써 진정시키며 또다시 말을 이었다.

"수완아, 무슨 일이야. 지금 어디니? 괜찮아. 어서 누나한테 이야기해 봐. 응?"

"여기 병원이야. 대한병원 중환자실……."

수완의 힘없는 음성이 걱정과 불안으로 눌리어져 있었다.

"뭐? 너 다쳤니? 지나는, 지나는 괜찮아? 교통사고니, 응?"

"아냐. 어젯밤…… 사람을 때렸어. 여긴 그 사람이 실려 온 병원이야."

"뭐, 병원?"

수정의 놀란 외침에 그녀의 엄마가 사색이 되어 달려들었다.

"교통사고라니? 수, 수완이가. 내가, 내가 받으마. 수화기 이리 다오. 어서!"

"엄마, 진정하세요. 잠시만요. 제가 이야기를 들어볼 게요."

수정은 막무가내로 수화기를 빼앗으려는 엄마에게서 등을 돌리며 황급히 말했다.

"수완아, 누나가 지금 갈게. 조금만 기다려."

"아냐, 안 돼! 지금 이런 상태에서 누나까지 개입되면 일이 더 커져. 절대 오면 안 돼!"

"무슨 소리야. 내가 가서……."

"누나, 어제 내가 때린 사람은 아주 질이 나쁜 패거리 중 한 명이었어. 지나랑 호프집에서 술 한잔하는데 옆 테이블에 있던 녀석들이 지나를 앞에 두고 더러운 말을 지껄이잖아. 참다 못해 한 대 쳤는데 워낙 술이 취한 상태라 녀석이 한 방에 뒤로 넘어져 버린 거야. 어찌어찌 병원에 데려왔는데 지금까지 혼수상태였다가 이제 막 의식을 회복했어. 고막이 터지고 두개골 우측하부에 골절이 일어났대."

어쩌면 이런 일이…….

수정은 수화기를 쥔 왼손에 힘이 빠지자 얼른 다른 손으로 바꿔 들었다.

"네가 참았어야지! 누나를 탤런트로 둔 네가 그 정도에…….."

"누나! 정신병자 같은 놈이 사랑하는 여자를 '걸레'라고 부르는데 참아 낼 남자가 어디 있어?"

아직까지 분이 안 풀린다는 듯 수완이 벌컥 성을 냈다. 씩씩거리는 수완의 거친 숨소리를 듣자 불현듯 예전 태웅의 모습이 떠올랐다. 아내를 모욕하는 남자를 향해 주먹을 휘두르던…….

그때 그의 분노에 찬 주먹질이 '사랑하는 여자'를 위한 것이었을까?

수정은 조용히 한숨을 내쉬었다.

"미안해. 누구보다 네가 가장 괴로울 텐데. 그러니까 누나가 가서 해결을 봐야지."

"안 돼! 누나, 그 녀석 패거리들이 지나가 탤런트라는 약점을 이용해서 말도 안 되는 보상금까지 요구하고 있어. 내일 저녁까지 돈을 내놓지 않으면 고소는 물론이고 언론에 떠들어 버리겠다고 협박하는 바람에 지나가 완전히 겁을 먹고 울고불고 하는 통에 지금껏 전화도 못한 거야. 휴. 그런데 만약 지수정이 내 누나라는 것까지 알게 되면 그 녀석들이 더 기고만장해서 날뛸 거야. 그러니 누나는 절대, 절대로 개입해선 안 돼!"

"그럼 어떡해! 병원비야 퇴원할 때까지 마련하면 되겠지만 그들이 요구하는 건 그게 아니잖아!"

"미안해, 누나. 나야 어떻게 되든 상관없지만 지나는……지나가 나 때문에 피해를 입을 순 없잖아. 이번 일이 알려지면 지나는 엄청난 상처를 입을 거야. 지나 아버지께도 큰 누가 될 수 있고, 무엇보다 지나의 탤런트 생명이 끝날지도 모른다구."

수정은 아픔도 잊은 채 입술을 세게 깨물었다.

"그들이, 그들이 요구하는 돈이 얼만데?"

"병원비는 당연한 거고, 보상액으로……."

헉! 맙소사!

그녀가 지난 3년 동안 겨우 이자만 갚을 수 있었던, 이제 겨우 아프로디테의 CF를 통해 상환할 수 있었던, 거머리처럼 그녀의 피를 빨아먹던 바로 그 금액!

이제 겨우 새로 시작하려는 이때에, 그것도 그렇게 큰돈을 내일까지 어떻게 만들어 낸단 말인가!

이럴 수가……. 수정은 돈이, 돈이 너무나 무서웠다.

돈은 그녀의 인생을 잔인하게 갉아먹고, 그녀의 행복을 모질게 빼앗아 갔다.

"정말 미안해…… 누나, 누나."

수완이 탁한 음성이 갈라지더니 급기야 울먹거렸다.

"어? 어…… 수완아! 걱정하지 마. 응? 절대로 걱정하지 말고 있어. 핸드폰 꼭 켜놓고 누나만 믿어. 응? 걱정하지 마. 걱정 마, 걱정 마."

수정은 수완의 전화가 끊긴 지 한참 후까지도 그렇게 중얼거리고 있었다.

걱정 마…… 걱정 마…… 걱정 마.

24

“죄송합니다. 지수정 님 신용등급으로는 요청하신 금액까지
대출이 어려울 것 같습니다. 다만, 저희 골드투자신탁과의 거래
기간과 전 대출 거래에 대한 성실도를 인정해서 합당한 보증인
을 세우신다면……”

그것은 수정이 요청한 금액의 반도 채 되지 않는 금액이었다.

수정은 시내 중심부에 위치한 골드투자신탁의 육중한 현관문
을 열고 열기로 작열하는 거리를 무작정 걷기 시작했다.

어젯밤 수완의 충격적인 전화를 받고 밤새도록 전화를 돌려
가며 도움을 요청했지만 거액의 돈을 하루만에 빌린다는 것 자
체가 무리였다. 가장 친한 친구인 김미림과 얼마 전에 매장 오
픈으로 여유가 없는 비쥬의 김혜진 실장에게 빌린 돈만으로는

어림도 없었다.

어지러워…….

수완과 지나에 대한 걱정으로 한숨도 자지 못한데다 어제부터 아무것도 먹지 않아서인지 제대로 몸을 움직일 수가 없었다. 걸음을 멈추고 택시를 타야 할 텐데 그녀의 발걸음은 터벅터벅 앞으로 나아가기만 했다.

돈…….

수정은 <백치 아다다>를 촬영하며 남몰래 수없이 울었었다.

백치에 대한 슬프고 가슴 아픈 기억과—그녀의 시댁 식구들에게 있어서 그녀 또한 백치였다—여주인공 아다다의 행복과 사랑을 빼앗았던 돈 때문이었다. 그것은 백치인 아다다조차도 두려워할 만큼 인간에게 절대적인 위력을 과시하는 것이었다. 끝내 아다다는 자신의 행복을 빼앗기지 않기 위해 돈을 강물에 버리게 되고, 결국 사랑하는 남자인 남편에 의해 죽임을 당하게 된다.

백치 아다다의 역할은 수정에게 있어 연기가 아니었다. 백치 아다다는 수정 자신의 이야기였다. 바로 그녀의…….

철없었던 19살 이후 짊어져야 했던 삶의 무게는 실로 엄청난 것이었다. 아버지의 죽음과 그녀의 멍에로 남겨진 엄청난 부채, 엄마와 수완. 그리고 강태웅과의 만남, 사랑, 결혼…….

그녀는 돈 때문에 소녀의 꿈과 여인의 사랑을 잃었다.

그리고 3년이 지난 지금, 도저히 자신과는 인연이 없을 것만 같았던 행복을 조금씩 맛보기 시작한 때, 또다시 돈에 의해 그녀의 행복은 흔들리고 있었다.

이제는 더 이상 손등으로 닦아 낼 수 없을 만큼의 눈물이 흘러내리고 있었다. 지친 걸음으로 보도블록의 선을 따라 무작정 걷는 그녀의 발등 위로 눈물 방울이 뚝뚝, 뚝 떨어졌다.

손수건은 어디 있는 거야…….

수정은 숄더백을 뒤적거리며 손수건을 찾다 결국 울음을 터트리고 말았다.

지금 수완이가 얼마나 기다리고 있을까. 밤새 끙끙 앓으시던 엄마도 애끓는 심정으로 그녀를 기다리고 있을 것이다.

그렇게 한참을 울며 거리를 걷고 있을 때, 수정은 누군가 자신을 큰 소리로 불러대는 것을 느끼고 고개를 들었다.

"언니, 수정 언니!"

수정이 훌쩍거리며 뒤를 돌아보자 급히 세운 빨간 스포츠카에서 내린 누군가가 그녀를 향해 뛰어오기 시작했다.

"역시 언니였군요"

황급히 달려온 태란이 가쁜 숨을 고르며 반갑게 말을 걸었다.

"태란 씨."

"글쎄, 막 회사로 들어가는데 언니가 보이지 않겠어요? 그런데 걷는 모습이 어찌나 위태롭던지 걱정이 돼서 견딜 수가 있어야죠. 그래서 급히 차를 돌려오는 중이에요 휴, 정신이 하나도……. 언니, 얼굴이 왜 그래요? 울고 있잖아요!"

눈물 젖은 수정의 얼굴을 바라본 태란이 깜짝 놀라 소리쳤다.

"괜찮아요……."

그러나 무작정 걷는 것으로 지금껏 억지로 버텨 왔던 수정은 갑자기 등장한 태란으로 인해 걸음이 멈춰지자 금세 비틀거리고 말았다.

"세상에. 언니! 아, 안 되겠어요. 어서 차로 가요."

"아니…… 에요 괜찮아요, 정말."

"언니, 제발! 사람들이 모두 쳐다보잖아요. 언니는 공인이에요. 사람들 입에 오르내리고 싶어요? 무슨 소문이 날지 모른다고요. 조금만 가면 페어 레이디 건물이에요. 제 사무실, 아니 뷰티 살롱에 가면 편히 쉴 수 있을 거예요. 언니, 정신 차려요. 언니! 언니!"

안 되는데. 수완이랑 엄마가 나를 기다리고 있어…… 가야 해! 가야 해!

그러나 수정은 깜짝 놀란 표정으로 자신의 이름을 외쳐대는 태란을 바라보며 어둠 속으로 빨려 들어갔다.

"도대체 넌 어떻게 된 아이냐! 길거리에 쓰러진 사람을 고작 이런 곳으로 데리고 오다니. 즉시 병원으로 데려갔어야 할 거 아냐!"

"오빠! 내가 얼마나 놀랐는지 십 분의 일 아니, 백 분의 일이라도 헤아린다면 절대 그렇게는 말 못할걸. 회사로 들어오다가 사람들 시선을 잔뜩 받으며 좀비처럼 걷고 있는 여자를 발견했어. 그런데 놀랍게도 그 사람이 수정 언니인 거야. 믿어져? 게다가 내가 다가가자마자 내 품으로 쓰러져 버렸다구. 생각해 봐, 내가 얼마나 놀랐겠는지. 그런 끔찍한 상황에서 회사가 바로 코앞인데 내가 무슨 생각을 할 수 있었겠어? 우선 급한 대로 이곳으로 옮겨놓고 바로 오빠한테 전화한 거란 말이야. 그리고 오빠가 이렇게 바람처럼 달려왔는데 내가 병원에 데리고 갈 시간이나 있었어? 언니를 만난 후로 십 분이 내게는 평생보다 더 길었어. 오빠까지 난리법석을 피우지 않아도 지독스레 끔찍한 하루였다고!"

태란은 자신을 보자마자 비난과 경악에 찬 눈빛으로 고함부터 질러대는 오빠를 향해 분통을 터트렸다.

그녀가 십 분 사이에 한 일들은 거의 기적에 가까웠다. 그녀는 가사 상태로 걷고 있던 수정을 발견해 냈고, 자신의 품에 쓰러진 그녀를 안고 페어 레이디의 수위실까지 몇 십 미터를 걸어왔다. 그 믿어지지 않는 일들을 모두 그녀가 혼자 해낸 것이다. 그리고 그것은 정상적인 판단력을 가진 사람이라면 갈채라도 받을 만큼 초인간적인 행위였다. 그런데 괴팍하기 짝이 없는 그녀의 오빠는 그녀를 세상에서 가장 몰상식한 인간으로 몰아붙이며 비난하고 나선 것이다. 주먹까지 흔들어대며! 하!

핏기를 잃고 해쓱한 얼굴의 태웅이 끔찍한 욕설을 퍼부어대며 수정을 막 안아들었을 때 그녀가 살짝 눈을 떴다.

"여보!"

"언니!"

거의 동시였다. 태웅과 태란은 동시에 수정을 불러댔고, 그래서 태란은 자신이 잘못 들었을 거라고 생각했다.

여보? 세상에, 설마. 그러나……

"여보, 정신 차려 봐. 괜찮아? 응, 괜찮아?"

태란은 죽은 사람이 살아 돌아온 것처럼 기겁하며 허둥대는, 감정이라곤 좀처럼 드러내지 않던 오빠의 놀라운 모습에 한참 동안 입을 다물 수가 없었다.

　그러나 수정은 상대방이 누구인지 알아보지 못하는 듯했다. 초점을 잃은 채 허공을 응시하던 그녀의 눈동자가 애달픈 눈물 한 방울을 툭 하고 떨어뜨렸다.

　살짝 벌어진 입술 사이로 가녀린 음성이 새어 나왔다.

　"수완이, 수완이가 기다려요. 엄마, 수완이……."

　그렇게 그녀는 충격에 휩싸여 얼이 빠진 두 사람을 남겨 두고 또다시 무의식의 세계로 빠져들었다.

25

"누나! 이제 정신이 들어? 나야, 수완이."

걱정스러운 표정으로 자신을 내려다보는 수완을 멍하니 바라보던 수정이 흠칫 놀라 벌떡 몸을 일으켰다.

"수완아, 너 어떻게 된 거니? 그리고 여긴 또 어디지? 엄마는 어디 계셔?"

두려움이 가득한 눈으로 자신을 응시하는 누나를 바라보는 수완의 얼굴이 죄책감과 안타까움으로 붉게 변했다.

"누나, 진정해. 여긴 병원이야. 과로에다 나 때문에 충격을 받아서 쓰러진 누나를 그…… 강태웅이 데리고 왔어. 그는 엄마를 집에 모셔다 드리러 갔으니까 곧 올 거야."

그제서야 수정은 시내 중심가에서 태란과 만났던 사실을 떠올리고 고개를 끄덕였다.

하지만 수완이!

"넌, 넌 어떻게 여기에 온 거지? 지나는? 그 사람들이 여유를 준 거야? 답답해! 어서 말해 줘. 응?"

"그게…….."

수완은 말하기가 몹시 거북하다는 듯 수정의 시선을 애써 피하며 머리를 긁적거렸다.

"수완아!"

"그 빌어먹을 자식들이 그럴 리가 있겠어. 한몫 단단히 잡으려고 눈이 벌건 놈들인데. 실은 어제 어떻게 알았는지 그…… 강태웅이 병원으로 왔더라고. 어휴, 내가 뭐에 홀렸는지 그에게 정신없이 상황을 설명하고 말았어. 그리고는 강태웅이 나서서 패거리들을 데리고 나가더니 잠시 뒤에 들어와서는 모두 해결됐으니 가자는 거야. 그래서 이리로 온 거야. 아마, 강태웅이 그 녀석들에게 돈을 지불한 게 아닌가 싶어. 에이, 정말 멍청한 짓을 했어. 누나 생각도 못하고…… 정말 강태웅의 도움을 받긴 싫었지만 워낙 순식간에 일어난 일이고, 게다가 지나가 정신을 완전히 빼놓는 바람에……. 휴, 정말 누나 볼 낯이 없어. 미안해, 누나."

잔뜩 풀이 죽은 모습으로 고개를 떨구는 수완을 보는 수정의 가슴이 찢어졌다. 아직은 23살에 지나지 않는, 남자라기보다는 소년에 가까운 맑고 순수한 그녀의 남동생 수완…….

비록 내색하진 않지만 그는 지옥 같은 하루를 경험했을 것이다. 적어도 사랑하는 여자 앞에서는 당당하고 싶다던 그가 겪어야 했을 자기혐오를 수정은 누구보다 잘 알고 있었다.

결국 또 한 번 강태웅, 그에게 빚을 지고 말았다.

"수완이 너, 이젠 그 자식이라고 부르지 않는구나……"

결코 수완을 꾸짖으려거나 당황하게 만들 의도는 아니었는데 수정의 말에 수완의 얼굴이 죄책감으로 또다시 붉어졌다. 코끝을 비비던 그가 멋쩍게 웃으며 말했다.

"글쎄, 병원에서 내 이야기를 듣고 나더니 그가 오히려 씩씩거리는 거야. 그러면서 이러지 않겠어?"

수완이 흠흠거리며 목청을 다듬더니 태웅의 얼굴을 흉내낸다는 듯이 인상을 마구 찌푸렸다.

"수완아, 특별한 여자를 사랑하기 위해선 힘을 좀더 길러야 해. 그녀를 지키기 위해선 어쩔 수 없는 일이지. 만약 그 자식들이 나에게 걸렸다면 지금쯤 녀석들은 지옥에 가 있을 거야. 남들의 시선을 끄는 여자를 사랑한다는 건 쉽지 않아. 결코 말이야!"

특별한 여자를 사랑한다는 것? 남들의 시선을 끄는 여자를 사랑한다는 것? 결코 쉽지 않다……

태웅에게도 그런 경험이 있는 걸까?

"글쎄, 이렇게 충고해 줄 때 강태웅의 눈빛이 너무나 진지해서 말이야, 가슴이 뻐근해지는 게 진심으로 고맙더라니까. 그 다음부터는 나도 모르게 그 자식이라는 말이 나오지 않지 뭐야. 그냥 강태웅이라고 부르려고 해. 신세진 것도 있으니까. 저, 누나…… 나 괘씸하지? 나 배반자지?"

"아니야. 실은 네가 그럴 때마다 마음이 불편했었어. 게다가 넌 예전부터 그 사람이랑 잘 통했잖니. 그리고 네 말대로 신세진 사람에게 도리가 아니지.”

수정은 차분하게 말했다.

“참, 지나는 좀 어때? 괜찮아?”

“응, 쇼크를 받긴 했는데 이제 많이 진정됐어. 좀전까지 병실에 같이 있다가 촬영 때문에 할 수 없이 집에 갔어. 누나 걱정을 얼마나 하는지 몰라. 어때? 이제 몸은 좀 괜찮아?”

“응……. 나 물 좀.”

수정이 막 물컵을 내려놓는 순간, 누군가가 병실 문을 가볍게 노크하고 들어왔다.

아! 정말 묘하게도 그의 음성이 들리기도 전에, 그의 모습을 눈으로 확인하기도 전에 수정의 심장이 미친 듯이 뛰기 시작했다. 그리고 그것을 확인해 주듯 곧 태웅의 곧고 깊은 음성이 들려 왔다.

“깨어났군.”

태웅은 그에게 인사를 건네는 수완에게 잠시 눈길을 주는가 싶더니 곧 날카로운 눈으로 수정을 응시했다. 갸름한 얼굴 위로 부드럽게 흘러내리는 긴 머리카락과 그의 존재로 인해 발그스레해진 뺨, 헐거운 환자복 상의 위로 드러난 진주빛 목덜미를 빨아들이기라도 할 듯 낱낱이 훑어 내렸다.

“저…… 누나, 지나한테 전화하기로 한 걸 깜빡했어. 잠깐 나가서 전화하고 올게. 저, 말씀 나누세요.”

갑자기 병실 안에 퍼진 팽팽한 긴장감이 수완에게도 느껴진 걸까? 그는 속아 주고 싶은 마음이 들 정도로 어설픈 핑계를 대며 허둥지둥 병실을 빠져나갔다.

그리고…… 숨막히는 침묵의 시간이 시작되었다.

수정은 태웅의 시선을 필사적으로 피해 담요 위에 프린트된 병원 로고를 뚫어질 듯 바라보았다.

제발, 그가 뭐라고 말해 주었으면…….

그러나 두 사람은 말하는 순간 죽게 되는 동굴에 갇힌 듯 한참을 고집스럽게 침묵을 지켰다.

휴! 고집쟁이……. 마침내 견딜 수 없어진 수정은 길게 한숨을 내쉰 후 천천히 고개를 들어 창틀에 기대어 선 그를 바라보았다. 역시나 태웅의 가늠할 수 없는 시선이 그녀를 직시하고 있었다.

"방금 수완이에게 이야길 들었어요. 당신이 나서서 일을 해결해 주셨다고……. 미안해요. 결코 제 본의가 아니었어요. 믿지 않겠지만 당신의 도움을 받을 거라고는 생각조차 하지 않았어요. 하지만 결국 이렇게 되고 말았군요. 정말 미안해요. 영화 출연 제의가 들어온 게 있어요. 곧 갚을 수 있을 거예요. 아니, 며칠 안에 갚겠어요. 미안……."

수정의 떨리던 음성에 어느새 흐느낌이 섞여 나오고 있었다.

"그만 해! 더 이상 듣고 싶지 않아. 질질 짜는 여자는 딱 질색이야!"

태웅은 치솟는 분노를 이기지 못하고 사납게 소리쳤다.

금방이라도 쓰러질 것만 같은 나약한 모습과 잔뜩 겁에 질린 눈동자로 악마를 바라보듯 자신을 대하는 수정에게 화가 나 견딜 수가 없었다.

빌어먹을! 그것은 결코 그가 듣고 싶었던 말이 아니었다.

세상에, 미안하다니!

믿을 수가 없었다. 당신의 도움을 받을 거라고는 생각조차 하지 않았다구? 견딜 수 없었다. 더군다나 곧 갚겠다니!

그녀가 의식을 잃고 쓰러졌다는 태란의 전화에 회의실을 뛰쳐나온 그에게! 차 대기시키라는 말할 시간조차 아까워 아무 택시나 잡아타고 날아온 그에게! 간이침대에 의식을 잃고 누워 있는 그녀를 안고 미친 듯 병원으로 달리던 그에게! 그의 심장을 짓이겨 놓은 가냘픈 한마디로 거액을 쓴 그에게!

그가 수정이 있는 병실에 들어서면서 얼마나 꿈에 부풀어 있었는지 그녀가 안다면…….

그를 향해 수줍게 웃어 보이며 '고마워요'라고 말하는 그녀, 그러면 그는 가만히 다가가 부드럽게 안아주려 했었다. 그런 후 '얼마나 놀랐는지 알아? 다신 그러지 마. 오늘 병원으로 당신을 데려오면서 얼마나 걱정했는지 몰라. 그날, 당신 집에선 내가 좀 심했어. 하지만 안심해. 나 그저, 그저…….' 이렇게 말하려고 했었다.

참으로 알 수 없는 일이었다.

수정이 쓰러졌다는 태란의 다급한 음성을 듣는 순간, 그는 땅이 꺼지는 듯한 충격에 휘청거렸다. 그녀에게 품고 있던 모든 분노와 증오는 온데간데없이 사라졌고, 그녀에 대한 걱정으로 그는 정신없이 뛰기 시작했다.

그의 품에 안겨 또다시 의식을 잃은 그녀를 안고 병원을 향해 뛸 때, 그는 미친 사람처럼 중얼거렸었다.

내 여자야! 내 여자야!

　그러나, 그러나…… 당신의 도움을 받을 거라고는 생각조차 하지 않았다구?

　갑자기 그의 가슴속 깊이 잠재되어 있던 악의 기운이 용트림하기 시작했다.

　그조차 제어할 수 없는 분노가 활활 타올랐다. 그는 미친 듯 요동치는 심장 박동을 느끼며 한 번도 생각해 본 적이 없는 말을 내뱉었다.

　"대가 없는 자선을 베푼 게 아냐. 그러니 미안하다는 말은 집어 쳐! 내가 원하는 건 단 하나야. 다른 건 필요 없어. 오직 하나! 지수정, 당신은 내 별장에서 한 달 동안 지내며 마땅한 대가를 치르게 될 거야. 내 장난감으로!"

　그는 비명을 지르며 울음을 터트리는 수정을 향해 소름 끼치는 웃음을 터트렸다.

26

"그래, 며칠이나 있을 거니? 이왕 가는 김에 푹 쉬었다 오면 좋은데……."

잔뜩 부푼 얼굴로 딸 아이의 짐을 꾸리던 선옥이 말없이 창 밖을 바라보고 있는 수정에게 조심스럽게 물었다.

"한 달 정도 머물 거예요"

수정이 창문에서 힘없이 돌아서며 대답했다.

"그래, 공기 좋은 곳에 가서 한동안 쉬었다 오면 한결 나을 게다. 몇 년 동안 하루도 안 쉬고 일을 했으니 몸이 상할 만도 하지. 휴, 정말 미안하구나. 못난 부모 만나서 지금까지 네가 고생만 하고……."

딸의 핏기 없는 얼굴을 안쓰럽게 바라보던 선옥이 고개를 떨구며 울먹거렸다.

"엄마…… 왜 그런 말씀을 하세요. 제가 무슨 고생을 했다고요. 저 이제 괜찮아요. 보세요, 몸이 아주 가뿐한 걸요."

수정이 제자리에서 훌쩍 뛰어 보이며 환하게 웃자 선옥의 얼굴에 다시 화색이 돌았다.

"정말 얼마나 기쁜지 모르겠다. 실은 어젯밤에 한숨도 못 잤어. 믿어지질 않아서 말이야. 그 동안 네가 혼자 고생하는 모습을 보면서 얼마나 가슴이 찢어졌는지 모른다. 결혼 전에 그렇게 죽고 못 살던 두 사람이 결혼 석 달만에 갈라섰을 때, 정말 죽고 싶은 심정이더구나. 모두 다 내 탓이지…… 내 죄지."

수정은 웃다 울먹이다, 기어코 눈물을 떨어뜨리는 엄마를 가만히 껴안았다.

"엄마, 아니에요. 저와 수완이를 이렇게 잘 키워 주셨잖아요. 엄마가 계시지 않았더라면 전 벌써 어떻게 됐을지도 몰라요. 엄마와 수완이가 곁에 있어서 제가 이렇게 행복한 걸요. 그러니 제발 울지 마세요."

"그래. 이렇게 좋은 날 울면 안 되지. 미안하다. 그 사람…… 강 서방이 곧 올 텐데 내가 이러면 안 되지."

강 서방이라는 호칭이 쑥스러운지 소매 끝으로 눈물을 훔치며 멋쩍게 웃던 선옥이 수정의 두 손을 꼭 잡았다.

"수정아…… 그날, 네가 쓰러졌던 날 말이다. 너희들 걱정에 안절부절못하고 있는데 강, 강 서방이 집에 왔더구나. 내가 걱정할까 봐 그랬는지 네가 병원에 있다는 말은 하지 않고 그냥 집에 무슨 일이 있느냐고만 묻더라. 그래서 얼떨결에 수완이 이야기를 했더니 휑 하니 가버리지 않겠니? 얼마나 당황했는지. 그러더니 한 시간쯤 됐나? 또 휑 하니 와선 다짜고짜 날 태우곤 병원으로 데려가더라. 옛날 일도 있고 해서 얼마나 어렵던지 차 안에서 숨도 제대로 못 쉬고 있는데 갑자기 그러는 거야. '장모님, 식사는 하셨어요?' 세상에…… 그 말을 듣는데 눈물이 핑 돌더구나. 가슴속에 꽁꽁 뭉쳐 있던 뭐가 그제서야 쑥 내려가는 느낌이었어. 나중에 알고 보니 수완이 일도 해결해 주고 사돈 아가씰 시켜서 종일 네 곁을 지키도록 했다더라. 정말 이런 사람 또 없지 싶다. 항상 짐만 되는 우리 식구를 이렇게 보살펴 주니까 말이야. 이제 두 사람…… 마음 놔도 되는 거냐? 설마 아무 이유 없이 강 서방이 널 별장으로 데려가는 건 아니라고 보는데. 엄마 생각엔 강 서방이 아직도 널 못 잊는 것 같더라. 지난 일주일 동안 병원을 드나들면서 널 바라보는 눈빛이 예사롭지가 않았어. 그래? 엄마 생각이 맞는 거니?"

수정은 기대로 반짝거리는 엄마의 눈동자를 바라보며 애써 눈물을 삼켰다. 어떻게 사실대로 이야기할 수 있겠는가. 그에게 진 빚을 갚기 위해 가는 것뿐이라고, 그의 장난감으로 가는 거라고…….

수정의 침묵을 긍정으로 받아들인 선옥이 딸의 손을 어루만지며 감격의 눈물을 흘렸다.

"됐다, 됐어. 이젠 됐어."

딸의 결혼 생활을 파탄에 이르게 한 죄인이라고 몇 년 간 당신을 자책하며 사신 분이었다.

엄마, 사실대로 말씀드리지 못해서 죄송해요. 하지만 그 사람과 저는…… 그 사람과 저는…….

운명을 알리는 초인종이 울리고 수완이 태웅을 맞는 소리가 들려 올 때까지, 그렇게 두 모녀는 각기 다른 이유로 말없이 울었다.

"자, 이만 가지. 장모님, 너무 걱정 마십시오. 제가 잘 보살피겠습니다. 수완이, 어머니 잘 모시게."

수정의 가방을 뒷좌석에 넣은 태웅이 머뭇거리는 수정의 허리를 감아 조이며 재촉했다.

"걱정이라니! 아닐세. 좋은 곳으로 쉬러 가는데 걱정은 무슨. 잘 다녀오게나. 수정아, 아무 걱정 말고 푹 쉬다 와. 그리고 돌아올 때는 한 5킬로그램 정도 늘려서 오는 거다. 알았지?"

"잘 다녀오세요. 누나, 엄마랑 여기 일은 걱정하지 말고 푹 쉬었다 와."

엄마와 수완은 그 어느 때보다 밝은 얼굴로 그녀를 다독였지만 기묘하게도 다시는 돌아오지 못할 것만 같아 수정은 작별 인사로 한참의 시간을 끌었다.

"엄마, 달력에 당뇨 교실이 열리는 날짜를 표시해 뒀어요. 수완이에게도 일러뒀지만 저번처럼 잊어버리지 마시고 꼭 가세요. 다음 주 주제는 식이요법이래요. 그리고 귀찮으시더라도 감잎차꼭 우려서 드시고요. 밤에 운동삼아 산책하실 때는 수완이나 수위 아저씨에게 먼저……."

"아이고, 수정아, 알았다. 알았으니까 그만 하고 이제 차에 타거라."

결국 심통 난 놀부처럼 뚱 하니 서 있는 태웅을 의식한 엄마

의 재촉에 수정이 마지못해 차에 오르자, 태웅이 기다렸다는 듯
이 얼른 차 문을 닫아 버렸다. 마치 수정을 세상과 단절시키기
라도 하겠다는 듯 유리창을 가로막고 선 채, 수완과 잠시 대화
를 나누던 태웅이 곧 운전석에 올라탔다. 그리곤 잠시의 틈도
주지 않고 재빨리 차를 출발시켜 버려 가족을 향한 수정의 마지
막 눈길마저 무참히 잘라버렸다.

악마!

수정의 30일은 그렇게 시작되었다.

27

　얼음골 별장으로 들어서는 길목의 풍경은 무척이나 아름다웠
다. 생생한 녹향을 풍기며 무성하게 들어선 나무들과 길가에 구
슬프게 피어 있는 이름 모를 들꽃, 따뜻한 햇살…….

　수정은 열려진 창으로 들어오는 나무, 꽃, 햇살의 내음이 황
홀하게 섞여진 바람의 향에 감탄하며 마음껏 들이마셨다.

　"별장 뒷길을 따라가면 산책하기 좋은 길이 있어. 아마 당신
마음에 들 거야."

　운전에만 열중하던 태웅이 시골 풍경에 감탄하는 수정에게
언제 시선을 주었는지 만족스러움과 자긍심이 가득 배인 어조
로 말을 걸어왔다.

　"좀더 가면 조그만 호수도 하나 있지. 하지만 조심해! 의외로

수심이 깊으니까.”

그의 거만한 어조에 더욱 기분이 상한 수정은 아무런 대꾸 없이 고집스럽게 창 밖 풍경만 바라다보았다.

“짐은 저것뿐인가? 여자들은 아니, 내 동생 태란이만 보더라도 1박 2일 출장에도 짐이 상당하던걸. 품위 유지를 위한 몸부림이라나. 후후.”

“……..”

“쇼핑부터 해야겠는걸. 대충 준비시키긴 했지만 당신이 필요한 게 있을 테니까.”

“……..”

“으……..”

여전히 입을 꾹 다문 채 창 쪽으로 바싹 붙어 있는 수정을 향해 눈을 부라리던 태웅이 곧 마음의 진정과 인내를 모으는 한숨을 내쉬고는 또다시 말을 걸었다.

“순박한 사람들이 모여 사는 곳이지만 보안장치도 완벽하니까 염려할 필요는 없을 거야.”

“……..”

“이봐! 지금 내 말 듣고 있는 거야? 내 말 듣고 있냐고!”

“……..”

“젠장!”

잔뜩 구겨진 얼굴로 씩씩거리던 그가 계속되는 수정의 침묵 시위를 더 이상 참아 줄 수 없다는 듯 갑자기 차를 멈춰 세우더니 버럭 소리를 질렀다.

“그만둬! 도대체 당신 뭐야, 거의 두 시간 동안 한 마디라도 한 적 있나? 있었다면 말해 봐. 내가 당신을 강제로 끌고 왔나? 당신이 동의한 일이야, 아니야? 말해 봐, 말해 보란 말이야!"

귀가 얼얼할 정도로 고함을 질러대는 태웅의 태도에 약간 불안해진 수정은 창 밖을 응시하느라 뻣뻣해진 목을 돌려 그를 바라보았다.

"물론 동의했어요. 그래서 지금 당신 별장으로 가고 있고요. 그렇다고 해서 내가 당신과 대화까지 나눠야 하는 건가요? 그렇다면 정말 미안하군요. 난 내가 가만히 있기만 하면 되는 멍청한 장난감인줄 알았지 뭐예요. 이왕이면 말하는 장난감이라고 정해 주지 그랬어요. 그랬더라면 최소한 몇 마디는 했을 텐데 정말 미안하게 됐군요!"

불안감을 감추기 위해 격하게 쏘아붙이는 수정을 어이없다는 듯 바라보던 그가 코웃음쳤다.

"흥! 그래, 당신 삐친 거였군? 후후. 당신은 아직도 철부지야. 내가 무심코 한 말에 일일이 발끈해서 이렇게 유치하게 구는 것만 봐도 알 수 있지. 이제 당신도 좀 어른스럽게 굴어 봐."

"뭐라고요? 제가 유치하게 군다고요? 좋아요. 그렇다면 지금껏 당신과 대화를 나누면서 한 번도 수준 차이를 느껴 본 적이 없으니까 결국 당신도 아주 유치한 사람이군요. 무심코? 방금 무심코라고 했나요? 당신이 무심코 던진 한마디에 상처받는 사람도 있다는 걸 기억하세요. 그럼 지금보다 훨씬 인간적인 삶을 살 수 있을 테니까요!"

"말 다했어?"

태웅이 인상을 험악하게 구기며 이를 갈았다.

"아뇨! 당신의 장난감으로 30일을 어떻게 지내야 할지 좀더 친절하게 가르쳐 주시면 고맙겠네요. 당신 얼굴을 보면 제 값에 맞는 완벽한 장난감이 되고 싶다는 욕구가 불끈불끈 솟아올라 미칠 것 같아요. 그래야 당신에게서 떳떳하게 벗어날 수 있을 테니까요."

"그래? 그렇게 궁금하다면 지금 당장 가르쳐 주지."

그리곤 미처 그의 의도를 파악하기도 전에 태웅이 수정의 머리를 거칠게 끌어당겨 난폭하게 그녀의 입술을 잡아 삼켰다. 갑작스러운 침략에 당황한 수정은 격하게 몸부림치며 약탈자를 밀어내려 했지만 맹렬히 힘을 떨치며 파고들던 야만인의 혀는 어느새 보드라운 여자의 혀를 게걸스럽게 빨아들이고 있었다.

안 돼! 싫어……!

한참을 버둥거리며 반항하던 그녀가 충성스러운 혀가 일으키는 두렵고 감미로운 쾌감에 서서히 힘을 잃고 신음하자 태웅은 만족과 승리의 신음을 흘리며 너무나 달콤하게 수정의 혀를 달래주기 시작했다. 진작에 그랬어야 했다는 듯, 어리석은 여자의 당찮은 반항을 질책하듯 애태우며.

그리고 한참 후…….

숨쉬는 것도 잊었던 두 사람은 서로의 이마에 기댄 채 발악하는 숨구멍으로 서서히 숨을 들여보냈다.

완전히 열려진 창문에도 불구하고 바람 한 점 불어오지 않아 땀이 밴 이마가 미끈거렸고, 두 사람의 몸과 입에서 뿜어져 나오는 뜨거운 열기와 욕망의 냄새가 차 안을 더욱 후끈하게 만들어 놓고 있었다.

"지금…… 지금 말해 봐. 돌아갈까? 당신이 원한다면 돌아갈 수도 있어. 난 당신의 진심을 원해. 나와 함께 별장으로 가겠어? 아니면 당신 집으로?"

그가 허스키한 음성으로 그녀의 귓불을 핥으며 속삭였다. 자신의 약점을 기억하고 있는 태웅의 잔인한 성적 자극에 항복한 수정이 그의 목덜미에 맥없이 무너졌다.

"별장으로…… 당신과……."

그리고 그 후로도 또 한참의 시간이 흐르고야 태웅의 차에 시동이 걸렸다. 별장과의 남은 거리는 불과 400미터. 그러나 소요 시간은 정확히 50분이었다.

믿지 않겠지만 무더운 차 안에서 그들은 서로를 꼭 껴안고만 있었다. 성능 좋은 에어컨의 존재도 잊은 채…….

28

"오시느라 수고하셨습니다."

두 사람이 막 현관으로 들어서자 낯익은 중년 부인이 반갑게 그들을 맞았다.

"아주머니, 제가 전화로 말씀드렸지만 집사람이 한 달 정도 머물 겁니다. 아무것도 할 줄 모르니까 아주머니께서 각별히 신경을 좀 써 주세요. 더군다나 며칠간 병원에 입원해 있어서 아직도 체력회복이 덜 된 상태니까 특히 식사에 신경을 써주시고 멀리 가지 못하게 하세요. 그 외 제가 당부드린 것 유념하시고 수고 좀 해주세요."

"그럼요, 회장님. 아무 걱정하지 마세요. 회장님 지시대로 다 준비했답니다. 사모님 염려는 하지 마세요."

“제가 출퇴근을 여기서 하겠지만 워낙 마음을 놓을 수가 없는 사람이라서 말이죠.”

태웅의 등뒤에 서서 그들의 대화를 듣고 있던 수정은 값비싼 애완견을 맡기는 불안한 주인처럼 이것저것 지시하고 확인하는 태웅의 뒤통수를 눈이 아프도록 쏘아보았다.

뭐, 아무것도 할 줄 모른다고? 멀리 가지 못하게 하라구? 완전 백치 취급에 감시 요청까지?

조금 전 차 안에서 정신적인 사랑을 나누었던 남자라고는 도저히 믿어지질 않았다. 두 사람이 유일하게 충돌하지 않고 동등한 입장일 수 있을 때는 키스할 때 혹은 껴안고 있을 때, 또는 서로의 육체를 소유할 때뿐이었다. 그는 그녀를 정당한 인격을 가진 한 인격체로 보기보다는 언제든지 품에 안을 수 있는 소유물쯤으로 여겼고, 그것은 3년이 지난 지금도 여전했다.

하긴 지금 그녀는 단지 그의 장난감으로 이곳에 오지 않았는가……. 후후.

“저녁식사 준비는 다 됐습니다. 찌개만 데워 잡수시면 돼요.”

“네. 오늘 늦게까지 수고하셨습니다. 내일부터 일찍 나오셔야 할 텐데 오늘은 그만 돌아가시고 앞으로 잘 부탁드립니다.”

“아이고, 그럼요. 그럼 전 이만 가보겠습니다.”

중년 부인이 현관문을 나서자 수정은 태웅의 손에 들린 자신의 가방을 낚아채 예전에 묵었던 침실로 걸어가기 시작했다. 얼떨결에 가방을 빼앗긴 태웅이 어느새 뒤따라와 그녀의 가방을 다시금 빼앗으며 앞을 가로막았다.

“어디 가는 거야?”

“좀 씻어야겠어요. 불.결.해..요!”

불결이라는 단어를 강조하는 수정의 속뜻을 눈치챈 태웅이 움찔하며 굳어졌다.

“불결? 그래, 그 말대로 우린 둘 다 땀투성이지. 하지만 그 쪽이 아냐. 따라와. 우리 침실로 가서 씻어.”

태웅이 불쾌함을 애써 참아 내며 그녀의 손목을 꽉 붙들자, 수정은 그의 손을 힘껏 떨쳐 내며 소리쳤다.

“싫어요. 이 방에서 씻겠어요.”

수정의 행동을 어이없다는 듯, 그리고 혼란스럽다는 듯 바라보던 그가 갑자기 픽 웃었다.

“그래, 당신이 왜 이러는지 알겠어. 당신은 나와 한 침대를 사용하는 게 두려운 거야. 아니면 내가 어떤 식으로 당신을 가질지, 그 기대감으로 벌써부터 흥분하는 건지도 모르지. 하하. 이봐, 진정해. 당신은 언제나 훌륭하게 따라왔잖아? 아니, 그 이상이었지. 적어도 우린 침대 위에선 솔직했어. 그때만큼은 당신도 모든 위선을 떨치고 내 몸 구석구석을 뜨겁게 탐했으니까. 기억해 봐. 우리의 알몸이 닿는 순간 어떻게 되는지, 우리가 이루었던 쾌락의 경지를 말이야. 긴장할 것 없어. 우리에겐 충분한 시간이 있잖아? 지난 3년 간 가르쳤어야 할 것들을 30일만에 해내야 하겠지만 불가능하진 않아. 나와 당신이라면!”

동물적인 욕구가 확연히 드러난 태웅의 두 눈동자가 고통스러우리만치 자극적인 시선으로 수정의 몸을 훑고 있었다. 강한 성욕이 드러난 그의 눈동자를 바라보는 수정의 눈에 혐오가 가득 배었다. 그는 30일 동안 마음껏 즐길 장난감을 소유했다는 기쁨으로 들떠 있었다. 그는 소유욕만큼이나 성욕도 강한 남자였다. 태웅은 비싼 값에 구입한 장난감을 철저히 가지고 놀 것이다. 싫증이 날 때까지!

그 후 그녀는 기억하고 싶지 않은 추한 기억 속의 등장인물이 될 것이다. 그러고 나서는 그에게서 완전히 잊혀질 테고.

아…….

수정은 고개를 들어 태웅의 눈을 똑바로 바라보았다. 그리고 그가 이미 인정했던 천부적인 연기력을 발휘하기 시작했다.

"우습군요. 남자들은 어쩌면 그렇게 모두 똑같을까요? 모두 자신이 대단한 정력가인줄 알고 있죠. 자신의 품에 안긴 여자가 최고의 절정에 닿았을 거라고 생각하는 건 동물적인 욕구에만 집착하는 남자들의 공통점이더군요. 당신은 어떤 근거로 내가 기대감으로 흥분하는 거라고 생각하죠? 홍, 당신의 남성적인 거만함과 오만함 때문이겠죠. 하지만 틀렸어요. 난 한 번도 당신에게서 진정한 만족을 느껴 본 적이 없어요! 오히려 이혼 후 당신보다 훨씬 인간적이고 존경스러운 남자들을 만나……. 악!"

수정의 말은 더 이상 이어지지 못했다. 강한 충격을 동반한 번쩍임이 그녀의 시야를 스치더니 눈물이 나올 정도의 강한 아픔과 함께 그녀는 거실 마루에 내동댕이쳐져 있었다. 그리고 벼락과도 같은 태웅의 거친 말들이 쏟아졌다.

"더러운 계집! 넌 구제불능의 악녀야, 쓰레기야! 너 같은 것을 응징하는 시간조차 아까울 정도야. 진작에 알아봤어야 했어. 언제나 난 너에게 속고 말아. 네 눈동자와 네 눈물! 빌어먹을 네 눈물! 그것에 난 항상 넘어갔어. 하지만 이젠 신물이 나. 너 같은 위선자는 이 세상에서 사라져야 해. 잠깐 미친 마음에 널 용서하려고 했었지만 이젠 널 여기에 가둬 둘 거야. 넌 더러운 네 욕망에 신음하며, 고통받으며, 네 자신을 저주하며 살아가게 될 거야. 30일이 지나면 다른 방법을 찾겠어. 어떤 비열한 방법을 쓰더라도 널 여기에 가둬 둘 거야. 오직 나만이 널 만질 수 있겠지만 기대하지 않는 게 좋아. 더러운 네 육체를 생각하면 구역질이 날 지경이니까. 조용히 지내고 있어. 네가 별장을 떠나는 순간, 네가 그토록 사랑해 마지않는 남동생 수완이는 위험에 빠지게 될 거야. 난…… 네게서 묻은 병균이 소독되면 다시 오겠어.”

격렬한 분노를 뿜어낸 태웅은 한시도 머물기 싫다는 듯 거실을 빠르게 걸어나갔고, 곧이어 얼음골에 지진이 날 정도로 요란한 굉음을 일으키며 현관문이 닫혔다. 그리고 잠시 후 그의 차가 무서운 속도로 출발하는 소리가 들려 왔다.

드디어 그가 떠난 것이다.

오른쪽 볼에 얼얼한 통증이 느껴진 순간, 입안으로 비릿한 냄새와 맛이 느껴져 구역질이 났다. 수정은 거실 바닥에 그것을 뱉어내려 했다. 그러나 정작 거실 바닥 위에 떨어진 건…… 눈물이었다.

그에게 얻어맞아 서러운 게 아니었다. 그까짓 뺨 정도야 몇 대를 더 맞아도 상관없었다.

그러나 수정이 견딜 수 없는 건 그에게 잊혀진다는 것이다. 수정이 간절히 바라는 건…… 태웅에게, 그에게 절대 잊혀지고 싶지 않다는 것!

　　수정은 고통스럽게 인정했다. 이런 식으로, 이런 취급을 받으면서까지 그의 곁에 머물고 싶다는 사실을.

　　그녀야말로 미쳐 버렸다. 숨겨 두었던 남자에 대한 사랑으로 그녀는 미쳐 버렸다.

　　완전히.

29

　지나는 막 카페로 들어서는 한 남자를 그윽한 눈길로 바라보
았다.

　좋아하는 사람은 멀리서도 한 눈에 들어오는 모양이다. 크고
가는 골격에 단정히 빗어 넘긴 머리, 부드럽게 반짝이는 눈동자
아래로 다부진 입매, 나이답지 않은 깍듯한 예의를 갖춘 그가
종업원의 물음에 조용한 미소로 답하며 들어오자마자 카페를
두리번거렸다.

　벙거지 모자를 깊이 눌러쓰고 카페 구석에 앉아 그를 관찰하
던 지나를 어떻게 그리 빨리 발견할 수 있었는지 수완이 살짝
손을 들어 보이곤 큰 걸음으로 성큼성큼 다가왔다.

　"좀 늦었지? 미안. 오늘 집에 도배를 했어. 오랜만에 하는 도

배라서 그런지 아침부터 서둘렀는데도 시간이 많이 걸리네.”

지나와 자신을 위해 커피를 주문한 수완이 싱글거리는 표정으로 말했다.

“도배요? 수완 씨가 직접 도배를요?”

“응, 직접. 못 믿겠어? 이래 봬도 최고 기술자에게 배운 솜씨라고. 대학 들어가기 전부터 아르바이트로 도배 일을 했었거든. 물론 대부분 풀칠만 했지만. 후후. 혼자 하려니까 조금 힘들었지만 벽지를 직접 골라 손수 바르고 나니까 얼마나 뿌듯한지 몰라. 세계 최고의 갑부가 된 기분이야. 누나 방의 우중충한 벽지가 항상 마음에 걸렸는데 아주 홀가분해. 누나가 돌아오면 깜짝 놀라겠지? 내일은 목욕탕에 페인트칠을 할 거야.”

팔이 아파 주무르면서도 기뻐할 누나의 모습을 상상하며 즐거워하는 수완의 모습에 불쑥 질투가 난 지나가 퉁명스레 쏘아붙였다.

“그러게 사람 불러서 하면 간단할 걸 왜 쓸데없이 기운 빼고 그래요. 그깟 도배 값이 얼마나 든다고.”

지나의 한마디에 자부심으로 가득하던 수완의 눈동자가 움찔하며 떨구어졌다.

아뿔싸. 자신의 실수를 깨달은 지나는 입술을 꼭 깨물었다. 자존심이 강한 수완이었다. 도배 값 운운한 자신의 경솔함을 사과해야 한다고 생각했지만 조개처럼 굳게 입을 다물어 버린 수완을 보자 그 동안 쌓였던 서운함이 울컥 치밀었다.

알 수 없는 남자였다.

보고만 있어도 마음이 따뜻해지는 부드러운 눈동자였지만 때론 그렇게 차가워 보일 수가 없었다. 바로 지금처럼.

처음에는 그런 차가움을 그저 무뚝뚝한 수완의 성격 탓으로 이해했었다. 그러나 그와 가까워질수록 묘한 거리감과 소외감이 느껴졌다. 그리고 그것은 그의 누나 지수정과 관련된 부분에선 더욱 심각했다.

지나는 수정을 친언니처럼 따르고 좋아했지만 연인인 수완에게 가장 가깝고 소중한 여자가 되고 싶었다. 그것은 사랑에 빠진 여자의 당연한 마음이었다. 그러나 어처구니없게도 수완과 데이트를 시작하면서 지나는 늘 수정을 질투했다.

그는 지나와 데이트를 하는 도중에도 누나인 수정을 늘 걱정하고 생각했다.

분위기 좋은 카페를 발견하면 나중에 누나와 함께 차를 마시러 오겠다고 말했고, 맛있는 음식을 먹어도 마찬가지였다. 영화를 볼 때도 그는 누나를 위해 팜플렛을 챙겼으며 굳이 사양하는 수정을 픽업하기 위해 그들의 데이트를 포기하기도 했다.

결코 그녀가 예민하게 구는 것이 아니었다. 수정은 그의 여동생도 아닌 누나가 아닌가! 그런데도 늘 그녀를 염려하고 보호하는 수완의 행동을 어떻게 받아들여야 한단 말인가.

냉랭해진 분위기를 깨듯 그들이 주문한 커피가 구수한 향을 풍기며 테이블에 놓여졌다. 말없이 커피만 마셔대는 답답한 분위기를 참아내지 못한 지나가 결국 한숨과 함께 입을 열었다.

"미안해요. 요즘 신경이 날카로워져서 말이 불쑥 나가곤 해요. 진심이 아니었어요. 제 마음 알죠?"

지나의 물음에 수완이 말없이 고개를 끄덕였다.

“수정 언니 어디 갔어요? 아까 전화했을 때 어머님이 언뜻 말씀하시던데…….”

“응. 요양도 할 겸 여행 갔어. 한 달 예정으로.”

“어머, 정말요? 와, 너무 부러워요. 그런데 며칠 전에 만났을 땐 왜 아무 말 안 했어요? 한 달씩이나 걸리는 여행이면 하루 이틀 전에 결정한 게 아닐 텐데요?”

지나의 시선을 피해 커피를 마시던 수완이 망설이며 입을 열었다.

“아주 갑작스런 결정이었어. 그래서 스케줄 변경하느라 애를 먹었고.”

“그래요? 여행은 수정 언니 혼자 떠난 건가요?”

수완의 미적거리는 태도에 괜한 오기가 발동한 지나가 집요하게 캐묻기 시작했다.

“아니…….”

뭔가를 말할 듯하던 수완이 다시 입을 다물자 지나는 더욱 기분이 나빠졌다.

“혹시, 혹시 말예요. 태양 그룹 강 회장님과 같이 간 것 아닌가요? 헉, 수완 씨! 그렇게 놀라지 말아요. 쿠쿡. 수정 언니가 병원에 입원해 있을 때 하루도 빠짐없이 찾아오는 그분이 의사와 간호사들 사이에 단연 화제였거든요. 하긴, 어디 간호사들뿐이겠어요. 병원 직원들, 환자 가족들까지 수정 언니와 강 회장님을 보려고 기웃거렸는 걸요. 사실은 아무리 눈치를 줘도 무시하는 수완 씨를 기다리다 못해 어머니를 졸라서 말씀을 들었어요. 전 그 동안 외국에 나가 있어서 잘 몰랐거든요. 그제서야 제 생일날 있었던 사고 처리를 강 회장님이 해주신 이유도, 인천 행사 때 수정 언니가 그토록 당황했던 이유도 알 수 있었어요. 게다가 늘 싱싱한 꽃과 과일로 가득한 병실하며 수정 언니를 바라보는 강 회장님의 눈빛을 보면서 얼마나 부러웠는데요. 강 회장님과 수정 언니…… 겉으로는 아닌 척하지만 아직까지 서로를 잊지 못하고 있는 게 분명해요. 어쩌면 이번 여행을 계기로 뭔가 큰 변화가 있을지도 모르죠. 수완 씨, 어때요? 제 추측이 틀렸나요? 적어도 맞다, 틀리다 정도는 말해 줄 수 있는 사이라고 생각하는데 아닌가요? 아니면 이것도 감히 제가 알아선 안 되는 수완 씨만의 고귀한 비밀인가요?"

"지나야, 제발 그만 해."

냉정을 잃고 격렬하게 소리치는 지나의 손등을 수완이 부드럽게 감쌌다.

"휴. 인천 행사 때도 그렇고 그 동안 기분 나빴다면 미안해. 지날 무시하거나 속이려고 했던 건 아니야. 네가 얼마만큼 알고 있는지 모르겠지만 우리 누나…… 가족을 위해서 지금껏 희생하고 살아왔어. 심지어 사랑까지도 말이야. 세상에서 가장 아름답고 행복했던 신부가 결혼 3개월만에 세상에서 가장 불행하고 처참한 모습으로 돌아왔어. 그리고 며칠 뒤 학교에서 돌아왔을 때 열려 있던 대문 사이로 들리던 무서운 음성을 난 아직도 기억해. 내 숨구멍이 막힐 만큼 누나를 잔인하게 멸시하던 그분이 떠나고 난 뒤, 정신 나간 사람처럼 대문을 뛰어나오던 누나의 모습…… 하얀 봉투를 손에 쥐고 통곡하던 누나를 숨어 보면서 피눈물을 흘렸어. 그리고 맹세했지, 내가 누나를 지켜줄 거라고.

그런데, 그런데 지금까지 난 한 번도 그 맹세를 지키질 못했어. 오히려 누나에게 계속 짐이 되고 말았지. 하지만 이제 알 것 같아. 어떻게 하는 것이 정말 누나를 지켜 주는 것인지를 말이야. 누나 곁을 끊임없이 맴돌며 함께 있는 것이 아니라 더 이상 누나가 걱정하지 않도록, 누나 자신의 행복을 당당히 누릴 수 있도록, 나 스스로 자립하는 것이 누나를 위하는 행동이라는 걸 이제야 깨달았어. 오늘 지나에게도 할 말이 있어서 만나자고 한 거야……."

세상이 정지된 듯한 무거운 침묵 속에 수완이 계속 말을 이었다.

"다음 주부터 아는 선배님이 운영하는 허브 농장에 출퇴근하며 일을 배우려고 해. 허브 차를 좋아하는 누나 때문에 가끔씩 방문하곤 했는데 마침 선배님께서 도움을 요청하셨어. 꾸준히 농장 일을 배워 볼 생각이야. 그래서, 그래서 말인데…… 너도 더욱 바빠질 테고 나도 앞으로는 널 만나기 힘들 것 같아. 많이 생각해 봤어. 백 번을, 천 번을 생각해도 넌 내게 넘치는 사람이야."

고개를 숙인 채 묵묵히 수완의 말을 듣고 있던 지나가 눈물로 얼룩진 얼굴을 들며 소리쳤다.

"수완 씨, 나빠요. 참 나쁜 사람이에요. 그리고 바보, 바보예요. 사랑이 둘 중 한 사람의 일방적인 선언으로 쉽게 끝날 수 있는 것인가요? 그렇게 사랑이 쉬운 거라면 어째서 수정 언니는 3년이 지난 지금까지 사랑으로 고통받고 있는 거죠? 제가 수완 씨에게 넘치는 사람이라고 하셨나요? 네, 맞아요. 절 조금도 사랑하지 않는 수완 씨와 비교할 때 전 분명히 넘치는 사랑을 하는 사람이죠. 사랑이 넘치다 못해 수정 언니까지 질투하고 시기할 정도였으니까요. 하지만 수완 씨, 절 떼어놓을 생각이었다면 큰 실수했어요. 전 오늘 수완 씨를 더더욱 사랑하게 됐으니까요!"

"지나야, 널 사랑하지 않는 게 아니야. 처음 보던 날부터 지금까지, 너와 사귀기 전부터 단 하루도 널 생각하지 않은 날은 없었어. 널 사랑하지 않았다면 네 생일날 불량배 녀석들과 싸우지도 않았겠지. 누나를 걱정시키는 것이 죽는 것보다 더 싫으니까. 휴, 이 바보야. 모르겠니? 널 많이 사랑해. 사랑한다고! 하지만……."

주위의 시선도 아랑곳하지 않고 냅킨으로 두 눈을 감싼 채 엉엉 울어대던 지나가 수완의 사랑 고백에 고개를 번쩍 들었다.

"그만! 수완 씨, 제발 거기까지만요!"

옆 테이블의 커플이 깜짝 놀라 쳐다볼 정도로 소리를 버럭 지른 지나가 냉큼 수완의 옆자리로 옮겨왔다. 영문을 몰라 눈이 휘둥그레진 수완을 잡아먹을 듯 노려보며 쓰고 있던 모자까지 휙 집어던진 그녀가 다시 열리려는 수완의 입술을 재빨리 틀어막았다.

"정말인가요, 저를 많이 사랑한다는 말? 진심이면 고개를 끄덕이세요!"

지나의 황당한 행동에 놀라면서도 수완이 단호히 고개를 끄덕이자 지나의 입가에 회심의 미소가 지어졌다. 자유로운 나머지 한 손으로 수완의 긴장된 목을 천천히 쓰다듬던 그녀가 으르

렁거리며 위협했다.

　"됐어요. 이젠 됐어요. 우린 이제 더 이상 할 말도, 들을 말도 없는 거예요. 아니, 꼭 한 마디 남았어요. 이 말을 끝으로 오늘 우리는 벙어리가 되는 거예요. 알았죠? 그럼 말할 게요. 잘 들으세요."

　뭔가를 단단히 결심한 듯 숨을 한 번 크게 내쉰 그녀가 수완을 자신의 품으로 홱 끌어당겼다.

　"나쁜 남자, 지수완! 지금 이 순간부터 당신의 입술은 영원히 내 거야!"

　지나의 폭탄 선언에 수완이 와락 웃음을 터트렸다. 그러나 그는 기꺼이, 그리고 아주 기쁘게 자신의 입술을 바쳤다!

　그들에게는 주위 사람들이 환호하며 손뼉치는 소리가 전혀 들리지 않았다.

30

숲길을 산책하고 별장으로 막 들어서던 수정은 앞마당에 당당히 주차되어 있는 태웅의 검은색 승용차를 발견하곤 그대로 멈춰 섰다.

그가 돌아왔어!

그가 수정이라는 병균을 소독하는 데 꼭 사흘하고도 반나절이 걸린 셈이다.

'사랑에 빠진 여자는 위험스러울 정도로 어리석다.'

수정은 마음속 깊은 곳에서부터 솟구치는 기쁨과 설렘을 애써 억누르며 서둘러 별장 안으로 들어갔다.

지난 3일 동안 시계의 초침소리가 거슬릴 정도로 고요하던 거실이 낯선 사람들로 매우 분주해져 있었다. 전화국 직원으로 보이는 두 남자가 전화선을 연결하고 있었고, 태웅의 승용차를 운전하는 김 기사는 거실 여기저기 놓여 있는 넘치는 쇼핑백을 수정의 침실로 옮기느라 여념이 없었다.

"지금 오세요? 회장님이 조금 전 도착하셨어요. 산책 가셨다고 말씀드려도 어찌나 걱정하시는지 제가 막 나가 보려고 했는데 마침 오셨네요. 들어가 보세요. 지금 서재에 계십니다."

태웅과 수정을 행복한 신혼부부로 알고 있는 별장지기 아줌마의 부러운 시선에 조용히 웃어 보이던 수정은 지난 3일 동안 머물렀던 자신의 침실로 들어갔다.

'사랑에 빠진 여자는 감당 못할 정도로 한심하다.'

수정은 방으로 들어오자마자 거울 앞으로 다가가 자신의 모습을 비춰 보았다. 마음이야 어떻든 신록이 짙푸른 숲 속을 산책하고 난 후라 그녀의 눈동자에는 맑은 기운이 넘쳤고, 피부 또한 투명한 공기로 인해 생동감 있어 보였다.

그러나 똑똑! 강하고 빠른 노크소리가 들려 왔을 때, 수정은 아름답고 싱그러운 자연에게서 어렵게 얻은 마음의 평화를 단숨에 잊어버리고 불안과 긴장의 물결에 또다시 휩쓸리고 말았다. 그렇게 수정은 아무 대꾸도 하지 못한 채 멍하니 서 있었고, 노크소리의 주인공 또한 어떠한 대답도 기다리지 않고 냉큼 문을 열어젖히며 들어왔다.

'사랑에 빠진 여자는 바보스러울 정도로 생각이 없다.'

수정은 강태웅, 그가 3일 전에 어떻게 가버렸는지, 그가 자신을 얼마나 잔인하게 대했는지, 길고 긴 밤 부어 오른 뺨 위로 속절없이 흘러내리던 눈물을 닦으면서 얼마나 그를 원망했었는지 깡그리 잊어버렸다.

다만, 오늘…… 다부진 몸을 강조하는 반소매 화이트 셔츠와 블랙 팬츠 차림의 그가 너무나 근사해 보인다는 생각뿐이었다.

바보.

수정은 뒷짐을 쥔 자세로 벽에 기대어 자꾸만 태웅에게로 향하는 시선을 황급히 떨구며, 스커트 아래로 드러난 맨발만을 뚫어지게 내려다보았다. 아무 말 없이 계속 헛기침만 해대던 그가 마침내 입을 열었다.

"이때쯤이면 풀밭에 벌레며 해충이 많아. 산책 나갈 땐 양말이나 스타킹을 꼭 신도록 해."

수정은 여전히 시선을 떨군 채 가만히 고개를 끄덕였다. 갑자기 아무 이유 없이 목이 메여 왔다.

"쇼핑을…… 좀 했어. 마침 백화점에 갈 일이 있었거든. 옷이랑 화장품, 뭐 그런 거. 그리고 읽을 책이랑 비디오 테이프도 서재에 갖춰 놨어. 그 외 필요한 게 있으면 아주머니에게 즉시 이야기하라고."

"네."

"전화도 연결될 거야. 전화번호는 가르쳐 주지 않겠어. 당신도 알아내려고 쓸데없는 짓 하지 말라구. 따라서 이곳에 걸려오는 전화는 무조건 내 전화야. 내가 전화했을 때 당신이 즉시 받았으면 해. 전화는 수시로 자주 해볼 거야. 당신이…… 얌전히 있는지 확인하기 위해서야. 알았어?"

"당신은 이곳에…… 머물지 않나요?"

대답 대신 침묵이 흐르자 수정은 속눈썹 아래로 눈동자의 움직임을 숨기며 태웅을 살짝 훔쳐보았다. 그는 수정의 돌변한 태도가 무척 혼란스러운 듯 이마를 잔뜩 찌푸린 채 뭔가를 골똘히 생각하고 있었다.

"새롭게 추진하는 사업 때문에 이탈리아와 프랑스에 가야 해. 일주일 정도 걸릴 거야. 그래서 몇 가지 주의를 주기 위해서 일부러 온 거야. 사고 치지 말고 조용히 지내고 있어. 그리고 우리 문제는 다녀와서 결정하겠어. 내일 오전 비행기라 준비하려면 금방 가야 돼."

"네."

그가 외국으로 출장을 가는 것뿐인데, 그것도 겨우 일주일인데 벌써부터 그가 그리워지기 시작하다니…….

두 사람은 서로의 얼굴을 의식적으로 피해 서로의 발과 목만 바라보며 조금 더 이야기를 나누었다.

하나마나 한, 별 의미 없는, 하나도 쓸 데 없는 이야기들을. 그리고 수정은 현관까지 태웅을 졸졸 따라가 그를 배웅했다. 어느새 저 산 너머로 노을이 지고 있었고 김 기사는 승용차의 뒷문을 열어놓고 태웅을 기다렸다.

수정은 현관 문고리를 꼭 쥐었다. 혹시나 그에게 매달리지 않게, 더 이상 그에게 다가가지 않게…….

신경질적으로 김 기사를 바라보는 태웅 역시 뭔가 초조해하는 것이 느껴졌다.

그렇게 말없이 서 있던 어느 한 순간, 두 사람의 시선이 부딪쳤다. 수정은 분명히 보았다! 태웅의 눈동자에 맺힌 고통의 눈빛을…….

"당신에게 손을 댄 것…… 나중에, 아주 오랜 시간이 흘러서 당신이 날 용서하게 되더라도 난 내 자신을 결코 용서하지 못할 거야. 영원히!"

강태웅의 일생에 가장 힘들고 어려웠을 그 한마디를 끝으로 무정한 그는 그녀를 남겨 두고 또다시 떠나 버렸다.

31

분명히 바람소리는 아니었다.

유리창에 가볍게 부딪히는 빗방울 소리에 얕은 잠에서 깨어
났던 수정은 현관 쪽에서 들리는 조심스러운 인기척에 화들짝
놀라 몸을 일으켰다.

'순박한 사람들이 모여 사는 곳이지만 보안장치도 완벽하니
까 염려할 필요는…….'

수정은 며칠 전 태웅이 일러주었던 보안장치 설명에 귀를 기
울이지 않았던 자신을 떠올리고는 입술을 깨물었다. 현관문이
살짝 닫히는 소리에 이어 누군가 살금살금 걸어오는 발소리가
들려 왔다.

맙소사!

　불안과 공포로 심장이 거세게 뛰기 시작했고 곧이어 떠오른 어떤 끔찍한 장면에 수정의 온몸이 부들부들 떨려 왔다. 칼을 쥐고 있는 강도에게 위협당하는 자신의 모습, 그리고 끝내…….
아, 안 돼!

　수정은 정신없이 침대에서 내려가 방바닥에 웅크리고 앉았다. 자신이 방문을 잠갔는지조차 생각나지 않았다. 수정은 목구멍으로 곧 터져 나올 것만 같은 울음과 비명을 고통스럽게 억제하며 숨을 죽인 채 침입자의 움직임에 귀를 기울였다. 거실을 맴돌던 침입자가 드디어 그녀의 방을 향해 걸어왔다. 그러다 생각이 바뀌었는지 다시 거실 쪽으로 발걸음을 옮겼다. 그러나 침입자는 수정이 안도의 한숨을 내쉬기도 전에 또다시 그녀의 방을 향해 걸어와 멈춰 섰고 문의 손잡이가 살짝 돌려졌다.

　그 순간, 서서히 돌려지는 손잡이의 움직임에 이성을 잃은 수정은 정신없이 비명을 질러대기 시작했다.

　그 누구도 자신을 구해 줄 수 없는 위급한 상황에 절망한 그녀는 미약하나마 방문을 향해 닥치는 대로 물건을 집어던지며 침입자를 막아내려 애썼지만 그는 포기하지 않았다. 오히려 드러내고 손잡이를 요란하게 돌리던 그가 이젠 문까지 두드리며 뭐라고 고함을 지르고 있었다.

　창 밖으로 거세게 내리기 시작한 빗소리와 수정의 날카로운 비명소리를 뚫고 침입자가 문을 부수고 드디어 제 모습을 드러냈다. 방 안 가득 퍼지는 무시무시한 그림자에 기겁한 수정은 양손으로 얼굴을 가린 채 흐느꼈고, 순식간에 다가온 침입자의 강한 손이 그녀의 어깨를 움켜잡고 흔들며 다급하게 중얼거렸다.

윤 경

204

"진정해! 나야, 나. 진정해, 제발. 내가 잘못했어. 쉬, 제발 진정해. 내가 당신을 놀라게 했어. 미안해, 미안해. 쉬, 제발 울지 말라구……."

그였다.

지금껏 그녀를 공포와 두려움에 떨게 만들었던 침입자는 바로 강태웅이었다.

믿을 수 없는, 도저히 믿겨지지 않는 반가운 음성에 눈물 젖은 얼굴을 들었던 수정은 걱정스레 자신을 내려다보고 있는 태웅을 바라본 순간 참았던 울음보를 완전히 터트리고 말았다. 그리고 어느새 이 세상에서 가장 포근하고 안전한 태웅의 가슴에 안긴 수정은 그곳, 파라다이스에서 마음껏 소리내어 울었다.

처음엔 불안과 공포 때문에 울었다. 그 다음엔 그녀가 살아온 지난날이 생각나서 울었다. 꿈 많았던 19살 이후 자신의 어깨를 무겁게 짓누르던 책임감, 너무나 무거운 삶의 지게에서 벗어나고 싶어 발버둥쳤던 지난날…… 거기다 한 남자를 만나 뜨겁게 사랑했고, 이별해야 했던 아픔의 기억들이 자꾸만 떠올라 울었다.

그리고 이젠 사랑하는 남자의 품에 안긴 벅찬 감동으로 울었다.

너무나 사랑하기에 언제나 당당한 모습을 보이고 싶었던 남자. 너무나 사랑하기에 나약한 모습을 보이고 싶지 않았던 남자. 그러나 언제나 가장 초라하고 나약한 모습만 보이고 말았던 남자…….

하지만 지금 이 순간, 이 순간만큼은 너무나 포근하고 안전한 그이의 품에 안겨 마음껏 울고 싶었다. 그의 품에 안겨 마음껏 어리광을 부리며, 자신이 감당해야 할 모든 의무로부터 벗어나 그의 넓은 등뒤에 숨어 그의 보호를 받으며 아무 걱정 없이 살고 싶었다.

남들이 뭐라고 비웃어도 좋다. 사랑에 눈이 멀어 자신의 꿈과 이상을 먼지처럼 날려보냈다고 손가락질해도 좋다. 어쩔 수 없는 한심한 여자라고, 어리석은 여자라고 비아냥거려도 좋다.

지금 이 순간만큼은 오직 강태웅에게 속한, 강태웅만의 여자가 되어 마음껏 울 것이다.

그렇게 수정은 한없이 울었다.

그 동안 가슴속 깊이깊이 숨겨 두었던 눈물 보따리를 있는 대로 꺼내며 한없이…… 너무나 편안한 그의 품에서.

무릎을 꿇은 채로 서럽게, 서럽게 우는 수정을 안고 있는 태웅의 가슴이 아픔으로 찢겨졌다.

그는 알 수 없는 어떤 강력한 힘에 휩싸여 겨우 숨만 쉬고 있었다. 자신의 와이셔츠를 흠뻑 적시며 심장까지 스며드는 그녀의 눈물과 심금을 울리는 그녀의 가느다란 곡소리…….

그 순간 태웅은 어떤 경건함과 숭고함을 온몸으로 느꼈다. 그리고 진실을.

진실…… 그것은 도저히 자신은 그녀를 증오할 수 없다는 것.

그 이유가 무엇인지 그도 확실히 모른다. 그리고 그녀와 재회한 순간부터 그 진실을 이미 감지하고 있었는지도 모른다. 그래서 그는 그토록 비이성적인 태도와 그답지 않은 감정적인 태도로 수정을 대했던 것이다.

그녀를 협박해 이곳으로 끌고 온 것, 그녀에게 그 외 다른 남자가 있었다는 말에 격분해 뺨을 때린 것, 그리고 그 후 사흘

동안 느꼈던 자기혐오…….

그것은 자부심이 넘치던 한 사나이의 35년 인생을 부정할 만큼 강한 것이었다.

사실, 태웅은 지금 이곳에 있어서는 안 되는 사람이었다. 그는 아주 중요한 사업 일정을 앞두고 있었다. 그러나 태웅은 이곳, 얼음골 별장으로 달려왔다. 수정에게 사과하지 않고는 견딜 수가 없기에, 그녀가 무사한지 보지 않고는 미칠 것만 같아서.

그는 어제 죄책감을 떨치기 위해 잔뜩 쇼핑을 해서 수정에게 안기고 계획대로 수정을 별장에 홀로 남겨 두고 집으로 돌아갔었다. 그러나 무슨 이유에선지 자정이 지나도록 잠들지 못했고 정체 모를 갈등과 번뇌 속에 고뇌하던 태웅은 결국 이곳으로 달려왔다.

그것은 풀리지 않는 어렵고 까다로운 수수께끼였다.

태웅은 수정에게로 향하는 차 안에서야 자신을 괴롭히던 모든 혼란에서 벗어날 수 있었다. 그리고 잠들었을 그녀를 의식해 조심스레 현관문을 열던 순간부터 지금 이 순간까지가…… 태웅의 지난 3년 간을 통틀어 가장 행복한 순간이었다.

32

"오늘 오전에 비행기를 타야 한다고 하셨잖아요."

태웅의 품에 안겨 바보처럼 마구 울어버린 것이 창피해진 수정은 그의 품에서 황급히 벗어나며 소곤거리듯 말했다.

"이젠 다 울었어?"

태웅이 따뜻함이 가득 배인 음성으로 다정하게 물어오자 수정의 얼굴이 당혹감으로 화끈 달아올랐다. 마치 그와 데이트하던 시절로 되돌아간 느낌이었다. 그때의 그는 얼마나 달콤한 연인이었는지……

"날 봐."

태웅의 다정한 말에 수정은 슬며시 고개를 들어 그의 얼굴을 바라보았다.

아! 그가 웃고 있었다. 따스하게 빛나는 눈동자와 살짝 위로 올려진 입술.

"봐. 얼굴을 보고 이야기하는 게 훨씬 낫잖아. 그런데 당신은 왜 나만 보면 울지?"

"그거야 당신이 절 놀라게 하니까……."

"뭐, 내가 당신을 놀라게 해? 당신이 날 놀라게 하는 것에 비하면 어림도 없지. 하지만 오늘 많이 놀란 모양이군. 미안해. 난 당신이 잠들었을 거라고 생각했었어. 아직 자지 않고 있었어? 몸은 좀 어때?"

그 순간, 수정의 봉긋한 가슴을 바라보던 태웅의 눈빛이 미묘하게 바뀌었다. 규칙적이던 그의 숨결도 점차 거칠어지기 시작했다. 태웅이 손을 천천히 뻗어 수정의 머리카락을 한 움큼 쥐어 자신의 코로 가져갔다. 그리고 그녀의 머리카락에 배인 향기를 황홀하다는 듯 킁킁거리며 들이켰다.

"당신 냄새를 기억해."

이러면 곤란해. 지금, 달빛에 비친 그의 모습이 얼마나 매력적인지…….

"오늘밤 당신과 자고 싶어."

어느새 욕망으로 일그러진 태웅의 섹시한 음성에 수정의 뺨이 붉게 물들었다. 그의 뜨거운 눈길이 수정의 얇은 새틴 슬립 안으로 파고들자 온몸에 짜릿한 전율이 일며 숨이 가빠 왔다. 그의 손길을 생생히 기억하고 있는 그녀의 온몸이 그를 향해 열리기 시작했다. 그것은 수정 자신도 도저히 거부할 수 없는 반응이었다.

태웅이 갑자기 수정을 일으켜 세웠다. 그리고 그녀의 팔을 앉아 있는 자신의 목에 두르게 한 다음 거칠게 신음하며 그녀의 다리 사이에 얼굴을 묻었다.

"안, 안 돼요. 안…… 당신은 곧 결혼할 여자가 있잖아요"

태웅의 저돌적인 행동에 당황한 수정이 엉덩이를 뒤로 빼려 하자 어느새 다가온 그의 강인한 두 손이 그녀의 엉덩이를 꽉 붙잡아 꼼짝도 못하게 만들어 버렸다.

"무슨 소리야. 당신 하나만으로도 힘들어 미칠 지경이야. 가만히 있어. 당신 때문에 지금은…… 지금은 이럴 수밖에 없어. 다리에 쥐가 났어. 지금은 이럴 수밖에 없어. 가만……."

'당신 하나만으로도 힘들어 미칠 지경이야.'

그렇다면…… 그는 정은과 결혼할 생각이 없는 걸까?

거칠게 내뱉어진 태웅의 한마디에 세상이 바뀌었다!

수정은 다리 사이를 파고드는 남자의 뜨겁고 강한 힘을 느끼면서 온몸이 열리는 감각의 아름다움에 파묻혔다. 흥분한 듯 거친 숨을 몰아쉬며 손가락을 움직이던 태웅이 좀전의 그 자리로 또다시 얼굴을 가져갔다. 그녀의 가장 부드러운 곳을 찾아낸 그가 얼굴을 비벼대며 뜨거운 열기를 내뿜자 수정의 몸이 아찔한 쾌락으로 몸부림치기 시작했다. 얇은 슬립을 뚫고 생생히 느껴지는 축축하고 뜨거운 것의 관능적인 움직임에 절로 무릎이 구부려지며 오관이 마비되었다. 수정이 본능적으로 태웅의 머리를 힘껏 붙들며 다리를 벌리자 그의 혀가 더 깊숙한 곳을 향해 내려갔다.

"제발."

잊고 있었어, 그리고 어리석었어.

애태우듯 혀끝으로만 살짝 움직이며 애무하는 그가 원망스러워, 노골적으로 허리를 젖힌 채 갈망의 신음을 흘리는 자신의 육체가 저주스러워, 그러나 뭐라고 단정지을 수 없는 눈물이 조용히 볼을 타고 흘러내리기 시작했다.

"제발, 제발 부탁해요."

이미 뜨겁게 달구어진 수정의 온몸이 열망으로 부르르 떨리자 태웅의 머리가 그녀의 슬립 안으로 서서히 미끄러져 들어갔다. 그리고 단숨에 마지막 속옷을 끌어내려 빼낸 다음, 어디론가 멀리 던져 버렸다.

그렇게…….

그에 대한 갈망과 원망으로 고통받고 있는 그녀의 보석을 너무나 부드럽고 다정하게 달래 주며 환희의 세계로 이끌던 태웅의 입술 사이로 억제되었던 신음이 새어 나왔다.

수정의 싱글 침대를 흘낏 쳐다보곤 낮고 조급한 욕설을 내뱉던 그가 드디어 수정을 번쩍 안아들었다. 이미 한 번의 절정을 경험한 수정은 정신없이 그의 목덜미에 뜨거운 뺨을 부비며 달라붙었다.

"우리 침실로 가는 거야."

태웅의 흥분에 들뜬 음성이 수정의 키스로 막혀 버렸다.

그들은 침실로 가는 시간마저 기다리지 못하고 열정적으로 키스를 퍼부었다.

그토록 서로를 원망하고 미워하며, 그토록 오랜 시간을 버티어 왔던 두 사람이 더 이상 견딜 수 있는 시간은 단 몇 초도 존

재하지 않았다. 침대에 쓰러지듯 누운 두 사람은 신기에 가까운
속도로 모든 허물을 벗어 던졌다. 그리고 조금도, 잠시도 지체
하지 않고 완벽한 하나가 된 두 사람은 격렬히 몸을 움직이며
지난날 함께 하지 못해 고통받았던 시간들에 대한 보상을 철저
히 받아내기 시작했다. 자신을 위해, 그리고 이제는 절대로 떨
어질 수 없는 또 하나의 자신을 위해 더 크고 더 높은 곳을 향
해 끝없이 지칠 줄 모르고 나아갔다.

　그렇게 마침내 목숨과도 바꿀 수 있을 만큼 완벽한 순간을
경험한 두 사람은 누구의 것인지 분간할 수 없는 서로의 눈물을
핥아 주었다. 서로를 부정하고 지냈던 어리석은 시간들이 너무
나 억울해서…….

　오늘 두 사람이 하나인 듯 함께 느낀 사랑의 환희가 너무나
가슴 벅차서.

33

　달콤한 잠에 빠져 있던 수정은 나른한 몸을 뒤척이며 겨우
몸을 일으켰다. 그리고 그녀는 벽에 걸린 청동 벽시계를 한참
동안 멍하게 바라보았다.

　5시…… 그러나 분명 새벽 5시는 아니었다.

　어젯밤, 완전히 기진맥진한 두 사람이 몸도 제대로 가누지 못
한 채 잠이 든 것이 새벽 6시쯤이었다.

　그렇다면 지금은 오후 5시! 그녀는 11시간을 내리 잔 셈이었
다. 온몸의 피로와 근육의 뻐근한 통증의 원인이 되었던 어젯밤
을 떠올린 수정의 두 뺨이 붉게 물들었다. 두 사람은 꼼짝도 할
수 없을 만큼 지칠 때까지 격렬하게…….

　수정은 수줍고 야릇한 미소를 지으며 태웅이 잠시 머물렀던

옆자리를 지그시 바라보았다.

그는 지금쯤 어디론가 향하는 비행기 안에서 열심히 서류를 뒤적이고 있을 것이다.

태웅은 매우 강인한 체력의 소유자였고, 그녀와의 열정의 시간들은 언제나 그에게 최상의 컨디션을 안겨 주곤 했었다. 실제로 그들이 연애하던 시절 태웅은 그러한 이유를 내세워, 짐짓 싫은 척 엉큼을 떨며 그의 손길을 밀어내던 그녀를 집요하게 탐하기도 했었다.

물론 그럴 필요가 없었지만 말이다. 그땐 이미 그녀의 모든 감각이 그에게 철저히 복종 당했을 때였으니까. 후후.

그는 어젯밤 두 사람이 나누었던 대담하고 친밀한 행위를 무엇이라고 생각할까.

그와 단 일 초라도 떨어지면 죽을 것만 같아, 그 동안 그 없이 어떻게 살았을까 하는 자신의 어리석음에 미친 듯 울부짖었던 쾌락의 절정…….

그것은 분명 사랑이었다. 두 사람은 아니, 수정은 분명 사랑을 애달프게 표현했었다.

그러나 태웅은 그녀를 깨우지 않았고, 어떤 확인의 말도 어떤 약속의 말도 없이 조용히 떠나가 버렸다. 단지 수정의 몸 구석구석에 어젯밤이 꿈이 아님을 증명하는 생생한 자국들만을 남긴 채.

하지만 그는 정은과 결혼하지 않아! 적어도 아직은 결혼할 생각이 없는 것이다.

지수정, 이 욕심꾸러기! 넌 그 사실 하나만으로도 충분히 행복해야 해!

"어머, 일어나셨군요. 배고프지 않으세요?"

샤워를 마친 수정이 거실로 들어서자 별장지기 아줌마가 환하게 웃으며 그녀를 반겼다.

"저, 죄송해요. 저 때문에 아직 못 가고 계셨죠?"

"아니에요. 아침에 회장님께서 오늘은 좀 늦게까지 있어 달라고 하셔서 집에 미리 연락을 해뒀어요. 괜찮아요."

"그, 그 사람이요? 아침에 만나셨어요?"

"네, 8시쯤 별장으로 들어오는데 회장님께서 늦으셨는지 급히 나가시면서도 부탁을 하셨어요. 좀 피곤하신 것 같으니까 종일 쉬시도록 해 달라고요. 회장님이 얼마나 사모님을 아끼시는지 몰라요."

별장지기 아줌마의 엉뚱한 추측에 침울히 눈을 내리깔았던 수정은 희미하게 비치는 한 가닥의 희망에 다시금 살며시 고개를 들었다.

"아줌마, 혹시 그 사람이 메모 같은 거 남기지 않았나요? 아니면 무슨 말이라도……."

"글쎄요, 그 말씀만 하시곤 급히 뛰어나가셨어요. 차를 어찌나 빨리 몰고 가시던지 걱정이 돼서 한참 동안 쳐다볼 정도였거든요."

"네."

바보! 바보!

그는 오전 비행기로 떠난다고 했잖아. 태웅은 지금 비행기 안에 있어. 연락을 하고 싶어도 할 수 없을 거야. 그래서 그는 연락을 못하는 거야…….

그러나 그날 밤, 그리고 그 다음날, 그리고 또 그 다음날도 태웅에게선 아무런 연락이 없었다.

3일 동안 밖으로 한 발자국도 나가지 않으며 그의 전화를 기다렸던 수정은 점점 의기소침해질 수밖에 없었다. 베개를 태웅 삼아 힘껏 때리다가도 불현듯 불길한 생각이 떠오르면 미친 듯 그를 걱정했고, 그러다 금세 또 분한 마음이 차오르면 혼잣말로 그를 마구 욕했다.

그런 정신병자 같은 증세를 보이기를 반복하던 어느 날, 정확히 3일만이었다.

하루에도 몇 번씩 수화기를 들어 신호음을 확인하는 그녀를 근심스럽게 바라보던 별장지기 아줌마의 성화에 수정이 막 산책을 나서기로 마음먹었을 때, 드디어 기다리던 전화벨이 힘차게 울렸다.

그런데 이게 무슨 마음보란 말인가!

갑자기 화가 치밀어 오른 수정은 집요하게 울려대는 전화벨을 무시한 채 밖으로 나가 버렸다.

바퀴벌레 같은 인간 같으니. 내가 당신 전화만 기다릴 거라고 생각했나요? 흥, 어림없어요! 어림없어!

수정은 쾌재를 부르며 숲길을 향해 힘차게 걷기 시작했다.

오솔길을 따라 흐르는 작은 시냇물, 정겹게 지저귀며 오랜만에 모습을 드러낸 그녀를 반겨 주는 산새들, 늘 다정히 말을 건네며 상심한 그녀를 달래 주던 싱그러운 나무와 들꽃, 분명 모두 그녀가 좋아하는 벗들이었다. 그렇지만 웬일인지 수정은 그들과의 데이트에 온 마음을 다 할 수가 없었다.

그들은 알고 있었다.

홀로 외로이 걷는 수정의 마음이 오직 한 사람에게 가 있다는 것을…….

34

"좀 나와 보세요."

태웅이 좋아한다는 서재의 흔들의자에 앉아 평화롭게 책을 읽고 있던 수정은 여느 때와 달리 긴장된 아줌마의 음성에 불안한 마음으로 책을 내려놓았다.

"왜 그러세요? 무슨 일 있어요?"

수정의 조심스런 질문에 아줌마가 빼꼼이 고개를 내밀더니 거실 쪽 눈치를 살피며 소곤거렸다.

"저기, 성북동 사모님이라는 분이 오셨어요 그런데 어째 찬 바람이 쌩쌩 부는 게……."

성북동 사모님.

수정의 얼굴이 순식간에 창백하게 굳어졌다.

“왜 그러세요? 내키지 않으면 그냥 가시게 할까요?”

“아니에요. 만나 뵐게요. 걱정 마세요.”

수정은 걱정하는 아줌마를 향해 억지미소를 지어 보이고 서재를 나섰다.

정 여사는 새파랗게 질린 얼굴로 거실을 향해 걸어오는 수정을 죽일 듯이 노려보았다. 소파 근처까지 다가선 그녀가 겁먹은 눈동자를 들어 시선을 마주치는가 싶더니 곧 고개를 힘없이 떨구었다.

“그 동안 안녕하셨……..”

“아줌마는 잠깐 나가 있도록 해요!”

수정의 인사 따위는 받고 싶지 않다는 듯 정 여사가 싸늘히 말을 잘랐다.

“네? 아…… 네.”

수정이 걱정되어 거실 구석에 엉거주춤 서 있던 아줌마가 허겁지겁 거실을 빠져나가자 주먹을 꼭 쥔 채 분노를 참고 있던 정 여사가 탁자를 거칠게 내리쳤다.

“세상에! 설마설마 했는데…… 기가 찰 노릇이군!”

시어머니의 날카로운 음성에 수정의 가냘픈 몸이 가볍게 떨렸다.

“김 기사에게 다 들어서 알고 있으니까 솔직히 말해. 강 회장, 유럽 출장 떠나기 전날 밤 여기서 잔 게냐?”

“……..”

눈동자를 떨군 채 입술을 파르르 떠는 수정을 바라보던 정 여사가 코웃음을 쳤다.

"흥, 사내 홀리는 그 천박한 색기는 여전하구나."

"어머니⋯⋯."

"닥쳐! 어머니라니? 주제도 모르는 맹한 백치 같으니!"

싸늘한 욕설과 함께 탁자 위에 있던 책 한 권이 수정의 어깨를 강타했다.

그녀는 발 밑으로 떨어지는 책을 보자 지난날의 설움이 봇물 터지듯 밀려와 눈물이 솟구쳤다. 시어머니에게 수정은 죄인이었다. 감히 사랑해서는 안 될 사람을 사랑한 죄인.

꼼짝 않고 서 있는 수정을 바라보며 분을 삭히던 정 여사가 날카롭게 말했다.

"이제야 감이 잡히는구나. 요즘 태웅이가 왜 그렇게 갈피를 못 잡고 혼란스러워했는지. 내가 너에게 분명히 경고했었지! 다시는 우리 앞에 얼씬거리지 말라고. 태웅이는 너와 격이 달라. 너 따위와는 절대로 어울리지 않는다는 말이야! 아직도 그걸 모르겠니?"

"⋯⋯."

"도대체 내가 전생에 무슨 죄를 졌길래. 휴, 좋아. 우리 솔직하게 말하자. 원하는 게 뭐야. 원하는 게 있으면 내게 직접 말해. 더 이상 우리 태웅이를 괴롭히지 말고! 뭐야? 네가 원하는 게 돈이냐?"

정 여사의 경멸 어린 질문에 수정의 고개가 번쩍 들렸다. 그리고는 자신의 절절한 심정을 토해내기 시작했다.

"아닙니다. 절대로, 절대로 그렇지 않습니다. 그 사람에게 원하는 건 아무것도⋯⋯ 아무것도 없습니다."

사랑밖엔.

수정은 마음속으로 절박하게 덧붙였다.

"흥! 원하는 게 아무것도 없다? 듣자하니 다시 연예 활동을 시작한 모양이던데, 아무것도 원하는 게 없다는 아이가 이런 촌구석에 죽은 듯이 처박혀 있는 게냐? 가증스럽구나. 난 처음부터 사랑 운운 하는 네가 싫었어. 사람이 주제를 알아야지. 감히 너와 태웅이가 가당키나 한 말이냐. 사랑? 하! 너희들 그 잘난 사랑 앞세워 가며 결혼하더니 어떻게 됐니? 아니지! 넌 처음부터 태웅이를 사랑하지 않았어. 넌 태웅이가 가진 재력과 지위에 눈이 멀었던 게야!"

"아니에요, 아니에요! 그렇지 않아요. 사랑합니다, 태웅 씨를 사랑합니다…… 어머님."

수정이 격하게 소리치자 정 여사가 깜짝 놀라 수정을 바라보았다.

"이게 어디서 배워먹은 버르장머리냐! 감히 누구 앞에서 소리를 높이는 게야. 그리고 어머니라니? 여기 누가 네 어머니란 말이냐!"

"죄송합니다, 하지만…… 3년 전 어머님께서 말씀하셨듯이 그 사람은 절 한 번도 사랑하지 않았는지 모릅니다. 어머님 말씀처럼 백치 같은 저에게 그저 동정심을 느꼈는지도 모릅니다. 그렇지만 전 감히 태웅 씨를 마음에 품은 후로 지금까지 단 한 순간도 그를 사랑하지 않은 적이 없습니다. 그를 더할 수 없이 미워한다고 생각했던 순간조차 그에 대한 그리움을 안고 있었다는 진실을 깨닫게 되었습니다. 제가 이렇게 별장에 머무르는 것은 태웅 씨에게 무언가 원하는 것이 있다거나, 그가 절 곁에 두고 싶어해서 머무는 것이 아닙니다. 그는 오히려 저를 미워하고 있어요. 그가 절 버리기 전에 제가 그를 먼저 떠난 셈이 되었으니까요. 그 사람은 단지 그때의 치욕을 되갚아 주기 위해 절 얼마 동안 이곳에 붙잡아 두는 것이고, 전 그에게 갚아야 할 빚이 있기 때문에 이곳으로 온 것입니다. 그 빚을 갚는 날, 아니 그 전이라고 해도 그 사람이 떠나라고 말하는 순간 전 이곳을 떠나야 됩니다."

"그게 무슨 소리지? 그럼, 너희 둘 재결합의 뜻이 있는 게 아니라는 말이냐? 이해가 되지 않는구나. 지저분한 감정이 남아서 분풀이를 하려는 것도 아니다, 원하는 것도 없다? 그렇다면 굳이 태웅이 곁에 남아 있는 이유가 뭐지? 네가 말하는 빚이 돈이라면 내가 얼마든지 처리해 줄 수 있다. 그렇게 할 테냐? 그럼 넌 당장이라도 이곳을 떠날 수 있지."

"아니요…… 그렇게 할 수 없습니다."

"왜? 어째서 그렇게 할 수 없다는 거지?"

한결 부드러워진 시어머니의 음성에 목이 아프도록 애써 눈물을 참아 왔던 수정의 두 눈동자에 눈물이 그렁그렁 맺혔다.

"이 시간이…… 그 사람에게 빚을 갚기 위해 머무르는 이 짧은 시간이 제 인생에서 가장 행복할 시간이라는 것을 알기 때문입니다. 그 사람이 절 사랑해 주지 않아도, 절 미워해도 좋습니다. 사랑해서는 안 될 사람을 사랑하고 그 죄로 평생을 그리움의 고통 속에 살아야 한다면…… 그렇게 할 수 있습니다. 하지만, 하지만 그의 곁에 머무를 수 있게 허락된 시간만큼은 그의 곁에서 마음껏 그를 사랑하고 싶습니다. 흐흑, 사랑하고 싶습니다. 어머니…… 어머니."

정 여사는 무릎을 꿇으며 주저앉아 오열하는 수정을 말없이 바라보았다.

어리석은 것…….

사랑에 빠진 여자처럼 미련한 존재가 또 있던가. 수정에게서 시선을 돌린 정 여사는 창 밖 너머 산봉우리를 바라보았다.

철없던 대학 시절, 학과 선배를 열렬히 사랑하고 또 죽음과도 같은 배신의 굴욕을 당했던 정 여사는 자포자기하는 심정으로 태양 그룹 총수이자 이혼남이던 강대철 회장과 정략결혼을 했었다.

그녀에 대한 사랑을 맹세하며 목숨도 바칠 수 있을 것처럼 행동했던 그 남자는 재벌간의 혼사에 노심초사했던 그녀의 아버지가 던져준 유학 경비에 나가 떨어졌다.

사랑? 후후.

상속 포기까지 불사한 태웅의 강경한 의지와 재벌 2세와 신인 탤런트의 러브 스토리를 신데렐라 신드롬으로까지 확산시키며 요란을 떨어대던 매스컴 때문에 마지못해 결혼을 허락했지만 수정을 처음 본 순간 정 여사는 그녀에 대한 미움이 주체할 수 없이 솟구쳤었다.

시어머니의 이유 없는 트집과 구박에 매일같이 눈물을 흘리던 며느리는 남편이 퇴근해서 들어오면 어느새 세상에서 가장 행복한 여자가 되어 있었다. 그런 며느리의 눈동자에 반짝이는 행복에 정 여사는 못 견디게 질투가 났었다.

2년 간의 열애를 한순간에 저버렸던 첫사랑과 자식을 넷이나 보도록 다정한 말 한 마디 건넬 줄 모르던 남편. 어차피 가문끼리의 결합이었고, 강 회장과의 사이에 애정이란 없었다.

정 여사는 과도할 정도로 사회 활동을 하며 얻은 명예욕으로 여자로서의 자신의 불행을 달랬다. 그러나 그 무엇으로도 며느리에 대한 열등감은 지워지지 않았고 오히려 수정 때문에 자신이 사랑에 실패한 여자, 남편의 사랑조차 받지 못하는 불행한 여자임을 시시각각 느껴야 했다.

수정에게는 거짓말을 했지만 그녀에 대한 태웅의 마음을 모를 리 없는 정 여사였다.

수정이 집을 나간 이후, 태웅은 어머니인 그녀에게 단 한 번도 다정한 눈길을 보내지 않았다. 그간 자신의 아내가 받아야 했던 홀대에 대해 앙갚음이라도 하듯.

두 사람을 갈라놓은 것에 대한 죄책감 따위는 갖고 있지 않았다. 수정에 대한 미움이 극에 닿았다고는 하나 먼저 집을 나간 것은 그녀였으며, 어차피 두 사람은 어울리지 않는 사람들이었다. 자신은 두 사람이 주장하는 사랑이라는 것이 얼마나 쉽게 깨어질 수 있는 것인지, 얼마나 한심한 것인지를 증명해 냈을 뿐이었다.

어리석은 한 여자가 사랑 때문에 무릎을 꿇고 울고 있다.

몸서리치게 밉고 싫을 여인에게 어머니라고 칭하며 미래 없는 사랑을 줄줄 쏟아놓고 있다.

여자의 눈물이 거실 바닥 위에 샘물을 이루는 것을 정 여사는 가만히 바라보고 있었다.

  그때 유학 소식을 알리며 차갑게 돌아서던 선배를 뒤쫓아가
저렇게 울었다면…….
  정 여사는 상념을 쫓듯 서둘러 백을 들고 소파에서 일어섰다.
  "넌 정말 백치로구나……."
  씁쓸한 눈길로 수정을 바라보던 정 여사가 조용히 별장을 나
섰다.

35

"에그머니나! 왜 이렇게 늦으셨어요 회장님께서 두 시간 전부터 10분 간격으로 전화를 하시는 통에 지금 도망 나오는 중이에요. 어찌나 성미가 불 같으신지. 휴, 이렇게 오셔서 정말 다행이네요. 아마 곧 전화벨이 또 울릴 거예요. 전 텃밭에 가서 상추를 좀 가져올게요."

수정이 별장으로 들어서기도 전에 현관문을 박차고 허겁지겁 나오던 별장지기 아줌마가 안도의 한숨을 내쉬며 뒷길로 사라졌다.

수정은 숲길을 산책한 후 호수까지 한 바퀴 거닐고 돌아오는 중이었다. 별장으로 돌아가는 시간을 최대한 끌기 위해 아무 생각 없이 걷다 발견한 호수였다.

‘산책로를 따라가면 조그만 호수도 하나 있지. 하지만 조심해! 의외로 수심이 깊으니까.’

태웅이 따끔한 경고와 함께 일러주었던 호수는 참으로 아름답고 신비스러웠다. 햇빛에 반사되는 호수의 잔잔한 물결과 꼬집어 말할 수 없는 미묘한 물의 색채…….

왠지 알 수 없는 편안함과 익숙함이 그녀를 한참 동안이나 그곳에 머물게 만들어 버렸다. 그리고 그곳에서 마음의 안정을 되찾은 수정은 가벼운 발걸음으로 돌아올 수 있었다.

태웅에게 전화가 오면 말하고 싶었다. 보고 싶다고, 그리고 사랑한다고.

그러나…….

“대체 당신 뭐야! 지금껏 어딜 싸돌아다닌 거야? 두 시간 전부터 내내 전화했었단 말야! 내가 여기 놀러 온 줄 알아? 당신 정말 백치야? 내가 전화했을 때 즉시 받아야 한다고 분명히 말했잖아. 여보세요! 여보세요! 이봐, 듣고 있나?”

인사말은커녕 수화기가 터질 듯 버럭 소리부터 질러대는 태웅의 무정하고 무식한 태도에 화가 난 수정은 또다시 흥분하고 말았다.

“난 백치도 아니고 집구석에 가만히 처박혀 있는 물건도 아니에요! 난 내가 나가고 싶으면 언제든지 나갈 수 있는 다리도 있고, 가고 싶은 곳을 떠올릴 수 있는 머리도 있는 인간 지수정이란 말이에요. 당신처럼 막돼먹은 안하무인은 처음이야! 다시는 백치에게 전화하지 말아요. 끊어욧!”

수화기를 내던지고 침실로 뛰어간 수정은 그대로 침대 위에 쓰러져 울음을 터트렸다.

태웅은 그녀의 가장 예민한 상처를 건드렸다. 그는 여전히 그녀를 자신의 발 아래 엎드린 노예처럼 업신여기고 있었다. 결국…… 눈물나도록 아름다웠던 그날 밤은 그에겐 아무런 의미도 없는 것이었다.

수정은 또다시 지옥으로 들어서고 말았다. 3년 전 경험했던 끔찍한 짝사랑의 늪에 또다시 빠져 버렸다.

대답 없는 방문을 계속 두드리며 발을 동동 구르던 아줌마가 거의 울상이 되어 슬그머니 문을 열고 고개를 내밀었다.

"저, 회장님께서 자꾸만……."

손에 쥔 수화기와 슬피 우는 수정의 모습을 안쓰럽게 번갈아 보던 아줌마는 마침내 관세음보살을 외치며 전화선을 확 잡아 빼 버렸다.

"아이고, 해고돼도 할 수 없죠."

고지식하고 사나운 남편과 30년 가까이 살아온 그녀는 동정과 안타까움의 한숨을 내쉬며 조용히 주방으로 향했다. 사내들이란!

그리고 한참 뒤, 식탁에 마주 앉은 두 여자가 싱싱한 이파리를 자랑하는 상추에 풋고추와 갖은 양념으로 버무린 쌈장을 넣고 꾸역꾸역 쌈을 싸 먹고 있었다.

"아하! 어쩐지 낯이 익은 얼굴이다 했어요. 그때 그 드라마에 나오셨구나. 저기, 내가 딸 같아서 하는 말인데요, 속 상한다고 굶고 울기만 하면 아무것도 해결되지 않아요. 그럴수록 더 많이 먹고 힘을 내서 지혜를 짜내야 돼요. 그래야 속 썩이는 남편한

테 이길 수 있죠. 맛있죠? 그죠? 내 말 듣길 잘했죠? 어서 많이
드세요.”
　서먹하던 관계에서 벗어나 어느새 동지가 된 두 여자는 서로
에게 쌈을 싸 먹여 주며 단순하고 이기적이고 제멋대로인 남자
들을 상대하는 여자들의 위대함에 대해 이야기하며 즐거운 밤
을 보냈다.

36

다음날 아침, 유난히 일찍 출근한 아줌마의 얼굴에 수면 부족
과 근심의 기색이 가득했다.

"아줌마, 안색이 창백해요. 댁에 무슨 일 있으세요?"

수정의 걱정 어린 질문에 선뜻 대답하지 못하고 한동안 머뭇
거리던 별장지기 아줌마가 무거운 한숨을 내쉬며 말을 꺼냈다.

"실은…… 어젯밤, 잠들만 하면 깨고 잠들만 하면 깨서 한숨
도 못 잤어요."

의아해하는 수정을 힐끔 쳐다보던 아줌마가 조심스럽게 말을
이었다.

"회장님께서 계속 전화를 걸어오시는 바람에…… 사모님께
서 전화를 안 받으신다고 어찌나 걱정을 하시는지. 아무 일 없

다고, 잘 계신다고 아무리 말씀드려도 걱정이 되시는지 자꾸 전화를 하시더라고요. 그래서 저는 물론이고 우리 집 양반까지 한숨도 못 잤어요. 저는 괜찮은데 우리 집 양반이 읍내 농협 경매 일을 맡아서 하시기 때문에 일찍 주무시고 일찍 일어나셔야 하거든요. 휴, 어쩌죠?"

밤새도록 남의 집에 전화를 해댄 태웅의 납득할 수 없는 행패에 수정의 얼굴이 창피함으로 붉게 달아올랐다.

"저, 정말 죄송해요. 오늘부터는 그러지 않을 거예요. 전화 코드를 이어 놓을게요. 지금 당장요."

살았다는 표정으로 주방으로 들어가는 아줌마의 뒷모습을 면목없이 바라보던 수정이 서둘러 전화 코드를 연결하자, 아니나 다를까 곧이어 전화벨이 힘차게 울렸다.

"그럴 줄 알았지. 지금쯤이면 당신이 정신을 차리고 전화를 받을 줄 알았어. 후후."

우쭐대며 거들먹거리는 태웅의 말에 어처구니가 없어진 수정은 할말을 잃어버리고 말았다.

"지금 호텔이야. 피곤하지만 잠이 오지 않는군. 그러니까 당신이 날 재워 줘야 해. 음, 당신 자장가를 들으면 잠이 완전히 달아나 버릴 테고…… 그래! 며칠 동안 뭘 했는지 자세히 말해 줘. 끊지 말고 계속해서. 그래도 당신 음성은 들을 만하니까."

"어머, 기가 차서! 당신도 만만찮은 음치면서 지금 날 흉보는 거예요? 그리고 나 지금 바빠요. 한가하게 당신에게 이러쿵저러쿵 말할 시간이 없다구요."

"바빠? 무얼 하느라?"

"난, 난……."

분하게도 시원하게 쏘아 줄 말이 떠오르지 않았다. 사실 수정은 몇 년만에 갖게 된 여유 있는 시간을 태웅이라는 남자 생각에 모조리 소요해 버려 이렇다 내세울 수 있는 일과가 없었다.

"자, 자, 그러지 마. 나 지금 굉장히 피곤해. 내일 일정도 빠듯하다구. 당신이 들려주는 이야기를 조금만 듣다가 잘게. 응? 내 아기, 착하지?"

그 순간 '내 아기, 착하지?'라는 태웅의 달콤한 사탕발림에 수정의 서운했던 마음이 순식간에 녹아 버리고 말았다.

뭐, 그는 중요한 일을 처리하러 외국으로 출장을 간 거니까. 그의 회사, 더 나아가 이 나라 경제의 발전을 위해 어쩔 수 없잖아?

애국자인 수정은 무선 전화기를 들고 날아가듯 침실로 들어갔다. 그날 밤 두 사람이 사랑을 나누었던 그 침실이 어느새 수정의 침실이 되어 있었다.

"전 주로 아침 일찍 일어나서 숲길을 산책해요. 얼마나 공기가 맑고 상쾌한지 몰라요. 그리고 집으로 돌아와선 아침을 먹죠. 그런데 아줌마 요리 솜씨가 너무 좋으셔서 이렇게 열심히 먹다가는 돼지가 될 것 같아요. 어젯밤엔 상추쌈을 싸 먹었는데 정말 맛있었어요. 낮엔 주로 책을 읽거나 음악을 듣는데 오늘은 아줌마랑 텃밭에 가보기로 했어요. 우린 그새 많이 친해졌거든요. 참 좋은 분이세요. 그리고 저녁엔 영화를 보는데 어젠 당신 때문에 화가 나서 그냥 자버렸어요. 하지만 오늘은 일 포스티노를 다시 볼까 해요. 혹시 기억 나세요? 우리가 처음으로 함께 본 영화잖아요. 그리고 내일은……."

어느새 수정은 신이 나서 태웅에게 모조리 일러바치고 있었다. 자신이 어떻게 지내고, 무엇을 하는지…… 그렇게 몇 시간 동안 태웅을 괴롭혔다.

하지만 정작 꼭 하고 싶은 말은 하지 못했다.

전, 하루 24시간 중 23시간은 당신을 생각해요. 나머지 한 시간은 당신이 두고 간 물건을 바라볼 때죠.

그렇게 수정의 행복한 시간이 시작되었다.

태웅은 낮이든 밤이든 잠시라도 틈이 생기면 어김없이 전화를 걸어 주었고 그녀를 울게 만들었던 첫 번째 통화와 달리 언제나 다정하고 부드럽게 수정의 안부를 물어 왔다. 그래서 수정은 어쩌면 그가 이젠 더 이상 그녀를 증오하지 않을지도, 어쩌면 조금은…… 아주 조금은 자신을 좋아할지도 모른다는 부질없는 생각에 혼자 배시시 웃기도 했다.

"이제 내일 모레면 귀국이야. 이렇게 한국이 그리웠던 적은 없었어."

"음식이 입에 맞지 않아서일까요?"

"아냐!"

"그럼 말이 통하지 않아서일 테죠."

"아냐! 불쾌하군. 언어엔 전혀 문제가 없어."

그가 콧김을 마구 뿜어대며 씩씩거리는 것이 느껴졌다.

"그렇담…… 아! 조국에 대한 사랑이 불끈 치밀어 그런 게 틀림없어요. 사람들이 그러잖아요, 원래 외국에 나가면 누구나 다 애국자가 된다고."

　그러나 미처 수정의 말이 끝나기도 전에 발끈한 태웅이 소리
를 버럭 질렀다.

　"그래! 맞아, 맞다고! 대한민국 만세야! 됐지? 이만 끊어!"

　도대체 태웅은 뭐가 못마땅한 걸까?

　귀국한다는 말에 들떠 큰맘 먹고 기껏 추켜 올려 주었더니
화를 벌컥 내다니. 이처럼 뻔뻔하고 괴팍한 남자가 어딨담?

　이런 남자를 사랑하는 나도 정상은 아니야.

　하지만 이틀 후면 그를 만난다는 기쁨에 수정의 두 눈이 여
느 때보다 아름답게 빛나고 있었다.

37

이제 하루만 참으면 그가 온다!

너무나 더딘 시간의 흐름을 원망하며 무료히 보내던 수정은 자신의 무심함에 혀를 차며 엄마에게 전화를 걸었다.

"어떠냐? 강 서방은 잘 지내지?"

어느덧 엄마는 태웅을 강 서방이라며 자연스럽게 칭하고 있었다. 어쩌면 그것은 당연한 일인지도 모른다. 태웅을 따라 나서는 그녀를 바라보며 얼마나 기뻐하셨는가.

물론 진짜 이유를 알면 기절초풍하시겠지만.

"강 서방에게 잘해라. 지난 일은 다 잊어버리고 이젠 서로 아끼고 사랑하면서……."

"엄마, 수완이는 잘 있어요?"

엄마의 기대가 확신으로 바뀌는 것을 우려한 수정은 서둘러 말을 가로채며 물었다.

"원, 애두. 그래, 수완이는 잘 있지. 강 서방이 애써서 좋은 일자리를 마련해 줬는데 이젠 더 이상은 신세질 수 없다고 사양하더라. 지금은 선배 농장에 나가고 있어. 왜, 수완이 대학선배 중에 허브 농장을 한다는 청년 있지? 그 청년 농장에서 허브 일을 배우고 있는 중이야. 새벽부터 밤까지 아주 열심히 하더니 이젠 복학하고 나서도 계속하겠다는구나. 그쪽 방면으로 꽤 소질이 있는 모양이야. 참! 미림이에게 얼른 전화해 봐라. 몇 번이나 전화가 왔었다. 애타게 널 찾는데 연락처를 알아야지. 정말, 네가 있는 곳 전화번호가 몇 번이니? 어디 단단히 적어놓아야겠다."

"엄마, 전화가 오늘에서야 개통됐거든요. 그 사람이 가르쳐 줬는데 대충 흘려듣고 말았어요. 죄송해요. 미림이에게 전화하고 나서 제가 다시 전화드릴 게요. 날짜 맞춰서 수완이랑 꼭 병원 가시고 약 빼먹지 마시고 매일 잡수세요."

거짓말에 익숙지 못한 수정은 거세게 고동치는 심장에 당황해 급히 전화를 끊어 버렸다. 진실이 드러난 후 실망하실 어머니를 떠올리자 눈시울이 뜨거워졌다.

전 남편과의 30일 간의 동거. 그리고 그런 이유의 부끄러움도 잊고 끝없이, 간절히 그를 원하는 그녀.

위험한 외줄 타기처럼 아슬아슬한 곡예를 부리는 두 사람의 끝은 어디쯤일까?

잠시 후, 마음이 진정되자 미림에게 전화를 걸었던 수정은 그녀의 훌쩍거림에 자신의 괴로움은 까맣게 잊어버렸다.

　"미림아, 왜 그래? 무슨 일이야? 응?"

　"정말 수정이니? 수정아, 훌쩍. 전화해 줘서…… 고마워. 수완이도, 훌쩍 네가 있는 곳의 전화번호를 모른다고 가르쳐 주질 않잖아. 제발 기계 무서워하는 그 이상한 습성 하루 빨리 고치고 핸드폰 좀 가지고 다녀. 그래야 내가 이토록 널 필요로 할 때 빨리 연락을 할 수 있잖아. 훌쩍."

　"그랬구나. 미안해. 이곳에는 쉬러 내려온 거라 핸드폰이 필요 없을 듯해서. 그런데 정말 무슨 일이야? 왜, 무슨 일 있었어?"

　"정훈 씨, 정훈 씨가…… <u>흐흐흑.</u>"

　결국 미림은 격렬한 울음을 터트리며 소리내어 울기 시작했다. 성숙한 여자가 소리내어 우는 이유의 대부분은 사랑하는 남자 때문이다.

　그 남자가 너무 좋아서 울고, 그 남자가 너무 미워져서 울고, 그 남자가 너무 자신의 마음을 몰라 주어 운다.

　그리고 그 남자를 너무 사랑해서도 운다.

　미림아, 나도 울고 싶어.

　그러나 수정의 괴로움을 알 리 없는 미림은 한참을 울어대다 겨우 이야기를 꺼냈다.

　"정훈 씨랑 헤어지기로 했어."

　"뭐? 무슨 소리야? 정훈 씨와 네가 그렇게 쉽게 헤어질 사이니? 벌써 몇 년째……."

　"칫, 글쎄 자기가 먼저 헤어지자는 거야. 밑도 끝도 없이 무조건 헤어지자고 하잖아. 말이 돼?"

　"사람 좋은 정훈 씨가 그랬다면…… 혹시, 미안하지만 네가 무슨 실수를 한 건 아니니?"

"나도 곰곰이 생각해 봤는데 아냐. 요즘 정훈 씨 인기가 하락세잖아. 내가 얼마나 신경 쓰는데. 도저히 이유를 모르겠어. 처음엔 자존심이 상해서 나도 헤어지길 원한다고 말했지만 시간이 갈수록 후회하고 있어. 그와 헤어질 수 없어. 그를, 정훈 씨를 너무 사랑해. 하지만 틀렸어. 이젠 너무 늦었어. 흐흑……."

미림이 또다시 울기 시작하자 당황한 수정은 얼떨결에 해서는 안 되는 말을 내뱉고 말았다.

"미림아, 걱정 마. 내가 오늘 정훈 씨를 만나 볼게. 정훈 씨와 난 예전부터 잘 통했잖니. 내가 네 마음을 전하고 정훈 씨 마음도 들어볼게. 그러니까 울지 마. 알았지? 울지 마."

그렇게 미림과의 통화를 끝낸 수정은 태웅의 경고도 잊은 채, 걱정스러운 표정으로 바라보는 아줌마를 애써 안심시키며 콜택시를 부탁했다.

"회장님은 사모님 산책이 조금만 늦어져도 걱정하시는데 서울까지 가신다고요? 괜찮으시겠어요?"

"네. 아줌마, 걱정 마세요. 그 사람한테 전화가 오면 금방 산책 나갔다고 하세요. 전 어두워지기 전에 돌아올게요. 만약 제가 늦어지면 먼저 퇴근하시고요. 하지만 금세 올 수 있을 거예요."

그러나 막상 서울에 도착해 변정훈과 만난 시간은 약속 시간이 한참 지난 후였다.

진행자의 방송 펑크로 녹화가 지연되었다며 땀에 흠뻑 젖어 나타난 그의 야윈 얼굴을 본 순간, 수정은 단번에 사랑하는 여자를 떠나 보낸 남자의 상처를 발견했다.

사랑이야…….

수정은 미림이 너무나 부러웠다. 굳이 그녀가 나서지 않아도 두 사람은 맺어질 운명이었음을…….

"방송가에서 알 만한 사람들은 다 아는데 굳이 결혼을 미루겠다고 하는 이유를 모르겠어요. 인기가 하락하니까 날 우습게 보는 게 아닌가 하는 생각도 들고…… 치솟는 인기에 대한 집착이 나에 대한 사랑보다 강한 것이 아닐까 하는 생각도 들어서 많이 괴로웠습니다. 이번에 미니 시리즈 여주인공을 맡고 나서는 이런저런 핑계를 대면서 잘 만나 주지도 않더군요. 전화할 때마다 상대 배우 유현수에 대한 이야기만 늘어놓는 그녀가 얄미워 며칠 연락을 끊었더니 녹음실로 찾아 왔더라고요. 다짜고짜 헤어지자고 그랬죠. 물론 진심은 아니었습니다. 순전히 홧김이었죠. 그런데 기다렸다는 듯이 그러자며 냉정하게 가버리더군요. 그리고 그 뒤 며칠 동안 여러 가지를 느꼈습니다. 내 사람이라는 확신이 있을 때는 만나지 못했어도 행복했다는 것을요. 속상하더라도, 미림이가 원하는 대로 하더라도, 그녀의 사람으로 그녀 곁에 머물고 싶다는 생각이 들더군요. 하지만 너무 늦은 것 같습니다. 어제 스포츠 신문을 보니까 유현수와 데이트를 했다더군요."

정훈의 아름다운 고백에 눈물을 글썽이던 수정은 머리를 쥐어뜯으며 절규하는 그를 보자 참지 못하고 웃음을 터트렸다.

"정훈 씨! 정훈 씨는 연예인 아니에요? 그런 기사의 대부분은 사실과 많은 차이가 있다는 거 잘 아시잖아요. 기억 안 나세요?

예전에 미림이와 막 사귀기 시작하셨을 때, 우리 셋이 늘 몰려다녔잖아요. 그런데 막상 정훈 씨와 저의 열애설이 불거져서 얼마나 웃었어요? 후후. 정훈 씨, 제가 이렇게 정훈 씨를 찾아온 이유가 뭐라고 생각하세요? 한없이 울기만 하던 미림이가 정훈 씨를 만나 보겠다는 제 말에 금세 울음을 그친 이유는 또 뭘까요? 미림이 역시 정훈 씨처럼 깊은 슬픔에 빠져 있어요. 많이 후회하고 있고요. 미림이가 꼭 전해 달라는 말이 있어요. 정훈 씨를 사랑한대요. 아주 많이많이."

수정의 말에 믿어지지 않는다는 듯 한참을 멍하니 있던 정훈의 얼굴에 웃음꽃이 가득 피었다.

"정말입니까, 정말이죠? 수정 씨, 고맙습니다. 고맙습니다."

정훈은 잔뜩 흥분해선 굳이 사양하는 수정에게 거한 저녁식사까지 대접했다. 그리고 그녀를 자신의 차에 태워 얼음골로 직접 데려다 주겠다고 나섰다. 그때 시간이 저녁 10시, 늦은 시간에 낯선 택시를 타고 별장으로 돌아가기가 은근히 불안했던 수정은 정훈의 배려에 고마움을 느꼈다.

정훈의 신곡을 들으며 얼음골로 향하는 차 안…… 수정은 충분히 만족스러웠다.

사랑하는 두 사람의 행복에 일조를 했다는 뿌듯함과 내일이면, 내일이면 태웅이 온다는 사실로.

수정은 미림과의 통화를 끝낸 후 이 세상에서 가장 행복한 남자로 변한 변정훈을 슬그머니 바라보았다. 그는 운전 내내 자신의 신곡을 따라 부르며 방긋방긋 웃고 있었다.

'내 사람이라는 확신이 있을 때는 만나지 못했어도 행복했다는 것을요. 속상하더라도, 미림이가 원하는 대로 하더라도, 그녀의 사람으로 그녀 곁에 머물고 싶다는 생각이 들더군요.’

이 남자는 사랑이 무엇인지 아는 사람이다. 미림아, 넌 참 행복한 여자구나.

수정은 서둘러 눈을 깜빡거려 눈동자에 맺힌 눈물을 지워 버렸다.

괜찮아! 상관없어. 수정아, 힘내! 네가 두 배로 사랑하면 되잖아. 태웅의 몫까지 말이야! 그는 내 사람이야, 적어도 내게는.

그러니 속상하더라도, 태웅이 원하는 대로 하더라도 태웅의 곁에 있기만 하면 상관없잖아.

어느덧 정훈의 차가 얼음골에 닿았고 수정은 마치 오랜 세월 살아온 고향에 온 것 같은 설렘과 평온함을 온몸으로 느꼈다. 그러자 한시라도 빨리 별장에 들어가 그의 체취를 느끼고 싶어 견딜 수가 없었다.

그러나 사랑에 눈이 멀어버린 여자의 눈이라서 그랬을까?

멀리 보이기 시작한 별장에 날카롭게 번뜩이는 불빛이 미처 보이지 않았으니…….

그것은 비극이었다.

38

　"정훈 씨, 죄송해서 어떡하죠? 다시 서울까지 가려면 또 한참
운전해야 하잖아요."
　"아닙니다. 당연한 일인데요. 그런데…… 별장에 누가 있나
요? 누가 창가에 서 있는 것 같은데요?"
　아줌마가 아직까지 계신 걸까? 휴, 큰일이네.
　그들은 승용차가 막 별장 앞마당에 들어섰을 때였다. 차가 멈
춰 서기도 전에 칠흑 같은 어둠을 가르며 갑작스럽고 강한 불빛
이 온 마당에 퍼지더니 거실의 불빛을 등진 누군가가 활짝 열려
진 현관을 꽉 채우며 섰다.
　변정훈의 어깨너머로 등장인물을 뚫어질 듯 바라보던 수정의
두 눈이 기쁨으로 출렁거렸다.

그였다, 틀림없는 그였다! 그가 돌아왔어!

수정은 반가움의 탄성을 지르며 차문을 열고 급히 내려 태웅이 서 있는 현관을 향해 마구 뛰기 시작했다.

그에게 와락 안길 테야!

그러나…… 수정은 현관으로 올라서는 계단 앞에서 그만 우뚝 멈춰 서고 말았다.

태웅의 온몸에서 뿜어져 나오는 무시무시한 살기와 위협적으로 번뜩이는 매서운 눈빛이 그녀에게 멈춰 설 것을 경고하고 있었다. 순간, 수정은 태웅의 눈에 비추어졌을 광경을 떠올리고 절망했다.

늦은 밤 다른 남자의 차를 타고 돌아온 그녀…….

태웅의 굳게 다물어진 입술과 떨림이 고통스럽게 억제된 꽉 쥔 두 주먹, 풀벌레의 움직임까지 느껴질 정도의 무거운 침묵이 태웅이 뿜어내고 있는 무시무시한 분위기의 이유를 말해 주고 있었다.

"저 수정 씨, 여기 핸드백……."

언제 다가왔는지 주저하는 듯한 정훈의 음성이 등뒤에서 들려왔다. 수정은 치솟는 불안과 터질 것만 같은 울음을 애써 억누르며 정훈을 향해 몸을 돌렸다.

"고맙습니다."

"괜찮…… 으세요? 제가 도와드릴 일이라도……."

수정은 목덜미에 느껴지는 날카로운 시선을 의식하며 필사적으로 고개를 가로저었다.

"아, 아니에요. 어서 가세요. 너무 늦었어요."

"하지만."

"제발요…… 바래다 주어서 고마웠습니다."

수정은 애원의 눈빛으로 정훈에게 메시지를 전했다.

'모르는 체 그냥 가 주세요.'

잠시 걱정스레 수정을 바라보던 변정훈이 무겁게 고개를 끄덕였다. 그는 태웅을 향해 가볍게 목례를 한 후 차에 올라 별장을 떠나갔다.

이런 게 아니었는데…….

이것은 그녀가 태웅을 맞이하는 방법이 아니었다. 그는 내일, 노을이 아름답게 내리기 시작할 때 왔어야 했다. 하루 종일 그가 좋아하는 음식을 만들고 마지막으로 그윽한 향의 샴페인과 생크림 케이크를 준비하느라 분주할 때……. 태웅의 차가 앞마당으로 들어서는 걸 발견한 그녀는 과장된 낭패의 표정을 지으며 옷을 갈아입기 위해 부랴부랴 침실로 들어갔을 것이다. 가느다란 끈이 달린 사랑스러운 연보라 빛 원피스를 찾아…….

이런 게 아니었는데.

참을성 없는 태웅은 성큼성큼 방으로 걸어 들어와선 여전히 심술궂게 말하겠지.

'뭐야, 당신! 여태 옷도 안 갈아 입은 거야? 날 기다리지 않은 거야?'

그럼 수정은 전혀 관심 없다는 뚱한 얼굴로 이렇게 놀려 주려 했었다.

'아참, 오늘이었나요? 그렇군요 오늘이었군요.'

그리곤 심술 난 아이처럼 입이 툭 튀어나온 태웅을 보며 그녀는 참았던 웃음을 터트렸겠지.

그렇게 애타게 기다리게 한 복수를 통쾌하게 한 다음, 다소 시무룩해졌을 그의 손을 살며시 잡아 근사하게 차려진 식탁으로 이끌려고 했었다. 지난날의 아픈 기억들은 모두 잊어버리겠다고…… 그리고 사랑한다고. 속상하더라도, 그가 원하는 대로 하더라도, 그의 곁에 머물고 싶다고…….

그 없이는 살 자신이 없기에.

그러나 몇 발자국 계단 위에 버티고 서서 그녀를 내려다보고 있는 그. 몇 발만 움직이면 다가갈 수 있는 계단 아래에서 그를 올려다보고 있는 그녀.

그 순간 수정은 비로소 깨달았다.

그것은 더 이상 가까워질 수 없는, 더 이상 같은 위치에 있을 수 없는 두 사람의 현실을 극적으로 드러내 주고 있었다.

"꺼져 버려."

수정은 자신을 싸늘히 내려다보는 태웅의 눈에 배인 혐오와 경멸을 보았다.

수정은 한 줄기 눈물이 주르륵 흘러내리자 몸을 홱 돌렸다. 그리고 어둠 속을 향해 걷기 시작했다.

이젠 더 이상 그의 비난을 받지 않을 것이다.

이젠 더 이상 그를 그리워하지 않을 것이다.

이젠 더 이상 그를 사랑하지 않을 것이다.

그것이 무엇을 의미하는지 그는 알까…….

수정은 익숙한 길을 따라 하염없이 걷기 시작했다.

39

참 예쁘고 참한 아이가 있었어요. 선희라고, 이장님 딸이었지요. 중학교를 졸업하고 서울 어느 공장에 취직을 했는데 글쎄, 그 숫기 없는 것이 공장을 들락거리던 사장 아들하고 어떻게 눈이 맞았던 모양이에요.

쯔쯧, 임신까지 덜컥 해버려 공장 안에 소문이 파다하게 퍼졌는데 사장이라는 사람이 알고 난리가 났지요. 결국 그 불쌍한 것은 공장에서 쫓겨났고 고향으로 돌아왔어요. 그런데 워낙 대쪽같은 이장님이라, 아비 없는 애를 밴 망신스런 딸을 집에 한 발짝도 들이지 않으셨어요.

선희를 불쌍하게 여긴 동네 사람들이 마을 빈 집에 거처를 마련해 줬는데, 하루 종일 하는 일이라곤 눈물을 줄줄 흐리면서 숲 속 호숫가를 빙빙 도는 것뿐이었죠.

그러다 만삭이 다 되어갈 때쯤 서울에서 웬 남자가 내려왔는데 아마 아이 아빠였던 것 같아요. 그런데 무슨 이야기가 오갔는지 선희가 그날 오후에 넋 나간 표정으로 숲 속 호숫가 쪽으로 걸어 가더래요.

그게 선희의 마지막 모습이었어요.

참 이상하죠? 이장님 댁에서 그렇게 무녀를 불러 굿을 해도 시신이 떠오르지 않더니만 멱살 잡혀 내려온 서울 남자가 호숫가에 닿자마자 신기하게 시신이 떠오르는 거예요.

에그, 그때가 벌써 10년 전이네요.

불쌍한 것, 얼마나 한이 맺혔으면…… 쯔쯧.

몇 년 전까지만 해도 임신한 여자는 호숫가에 얼씬도 안 했어요. 선희가 임신부를 질투해서 아기를 빼앗아 간다는 헛소문이 돌았거든요.

그러다가 재작년에 별장을 매입하신 회장님께서 소문을 들으시곤 산책로와 호수에 조경공사를 해주셨어요. 그 후 동네 사람들은 물론이고 관광객들도 많이 찾게 되었답니다…….

호수에 숨겨진 슬픈 이야기를 듣고 얼마나 울었는지……. 기어이 사랑하는 사람을 보고서야 저승으로 떠난, 죽어서까지 사람들의 입에 흉히 오르내려야 했던 가엾은 여자. 이룰 수 없는 사랑을 그렇게도 쉬이 떨쳐 버릴 수 없었던 것일까?

수정은 시야를 뿌옇게 흐려놓는 눈물을 급히 닦아 내고는 달빛이 내려앉은 고요한 호수를 바라보았다.

무언가에 홀린 듯 정신없이 걸어온 곳이 이곳이었다. 그녀는 갈 곳이 없었다.

핸드백은 어디에 흘린 것일까? 하지만 상관없다.

수정은 호수가 내려다보이는 둔덕에 쓰러지듯 주저앉았다.

이곳에 처음 왔을 때부터 왠지 마음이 편안했다. 그것이 무엇 때문인지…….

물은 비극적인 사랑의 결말. 물은 여인들의 사랑을 잡아 삼켜버렸다. 백치 아다다는 사랑을 지키려다 남편에게 죽임을 당했다. 강물에서. 예쁘고 참했다는 선희는 사랑을 기다리다 죽음을 선택했다. 호수에서.

달빛이 흐느적거리는 호수는 숨이 막힐 정도로 유혹적이다.

그곳은, 그 안은 편안할까?

수정의 인생에 있어 쉬운 것이라곤 없었다. 그것은 사랑도 마찬가지였다.

그녀가 태웅을 얼마나 기다렸던가. 그러나 수정은 그에게 한마디의 설명도, 한마디의 변명도 하지 못했다. 그것은 그녀의 비극이었다.

태웅 앞에서는 언제나 자신을 드러내지 못하고 한없이 작아진다. 하지만 태웅이 야속하다. 만약 그가 그녀를 사랑한다면 아니, 사랑했었던 적이 있기라도 했다면 그는 한마디 물었어야 했다.

'그는 누구지? 무슨 사정이 있었던 건가?'

그리고 그녀를 안전하게 바래다 준 이에게 고마움을 표시했어야 했다. 그러나 그는 수정에게 한마디도 묻지 않았고 그것은 그의 비극이었다.

태웅은 언제나 수정을 품에 가둬 두고 소유하려고만 했다.

그것은 진실한 사랑이 아닐 것이다. 두 사람 모두 진실한 사랑이 무엇인지 모른다. 그것은 두 사람의 비극이었다.

수정은 오늘 분명히 깨달았다. 태웅의 곁을 떠나야 한다는 것을. 설령 그가 그녀를 사랑한다고 하더라도, 그래서 두 사람이 서로 사랑한다 하더라도 두 사람이 함께 하면 안 되는 이유를 오늘에서야 확실히 깨달은 것이다.

사랑하기에 헤어진다는…… 정말 죽을 때까지도 이해할 수 없을 것 같았던 그 말, 이젠 조금은 알 것 같았다. 서로의 영혼을 갉아먹으며, 서로를 고통스럽게 하면서 함께 하는 것은 진정 사랑하는 사람에 대한 참도리가 아니다.

하지만, 하지만…… 그를 너무나 사랑하고 싶다!

수정은 또다시 두 손에 얼굴을 묻고 격한 울음을 터트렸다.

그렇게 얼마나 시간이 흘렀는지도 모른 채 쉼 없이 눈물을 쏟아내고 있을 때 어디선가 짐승의 울부짖는 소리가 들려 왔고, 그것은 점차 알아들을 수 있는 사람의 음성으로 바뀌고 있었다.

헉! 분명…….

안 돼! 지.수.정! 안 돼!

목청이 터질 듯, 숲 속이 미어질 듯 애타게 부르짖는 고통에 찬 절규는! 강태웅, 그의 것이었다. 그가 분명했다.

어리벙벙해진 수정은 멍하니 앉아 미친 듯이 호숫가로 뛰어와 절망에 차 울부짖는 태웅을 바라보았다. 그가 무릎을 꿇고 오열하기 시작했다.

태웅은, 그는 내가 호수에 몸을 던졌다고 생각하는 걸까?

그래서 저렇게 애달프게 우는 것일까?

설마, 믿을 수 없어.

수정이 막 몸을 일으켰을 때, 그가 숲 속을 뒤흔들 정도의 무시무시하고 거대한 고함을 내질렀다. 흐느낌과 분노가 섞여 심장을 찢어 놓는 비통함의 울분을!

뭐라고 형언할 수 없는 엄숙한 광경에 도취된 그녀는 그 힘에 이끌려 서서히 태웅에게 다가갔다.

그리고 고개를 숙인 채 흐느끼고 있는 태웅의 바로 앞까지 다가선 수정은 격렬히 떨리고 있는 그의 어깨에 가만히 손을 대었다.

울고 있던 태웅이 서서히 고개를 들었다.

그의 얼굴이 온통…… 눈물에 젖어 있었다.

그가 믿을 수 없다는 듯, 유령을 바라보듯 수정을 올려다보는 순간에도 계속해서 눈물이 흘러내리고 있었다.

40

"당신…… 누구지? 누구지?"

태웅이 두려움과 놀라움이 가득한 눈빛으로 속삭이듯 물었다.

"저예요, 백치…… 바보…… 지수정."

그러나 미처 말을 끝내기도 전에 태웅에게 손목을 잡힌 수정은 어느새 그의 품에 안겨졌고 곧이어 얼굴과 목, 드러난 모든 살갗에 그의 입술 사례가 퍼부어졌다.

"당신, 죽지 않았어! 살아 있었어! 고마워, 고마워. 너무 고마워. 내가 잘못했어, 내가 어리석었어. 나야말로 바보 같은 놈이야. 당신을 그렇게 쫓아 버리다니…… 질투 때문에 눈에 보이는 게 없었어. 아, 너무 고마워. 난 당신이…… 당신이……."

수정의 볼 위로 뜨거운 눈물이 흘러내렸다. 그러나 그건 그녀의 것이 아니었다. 수정은 가만히 손을 올려 태웅의 볼에 흘러 내리는 눈물을 닦아 주었다.

　"왜, 왜 그런 생각을……."

　"당신이 뒤돌아가는 걸 보고 곧 별장 안으로 들어가 버렸지. 하지만 어느새 난 창 밖의 당신을 내다보고 있었어. 당신이 숲 길로 걸어가더군. 그땐 당신이 너무 미웠어. 조금도 쉬지 않고 일해 일정을 앞당겨 돌아왔는데 당신은 이곳에 없었지. 당신이 어디 갔는지 말하라고 내가 심하게 다그치자 아줌마는 화가 나 서 가버리셨고, 당신 집에 전화를 했지만 장모님은 오히려 내게 당신의 안부를 물으셨어. 얼마나 놀라고 걱정했는지 몰라. 그러 다 3년 전 당신이 집을 나가던 날의 악몽이 떠올랐지. 아, 이렇 게 다시 한 번 배신당하는구나 하고 화가 치밀 대로 치밀었을 때 당신이 돌아왔어. 그것도 예전에 당신이 사귀던 놈과 말이야. 당신을 알고 나선 당신에 대한 모든 기사를 빼놓지 않고 읽었 고, 그 빌어먹을 녀석과의 열애설도 알고 있었지. 난 그때 불안 했어. 결국 그 녀석 때문에 당신과의 결혼을 서둘렀었지. 당신 을 완전히 내 것으로 하기 위해서……."

　태웅이 괴롭다는 듯 얼굴을 찌푸리며 눈동자를 떨구었다.

　"아니에요. 그건 엉터리 기사였어요. 정훈 씨는 미림이와 이 미 몇 년 전에 약혼한 사이예요. 난 그들의 몰래 데이트를 도와 주었을 뿐이구요. 오늘은 미림이가 정훈 씨와 헤어졌다고 울어 대는 통에 제가 정훈 씨를 만나 오해를 풀어 준 것뿐이에요. 그 들은 지금쯤 함께 있을 거예요. 두 사람은…… 서로를 너무나 사랑하고 있어요."

수정의 해명에 눈을 치켜 뜬 그가 어처구니없다는 듯 허탈하게 웃었다.

"정말이야? 알 수가 없어. 왜 당신 일에 대해서는 이성적으로 생각할 수 없는지. 난 3년 전 당신이 나를 잔인하게 속여넘겼던…… 아, 아냐. 아무 말 마. 이젠 그런 것들은 상관없어. 당신이 날 속였든, 배신했든 그런 건 하나도 중요하지 않다는 걸 조금 전 깨달았으니까. 당신이 날 어떻게 이용하든 상관없어. 당신을 뒤쫓아 숲길을 정신없이 헤맬 때, 호수로 향하는 길목에서 당신 핸드백을 발견했을 때, 불길한 생각이 떠올라 얼마나 두려웠는지 몰라. 당신이 살아 있어 주기만 하면 그것만으로도 평생을 감사하며 살겠다고 맹세했어."

다시금 그녀를 꽉 껴안은 태웅의 몸이 안도감으로 부르르 떨리자 수정은 손을 뻗어 긴장으로 굳어진 그의 등을 부드럽게 애무하며 달래 주었다.

"내가 당신에게 고통을 주었나요? 당신은 상처를 받았나요? 내가 당신을…… 그러니까, 그러니까 내가 당신을 속이고 배신했다고…….."

"상관없어! 그까짓 것들 상관없어. 당신이 빚과 가난 때문에 나와 결혼했다 하더라도, 연예계를 잊지 못해 결혼 생활에 심드렁해한 것도, 회사 경영이 어려워지는 것 같자 성급히 날 버린 것도, 내게 싫증나자 아무 말 없이 가정을 버리고 시어머니를 협박해 거액을 요구한 것도 다 상관없어. 어차피, 어차피 모든 걸 포기해서라도 당신을 가져야만 했던 나였으니까. 당신이 떠나기 얼마 전부터 매일 밤 숨죽여 우는 당신을 지켜보면서도 입을 꾹 다물어야 했지. 당신이 내 곁을 떠나겠다고 하면 어떡하나 걱정하며 고통스러운 불면의 밤이 계속되었지만 아무것도 물을 수가 없었어. 아는 척도 할 수 없었어. 그런데 결국 당신은 떠나버렸지. 한마디의 말도 없이 너무나 잔인하게 말이야. 죽고 싶었어. 당장이라도 당신을 쫓아가 더 이상 날 사랑하지 않아도 좋으니 제발 내 곁에만 머물러 달라고 사정하고 싶었어. 하지만 어머니와 누나들이 당신에게 시간이 필요할 테니 좀 기다려 보자고 말씀하시더군. 기다렸어. 아무 일 없었다는 듯이, 잠시 여행을 다녀온 것처럼 활짝 웃으며 돌아올 당신을 기다렸어. 하지만 당신은 가장 모욕적인 방법으로 내게 비수를 꽂더군. 어머니가 당신을 찾아갔을 때를 기억해? 당신이 그랬다더군. 우리의 만남, 사랑, 결혼…… 그 모든 것이 연극이었다고, 애당초 사랑 따윈 없었다고 말이야. 그래서 이혼 법정에서도 그렇게 차갑게 대한 거야. 그리고 그 후 3년 동안 당신에 대한 복수만 꿈꾸며 살았어. 그래야 숨을 쉴 수 있었으니까. 그러나 어쩐 일인지 당신은 다시 연예계에 복귀하지 않더군. 그러다 당신이 <백치 아다다>에 캐스팅되었다는 보고를 들었고 난 일거수일투족 당신을 지켜보며 호시탐탐 복수의 기회만 노리고 있었어. 엔터테인먼트 산업에 과다한 투자를 하면서 말이야. 당신에게, 당신에게 다가가기 위해서……."

그렇구나, 그는 그렇게 생각했구나. 그녀의 시어머니가…….

그러나 아무리 시어머니의 방해 공작이 있었다 해도 태웅 역시 단 한 번의 의문이나 이해 없이 그녀를 증오했던 것이다.

수정은 그의 말에 아무런 부정도 하지 않았다. 그의 말처럼 이제 그런 것쯤은 상관없었다. 정작 두 사람 사이의 문제는 그들 스스로에게 있었기에.

"TY 빌리지 인천점 오픈 행사가 있던 날도 김동규 이사에게 몇 차례나 당부했었지. 당신이 참석했으면 좋겠다고 말이야. 그에게 시나리오에서 배급까지, 최대 제작비 지원까지 약속하면서 말이야. 그리고 대출금의 만기 연장을 허용해 주지 않겠다는 비열한 협박으로 이미 다른 배우와 촬영 일정까지 잡아놓은 아프로디테 광고에 당신이 출연하도록 만든 거야. 콘티까지 직접 관여하며 당신의 위선을 벗겨 내고 싶었지만 부질없었어. 어쩌면 도로가에 나와 있던 당신을 칠 뻔했을 때 이미 마음속으로는 깨달았는지도 모르겠어. 당신에게 그토록 복수하려고 했던 이유를 말이야. 그토록 부정하고 싶었던 당신의 순수함과 진실……. 며칠 전 아프로디테 광고 시사회 때 화면에 비친 당신을 바라보면서 절실히 깨달았지. 그렇지만 당신에 대한 증오가 숨겨진 사랑이었다는 걸 인정하기가 쉽지 않았어."

숨겨진 사랑? 수정의 심장이 가슴을 뚫고 나올 듯 거세게 고동치기 시작했다. 사랑?

"부끄럽지만 그래서 그토록 당신을 괴롭혔던 거야. 나에게 각인시키듯 당신을 몰아붙였지. 악녀라는 둥, 쓰레…… 흠흠, 정말 미안해."

별장에 도착하던 날 자신이 퍼부었던 혐오스런 말들을 떠올린 태웅의 얼굴이 자괴감으로 굳어졌다. 그리고 곧이어 수정에게 휘두른 폭력을 떠올렸는지 절망적인 신음을 흘렸다.

"출장 가기 전 당신과 보낸 밤에 확실히 알게 되었어. 당신

품에서, 당신 안에서야 비로소 모든 고통에서 벗어날 수 있다는
사실을. 그리고 더 이상 당신과 떨어져 살 수 없다고 인정했지.
언제나 당신을 내 곁에 머물게 하겠다고 다짐했어. 그리고 오
늘…… 난생 처음 느끼는 두려움에 벌벌 떨며 당신을 찾아 헤
매면서 당신이 잘못되었다면 나도 죽어버리겠다고 맹세했어!”
　태웅의 눈동자가 들끓는 소유욕으로 무섭게 지글거렸다.
　“미치겠어, 정말 미치겠어! 난 당신을! 지수정, 당신을 박제하
고 싶어. 그래서 그 누구도 쳐다보지 못하게 하고 싶어. 그 누구
도 손대지 못하게. 그 누구도 내 허락 없이는 말도 걸지 못하게
하고 싶어. 이렇게, 이렇게 나만 당신을 만지고, 키스하고, 애무
하고, 당신의 몸 구석구석을 애태우며 사랑을 나누고 싶어. 그래
서 당신이 쾌락의 기쁨에 못 이겨 몸을 뒤틀며 신음하는 사랑스
러운 모습을 지켜보고 싶어. 3년 전에도 당신을 사랑한다고 생각
했었지만 지금에 비하면 그때의 감정은 아무것도 아니야. 지금의
사랑에 비할 수도 없어. 아, 사랑해! 당신을 너무도 사랑해.”
　태웅이 수정의 몸을 일으켜 세워 자신의 품에 으스러지게 안
았다. 그리고는 그녀의 눈꺼풀과 코, 입술에 정신없이 키스를
퍼부었다. 태웅은 오직 자신만의 폭풍 같은 감정에 푹 빠져 숨
을 헐떡거리고 있었다.
　그가 뜨겁게 어루만지던 그녀의 엉덩이를 살짝 들어 올려 사
납게 달아오른 자신의 남성에 바싹 밀어붙였다.
　수정은 슬픈 눈으로 그를 올려다보았다. 무언가를 결심한 그
녀의 눈가에 눈물 방울이 스르르 맺히기 시작했다. 수정은 눈꺼
풀을 깜빡거려 눈물 방울을 고이 감추었다. 그리고 이 세상 그

무엇보다 귀한, 당장이라도 그녀의 목숨과도 바꿀 수 있는, 너무나도 사랑하는 남자의 벨트를 풀고 흥분으로 크게 부풀어진 곳의 지퍼를 끌어내렸다. 그리고 서서히 무릎을 구부려 그들이 사랑을 나누었던 밤, 태웅이 보여준 사랑의 행위를 그대로 재현하기 시작했다.

수정은 이 세상에서 가장 성스러운 의식을 거행하듯, 사랑하는 한 남자에 대한 온 마음을 끌어모아 그에 대한 간절한 사랑을 표현했다. 갑작스럽고 놀라운 수정의 행동에 잠시 몸을 굳히던 태웅이 곧 거칠고 빠른 신음을 토하며 그녀의 머리카락에 두 손을 묻었다.

아름다운 사랑의 행위…….

거듭되는 수정의 대담한 행위에 기쁨의 탄성을 지르며 격렬히 반응하던 그가 그녀 앞에 무릎을 꿇으며 무너졌다. 잠시 힘겹게 호흡을 조절하던 태웅은 어느새 늘어져 있는 두 사람의 옷을 풀밭에 넓게 펼친 후 수정을 살포시 안아 눕혔다.

"당신과 나, 지금부터…… 지금부터 새롭게 시작하는 거야. 고통스럽던 지난날은 다 잊고 사랑으로 다시 하나가 되는 거야. 할 수 있지? 당신과 내가 맨 처음 사랑을 나누었던 그날로 돌아가는 거야."

잠시 서로를 뜨겁게 바라보던 두 사람이 동시에 참을 수 없는 신음을 터트리며 곧바로 한 몸이 되었다.

지금 이 순간만은 어떤 생각도, 어떤 기억도 깨끗이 지워 버린 두 연인은 서로의 몸에 닿는 감촉에 몸부림치며 온 힘을 다해 맹렬히 몸을 움직였다.

　그리고…… 온몸이 폭발할 것 같은 절정에 닿은 순간, 두 사람은 동시에 소리쳤다.

　사랑해.

　사랑해요.

　고요한 숲 속의 적막과 달빛을 받아 신비로이 출렁이는 호수의 잔물결을 뚫은 두 사람의 사랑의 외침은 그렇게 온 하늘에, 그리고 온 우주까지 울려 퍼졌다.

41

"당신에게 하고 싶은 말이 있어요."

태웅의 품에 안겨 아직 진정되지 않은 열정을 식히던 수정이 무겁게 입을 열었다.

땀에 젖은 수정의 몸을 나른하게 어루만지던 태웅이 그녀를 바라보았다.

"알아. 날 사랑한다고 말하려는 거지?"

태웅의 눈동자가 또다시 탐욕스러운 빛을 발하며 수정의 젖가슴을 훑어 내렸다.

"후훗. 별장에서 사랑을 나누던 날, 당신이 내 품에서 소리쳤지. 사랑한다고. 그땐 잘못 들었을 거라고 생각했지만 출장 기간 내내 그 말이 귓가를 맴돌더군. 난 알아. 당신은 마음이 따르지 않으면 절대로 몸을 허락하지 않지. 남편에게조차도.”

수정은 파경으로 치닫기 전 불행했던 결혼 생활을 떠올렸다. 남편의 부정에 심한 상처를 받았던 그녀는 그에게 자신을 허락하지 않았었다. 자만심이 강한 태웅에게는 그 일이 몹시도 모욕적으로 느껴졌을 것이다. 아직까지 곱씹을 만큼.

“당신 외엔 다른 남자는 없었어요.”

“알아.”

수정은 태웅의 강렬한 시선을 피해 그의 단단한 가슴을 뚫어지게 쳐다보았다.

“그때는…… 당신이 제게 상처를 주었기 때문이었어요. 알고 있었거든요. 결혼 후에도 고나영의 집에 출입한다는 걸.”

“뭐, 무슨 소리야? 고나영? 내가 그 여자의 집에 출입을? 대체 무슨 소리야?”

발끈한 태웅이 갑자기 몸을 일으키며 소리쳤다.

“당신을 처음으로 거부한 날…… 이미 알고 있었어요. 그 전날 밤 당신이 고나영의 집에서 나오는 걸 본 사람이 있어요. 당신은 회의 때문에 늦었다고 변명을 했었죠.”

지나치게 담담한 수정의 말투가 오히려 그의 화를 돋운 듯 태웅의 가슴이 심하게 오르내렸다. 한동안 말없이 거칠게 숨만 내뿜던 그는 분노가 억제된 음성을 내보냈다.

“그것 때문이었나? 겨우 버러지 같은 여자가 벌인 쇼 때문에 당신이 날 흉물 취급하며 피한 건가? 그래, 맞아. 결혼 후 한 번 그 여자의 아파트에 갔었지. 울며불며 매달려도 내가 만나 주지 않자 자살하겠다고 협박하더군. 죽어서도 나와 당신을 저주하겠다고 말이야. 휴, 정말 끔찍한 여자였어. 결국 포기 조건이랍시고 거액을 요구하더군. 그것이 처음이자 마지막 만남이었어. 당신, 그렇게도 날 믿지 못했나? 좋아, 그렇다면 그 사실을 알고 있으면서 왜 내게 따지지 못했지? 왜, 왜! 아니, 어쩌면 당연한 일인가? 당신은 내 곁에 더 붙어 있어야 할 이유가 있었으니까? 그래, 어려운 친정 때문이었겠지. 그날 이후, 날 괴물 취급하며 눈길조차 주지 않던 당신이 어느 날 갑자기 달라졌지. 당신 어머니가 채권자들과 내게 다녀가던 날!"

고통스럽게 차오르는 날카로운 비명을 억누르며 힘겹게 몸을 일으킨 수정은 여전히 삐뚤어진 시각으로 자신을 바라보는 그를 한스럽게 바라보았다. 태웅은 분명 그녀를 사랑한다. 하지만 아직까지 그녀는 그의 박제 대상일 뿐이다. 그는 여전히 그녀를 똑같이 취급하고 있었다.

"내가, 내가 어째서 부정한 남편에게…… 당신에게 따지지 못했냐고요? 왜 그랬냐고요? 그래요, 그게 문제예요. 난 언제나 당신에게 당당하지 못했죠. 언제나 노심초사하며 하루하루를 살았어요. 당신에 비해서 하나도 잘나지 못한 제 자신을 탓하며, 마치 주인과 결혼한 노예처럼 저 자신을 죽이고 살았어요. 제가 가진 이력과 자아까지 철저히 버려야 했지만 사랑하는 남자와 결혼했다는 사실만으로도 제겐 너무나 과분한 행복이라고 생각했으니까요. 아무리 노력해도 아무리 애를 써도 부족하고 부끄러운 며느리밖에 될 수 없었지만, 당신이 보내 주는 한 번의 미소만으로도 힘이 솟았어요. 당신이 아무 말 없이 꼭 안아 줄 때면 모든 근심걱정을 망각한 채 당신의 여자로 그렇게 평생을 살

겠다고 맹세했었죠. 하지만…… 하지만 정작 제가 가장 견딜
수 없었던 게 뭔지 아세요? 바로 제 자신의 초라함이었어요. 전,
전, 당신이 여러 행사에 저 대신 태란 씨와 참석해도, 다른 여자
를 만나고 다녀도, 절 창녀 취급해도 한마디도 따지지 못했죠.
네! 그래요, 그게 문제예요. 당신이 고나영을 떼어놓듯 어머니
편에 거액을 보내 절 떼어버렸을 때도 전 당신에게 따질 수가
없었어요. 3년이 지난 지금까지도 당신과 혼담이 오간다는 여자
를 보는 것만으로도 전 이 세상에서 가장 초라한 여자가 되고
말아요!"

"어머니 편에 거액을 보내다니? 누가! 무슨 소리야? 그리고
혼담 이야기는 또 뭐지? 대체 무슨 말을 하는 거야. 당신이 어
디서 무슨 소리를 들었는지 모르겠지만 그건 오직 어머니의 바
람일 뿐이야!"

"그래요. 알아요. 하지만 그게 사실인지 아닌지가 중요한 게
아니에요. 그래요, 맞아요. 당신 어머니 말대로 전, 전…… 백치
가 틀림없어요. 저 역시 그렇게 바보 같은 제 자신이 너무나 싫
었으니까요. 흐흑. 하지만 이젠 알아요. 당신을 사랑하지만, 지
금 죽어도 여한이 없을 만큼 당신을 사랑하지만 우린 안 된다는
것을요. 우린, 우린, 안 돼요. 안 돼……."

수정은 사무치고 피맺혔던 가슴속의 한을 터트리며 격하게
오열했다. 이토록 사랑하는데, 그에 대한 사랑이 너무 커서 죽
을 것만 같은데…….

태웅에 대한 강한 사랑을 지키기엔 그녀는 너무나 나약했고
너무나 부족했다. 그래서 그의 곁에 있는 것이 힘들다. 너무 힘

들어서, 너무 힘들어서 견딜 수가 없다. 목숨보다 사랑한 남자였기에 언제나 그 앞에서 당당하고 싶었고, 그의 품이 아닌 그의 곁에 머물고 싶었다.

아픔이 아닌 오로지 사랑으로.

태웅은 그제서야 깨달았다. 두 사람 사이의 오랜 증오가 자신의 소유욕 때문임을…….

그는 그녀를 사랑하는 만큼 그녀의 모든 것을 속박해야만 했고, 그것은 그로서도 어쩔 수 없는 일이었다. 사랑이라는 허울로 이기적으로 그녀를 속박하고, 한 인격체로 대우하지 못했던 그는 벌을 받아야 할 것이다.

지수정, 그녀는 그에게 너무나 과분한 여자였다.

그는 흐느끼는 그녀를 품에 안고 위로해 줄 자격조차 없는 쓰레기였다.

고개를 숙인 채 속죄의 눈물을 흘리는 남자의 처진 어깨가 조용히 흔들렸다.

그 뒤, 두 사람은 어떤 대화도 나누지 않았다.

그들은 한없이 이어질 것만 같았던 시간의 끝 무렵 조용히 옷을 찾아 입었다.

그리고 별장으로 내려가는 길 중간 중간에 그들은 흙투성이인 수정의 핸드백과 아무렇게나 나뒹굴어져 있는 태웅의 슬리퍼를 찾았다.

그렇게 별장에 닿은 두 사람은 조용히 그곳을 떠났다.

너무나 사랑하기에 헤어진다는, 죽을 때까지도 이해할 수 없을 것 같았던 그 말…….
  사랑은 소유나 의존이 아니다.
  사랑은 오직 사랑 하나로 아름다울 수 있어야 한다.
  아마도 그것이 진정한 사랑일 것이다.
  동쪽 하늘에 솟아오르기 시작한 태양이 두 사람을 태운 승용
차를 잔잔하게 비추어 주고 있었다.

42

그리고 2년 후.

"네, 생방송으로 보내 드리고 있는 스페셜 TV 연예! 지금까지 <춘향전>으로 제55회 칸느 국제 영화제 여우주연상을 수상해 전 세계에 한국 영화의 우수함과 아름다움을 떨친 자랑스러운 한국의 여배우 지수정 씨와의 멋진 시간이었습니다. 지수정 씨, 자택에서의 인터뷰를 흔쾌히 허락해 주시고 멋진 시간 만들어 주신 것 진심으로 감사드립니다. 끝으로 <춘향전>의 춘향이처럼 일편단심 기다리는 멋진 남자분이 있으신가요? 많은 남성 팬들이 몹시 궁금해하고 계시답니다."

수정은 카메라를 교묘히 피하며 장난스럽게 윙크하는 미림을 슬쩍 흘겨보았다.

친구가 아니라 원수잖어? 굳이 집에서 인터뷰를 해야 한다고 며칠을 졸라대더니. 쿠쿡.

그리고…… 잠시 아련한 미소를 띄운 채 무언가를 지그시 바라보던 그녀가 카메라를 바라보며 당당히 대답했다.

"네, 가슴 깊이 너무나 사랑하는 분이 있습니다. 그분을 떠올리는 것만으로도 행복할 만큼요. 한때는 사랑한다는 말조차 하지 못할 만큼 그를 사랑하는 것이 두려웠지만 지금은 알아요, 그에 대한 사랑이 있기에 지금의 제가, 미래의 제가 존재한다는 것을요. 오직 그분만을 사랑해 왔고 앞으로도 영원히, 죽어서도 그분만을 사랑할 겁니다."

사랑의 맹세로 눈동자를 아름답게 빛내는 수정은 눈부시게 아름다웠다.

미림은 수정이 지금껏 바라보던 이상한 물건을 힐끗 쳐다보곤 고개를 갸웃거렸다.

그것은…… 진열장 위에 보물처럼 놓인 남성용 슬리퍼 한 짝이었다.

한편, 거실 소파에 자리를 함께 한 남자와 여자가 TV 화면을 뚫어질 듯 바라보고 있었다.

매 작품마다 혼신을 다하는 연기로 한국 아니, 이제는 세계적인 영화배우로 당당히 자리잡은 '지수정'을 바라보는 남자의 눈에 자랑스러움과 긍지가 가득 넘쳤다.

"오빠, 이해할 수가 없어. 오빠랑 언니는 서로의 이름만 들어도 눈물을 글썽이면서 왜 함께 할 수 없는 거지? 엄마도 이젠 두 사람의 사랑이 얼마나 깊은지 인정하셨잖아. 도대체 뭐가 문제지? 정말 알 수가 없어."

태웅은 잠시 화면에서 눈을 떼어 아직은 사랑 바이러스가 침투하지 못한 여동생을 바라보며 싱긋 웃었다.

"우린 말이야. 지금 공부중이란다. 난 그녀를 다른 사람과 공유하는 법을 배우고 있는 중이고, 그녀는…… 후후 정말 그녀만의 생각이지만 강태웅 콤플렉스를 벗어나기 위해 공부중이지. 그 공부를 끝마치고 다시 만나는 날, 우리는 비로소 사랑을 논할 수 있을 것 같구나."

태란의 어리둥절해하는 표정을 바라보던 태웅의 입가에 아련한 미소가 떠올랐다.

"그런데 오늘 그녀를 보니 이 슬리퍼가 짝을 찾을 때가 머지 않은 것 같다."

태란은 오빠의 손에 들린 짝 잃은 슬리퍼를 바라보았다.

오빠의 보물 2호.

그녀의 오빠 태웅이 보물 1호를 되찾는 날, 보물 2호도 잃어버린 짝을 되찾을 것이다.

TV 화면을 뚫어질 듯 바라보는 그녀 오빠의 눈가가 어느새 촉촉이 젖어 있었다.

사랑이라는 것, 정말 어렵구나. 하지만 너무나 아름다워…….

< 끝 >

<아다다의 사랑>의 출간은 제게 많은 의미가 있습니다. 출간이 결정되고 얼마 되지 않아 개인적으로 무척 힘든 일이 있었고, 그것은 출간을 포기하려 했을 만큼 정신적, 육체적 고통을 주었습니다. 글을 쓰는 행복이 사치로 여기어질 만큼 참으로 암담하고 혹독한 시간이었습니다.

하지만 그 시간들을 견딜 수 있었던 것은 바로 <아다다의 사랑> 때문이었습니다.

아다다의 사랑에는 저의 모든 것이 담겨 있습니다. 저의 사랑과 행복, 슬픔, 그리움, 눈물…… 미래까지도

눈물을 흘리며 그려내었던 장면은 여지없이 지금도 눈물이 납니다. 수정과 태웅이 미소지을 때면 그들의 행복에 제 온몸으로 기쁨이 번지고, 두 사람이 사랑을 나눌 때면 여전히 가슴이 뜁니다. 아픔의 시간만큼 더욱 성숙해진 그들의 사랑에 박수를 보내고요

윤 경

　　이제 사랑의 아름다움으로 부족함을 메우며 감히 여러분께 선을 보이려 합니다.

　　내 삶의 이유, 엄마…… 엄마, 건강하세요. 그리고 사랑하는 내 가족, 내 영혼의 주인 아름다운 벨라님, 내게 세상의 반을 선물한 친구 장미, 전생에 자매였을 ‘네버 엔딩 스토리’ 운영자 해련이와 회원님들, 넘치는 사랑을 베풀어 주시는 ‘마이 클럽’ 로맨스 소설방 회원님들, 하늘이 맺어주신 귀한 인연, 너무나 소중한 ‘로맨스를 만드는 여자’의 모든 가족분들, 그 처음과 끝의 서비님께 진정으로 감사드립니다. 끝으로 긴 시간 한결같은 마음으로 기다려 주셨던 큰나무에도 깊은 감사와 사랑을 전합니다.
　　감사합니다. 그리고 사랑합니다……

윤　경

아다다의 사랑

초판 발행 2003년 3월 31일
재판 발행 2003년 4월 19일

지은이   윤경
펴낸이   한익수
펴낸곳   도서출판 큰나무

등록   1993년 11월 30일(제5-396호)
주소   120-837 서울시 서대문구 충정로 3가 3-95 2층
전화   02) 365-1845 · 1846
팩스   02) 365-1847
e-mail   btreepub@chollian.net
홈페이지   www.bigtreepub.co.kr

ⓒ 윤경
값 8,000원

ISBN 89-7891-155-2   03810